极北

FAR NORTH

〔英〕马塞尔·索鲁 著
姚瑶 译

南海出版公司

著作权合同登记号　图字：30-2019-077

新经典文化股份有限公司
www.readinglife.com
出　品

目录
Contents

第一章

ONE

1

每一天，我都别着枪，在这阴暗的城市里巡逻。

我这样做已经很久很久了。带着枪就像在严寒中拎着一只桶，而冻僵的手早已对此习以为常。

冬天总是最糟糕的，从梦魇中挣扎着醒来，于黑暗中伸手摸索长靴。夏天要好一些，在无尽的白昼里，整个城市都像醉酒般兴奋。夏日时光在一两周内就会迅速溜走。至于几乎不存在的春天和秋天则没什么可说的。在这里，一年当中，有十个月天气都异常恶劣。

现在则是永恒的寂静，城市比天堂还要空荡。在此之前，我们有过非常糟糕的时光，糟糕到和它比起来，我甚至为我们就此绝嗣而感到欣慰。

没错，在岁月阶梯的某处，我丢失了那个最好的自己，那个目光灼灼的自己。

年少时，我也曾有过丰沛而快乐的时光。岁月如针脚次第向前。土地变得松软时，我们就把作物从温室移到室外。六月，我们坐在门廊上剥蚕豆，一口气剥到肩膀酸痛才作罢。秋天则有土豆要烘干，卷心菜要收进地窖，肉要封存好，还有蘑菇和浆果等着采集。当寒冬将我们包围，我就和父亲一起去打猎、冰钓。我们用浮木在湖边生火，烹饪奥木尔鱼和驼鹿肉，骑马穿过冬季的道路，去找通古斯人买皮毛大衣和驯鹿。

我们有一所学校，还有一个图书馆。格林纳丁小姐负责管理图书，冬天时她就在燃着木柴的壁炉边念书给我们听。

我还能记得天寒地冻前最后几天的温暖，我忍耐过课堂的煎熬步行回家，总会看到明亮的窗户如琥珀般闪闪发光。我醉心于找寻七叶树那黄油般的果实，当我啪啪地折断树枝时，夏洛银铃般的笑声穿过雾气，果实噼里啪啦地掉落在周围的草地上。

老旧的礼拜堂仍然矗立在镇子尽头。我们曾静静坐在那里，听那些没完没了的废话和腐朽琐碎的章程。我最后一次去那里是五年前，之后有很多年都没有再踏入其中。当我还是个孩子时，被迫坐在那里的每一分钟都是煎熬，令我无比痛恨。

现在，礼拜堂仍和过去一样，散发出木材经年累月的腐朽味、白色石灰涂料的气味，还有松针的香气。只是，座椅全都被破坏殆尽用来烧火，玻璃也全碎了。走到房间拐角处，靴子前端踩到了某种东西，咯吱作响。原来是不知什么人的手指头，而这个人身体的其他部分已经无从寻觅。

我住在自小长大的房子里。院里有一口井，父亲那低矮窄小的作坊仍旧像我小时候一样，立在边门旁的老地方。

最好的房间只在礼拜日、圣诞节和有访客时才开放。房间里立着我母亲的自动钢琴，钢琴上摆着节拍器和父母的结婚照，还有一个镀金的木雕字母“M”，那是父亲在我出生时做的。

我是父母的第一个孩子，我出生时他们正被新的信仰冲昏头脑，因此给我取了梅克皮斯[①]这个名字。夏洛在两年后出生，又过了一年，安娜也出生了。

梅克皮斯。你能想象我在学校因这个名字招来了多少嘲笑吗？每当我用拳头来捍卫自己的尊严时，父母都格外不满。你能想象那种感受吗？

那就是我爱打架的原因。

我偶尔还是会去演奏那架自动钢琴。它还有一组音箱能运转，但是音已经不准了。我的耳朵不够灵敏，没法把音校准，可也没有差劲到完全不在乎走音的程度。对我来说，它作为柴火的价值反而更大。有些年冬天，雪已经没到了屋檐，我裹在一堆毯子里，牙齿打着寒战，如饥似渴地盯着钢琴。去他妈的，我暗自盘算，拿起斧子劈了它，我要取暖！不过，我很骄傲自己从没有付诸行动，否则我还能从哪里再弄一架自动钢琴呢？总不能因为我不会调音就毁了它。虽然我也不知道谁能为它调

①梅克皮斯（Makepeace）有调和、促成和平之意，同时与“撒尿（make a piss）”谐音。

音，但这并不意味着那个人不存在，或者不会在未来的某一天出生。我们这一代人不热衷读书或者给钢琴调音，但我们的父母和他们的父母在这些方面却有数不尽的建树。要是不相信，就看看这架钢琴吧：枫木板纹路细密，黄铜踏板做工精巧。制作这架钢琴的人在乎自己的作品，满怀爱意地造出了它，可不是用来给我当柴烧的。

书架上的书基本上属于我的家人。夏洛和母亲都是书痴。只有最下面那层书是我带回来的。

通常我在发现书后，会把它们带到位于德兰西的老兵工厂。那里现在空空如也，门口堆积了很多钢条，如果没有钥匙，就需要一小桶火药来搞定它们。我不读书，重要的是把书留给可能读它们的人。或许那些书里就有怎么给钢琴调音的内容吧。

我是这样得到架子下层那些书的——

那天早晨，我走在默瑟街上。正是隆冬时节，漫天白雪，却没有一丝风。母马鼻孔里呼出的气息像从水壶中升腾起的蒸汽。那是看似风平浪静的一天，雪濡湿了一切声响，无处不在的死寂怪诞可怖。灌入我耳中的只有马蹄声和来自这牲口的轻微的呼吸声。

忽然间，一阵哗啦啦的声响传来，我看见满满一堆书从一扇窗户中甩出来，砸在雪地上。那大概是彼时彼刻整条街上唯一一扇完好无损的玻璃窗了。这动静惊到了马。让她恢复平静后，我仰头去看那扇窗，竟发现有个小家伙缒窗而下，落在那堆书里。他紧裹着一件笨重的蓝衣服，头戴毛皮帽子，正低着头收拾那堆书，准备离开。

我朝他大声喊道：“嘿！你在干吗？放下那些书，该死的！你就不能找点儿别的东西来烧吗？”

我还在冲他叫骂，然而，如同突然出现一般，他突然扔掉怀里的书，伸手去掏枪。

接下来就是一声枪响，马因再次受惊而高高抬起前腿，整条街显得比之前还要寂静。我放下还在冒烟的枪，轻松下马，过去查看情况。技高一筹虽使我自得，但我的心情沉重起来——我知道，要是他死了，今晚我是不可能睡着的。我会为此愧疚。

他一动不动地躺着，尚有一丝浅浅的呼吸。他倒下去的时候，帽子也跟着掉了，就落在几步之外的雪地上。和一分钟前比起来，他看上去小了很多。原来是个中国少年。他伸手去屁股后面摸索的并不是枪，而是一把连切奶酪都费劲的鲍伊猎刀。

真是干了件好事啊，梅克皮斯。

因为疼痛，他开始发出微弱的呻吟，并试图将我推开。

“让我看看你伤到哪里了，我能帮到你。我是这儿的治安官。”他的衣服实在太厚，想检查并不容易。况且，我手无寸铁地下了马，多逗留一刻就多一重危险，尤其还是在光天化日之下。

唯一可行的办法就是把他挪走，虽然这样做可能让他不太好受。最好也把书一起带走，这样整场意外就会被彻底抹去。我把书统统装进一个麻袋，又抱起少年，怀中轻若无物。我心里很不好受。他是谁？有十四岁吗？我把他托上马鞍，让他坐在我前面，带他回家。一路上我的思绪都飘忽不定。

好在他仍有呼吸。帮他下马时，他的胳膊软绵绵地搭在我的肩膀上。我知道他现在还不那么痛苦，因为身体在受伤时会自我麻醉。我的愧疚中夹杂着不平——你弄坏了一件根本不知该如何修理的东西，一切都回不到原样了。

少年不肯让我靠近他。我为打伤了他而抱歉，并表示很想帮他，可无论我如何拼命解释，他依旧只是推开我的手。显而易见，我们语言不通。有些语言，你若能够捕捉到一些词语，比如五个或者十个词里能听懂一个，就足以相互理解了。但我们两个完全无法沟通。

我给他端来一大罐热水，又带来一些长镊子、纱布和苯酚皂，留他一人在屋里。出于安全考虑，我将门锁了起来。

我把麻袋里的书放在起居室的书架上。这些书的尺寸太奇怪了，根本就没法像我父亲的那些书一样整整齐齐地塞进格子里去。我发现其中一些是图画书，不禁好奇少年到底是打算阅读它们还是烧掉它们。我很肯定自己知道答案。

一本书被烧掉总会让我的心情有点儿低落。

每用掉一颗子弹，就要马上再造五颗，这是我行事的准则。我的子弹造价高昂，需要足够的时间和燃料，所以只造这么点儿子弹确实不太划算。

但我也认为，只要愿意出门砍一些木头、弄一些木炭，总能搞到燃料——上帝保佑，哪怕不得不烧掉一架自动钢琴。无论如何，决不能让事情脱离掌控，不能放松警惕，缺少弹药。

如果能发现愿意同你做交易的人，子弹当然有其市价。可要是有人向你挑衅，伙同狐朋狗友把你撂倒在地，这时候一颗子弹值多少钱？如果不想听到自己放空枪，一颗子弹又该值多少钱？

我喜欢子弹，喜欢金属熔化时的样子，喜欢蹲在坩埚前，用父亲留下的深色烟熏玻璃透镜观察火焰，看铅液如水银般流动。我喜欢这种状态的变化，也喜欢每天早上从砂型中取出的粗糙而冰冷的子弹。

问题当然有，那就是我造的子弹不够精致。如果可以，我希望它们有着医用金属的光泽，而不是像人随手丢在蹄铁铺里的废料，丑陋不堪。天知道里面藏着什么污垢和细菌。

造好五颗子弹后，我带了些食物和水，点着了少年床边的酒精灯。他浑身发烫，眼睛闭着，眼珠在眼皮下动个不停。他的睫毛短而浓密，垂在枕上的蓝黑色头发让我想起乌鸦的羽毛。他在用自己的语言喃喃低语。

水壶已经空了。我拿走男孩臭烘烘的蓝衣服。要是他能活下来，我可以找几件夏洛的衣服给他穿。

黎明时分，我给他送去一些早餐。

他的皮肤惨白如枯骨，几乎看不出丝毫血色。两鬓的黑发软绵绵的，没有长一点儿胡子。他吃光了我拿去的食物，却在我寻找便盆的时候显得焦虑不安。他害羞了。那一刻我就知道，我会喜欢他——我几乎杀了他，可他却羞于让我看见他的粪便，多可爱的少年啊！

我努力比画，想清楚地表明他需要卧床休息，因为他看起来状态依旧不太好。当我打扫马厩的时候，他出现在院子里。他穿着夏洛的彩格呢子夹克衫和拖鞋，看上去年纪更小了。虽然腿脚不大利索，他还是走到马厩里，看我给母马喂饲料。看见马似乎让他开心了点儿。

“马①。”他说着指向那匹母马。

我开始解释自己从来都不给动物起名字，只叫他们母马、花马、灰马。给你终将杀死并吃掉的东西取名字似乎不太合适。说马肉总比说亚当斯基或者黛西·梅的肉要容易得多，可我没办法让他明白这些。所以，那匹母马从此就叫“马”了。

随后他又指向自己，说出的字听起来像是“平②”。没错，是平。像商店柜台上的铃响，像纽扣突然从衣服上绷开，又像班卓琴弦骤然绷断。平。我好奇这是怎样一个异教徒的名字，又或者存在一个作为圣人的平，只是从没人告诉过我。

但平就是他自己，名字只是一个代号。我也向他自我介绍，指着自己说出了我的名字：“梅克皮斯。”

他眯起眼睛，看起来很困惑，似乎没听清楚，也不太确定是

① 原文是汉语拼音“Ma”。

② 原文是汉语拼音“Ping”。

否可以说出那个词。我又重复了一遍："梅克皮斯。"

这下他露出了灿烂的笑容："撒——尿[1]？"

我仔细打量他，确定他并不是故意拿我寻开心。他觉得那就是我的名字，仅此而已。这就有意思了，我在听到他的名字时笑了出来，他就还给我一个更大的玩笑。

把平留在家里却不信任他，是完全没有意义的。我暴烈、孤僻、多疑，一直以来就是这样活着。最后一个同我睡在这块天花板下的人是夏洛，那也已经是十年前的事情了。但我现在的想法依然和过去一样：如果让什么人住了进来，就得完全向他敞开心扉。一旦我骑马出了院子，无论面对何种情况，都会警惕地把每一个过路者视为要杀我或者打劫我的敌人。可我不能这样活在自己的家里。我决定信任平，并非出于直觉——我并不了解这个东方亚当——仅仅因为这是我能够生存下来的唯一方式。

可当在午饭时间骑马回来，看见门锁完好无损，柴火码放整齐，小鸡满地啄食，卷心菜和苹果还好端端藏在地窖里时，我还是感到些许惊讶。院子里到处都没有平的踪影，但在那一刻，想到他可能已经离开，我万分沮丧——虽然这是我不想承认的事。

---

① 原文是少年在重复梅克皮斯的名字时，没有念成"Makepeace"，而念成了"Make a piss"，即"撒尿"。

我穿着靴子，踩着咯吱作响的楼梯上了二楼，在台阶上高呼他的名字。没有任何回应。于是我冲进夏洛的房间。

我被眼前的场面吓了一跳——平的面前放了一面镜子、一套我母亲留下的刺绣工具，还有一盏燃烧的酒精灯。他拿着老旧的钢针在火焰上烧灼，而后一根一根地扎在耳朵上。

看到惊慌失措的我后，他微微一笑。钢针像豪猪的刺一般，一根根笔直地立在他的耳朵上，肯定特别疼，可他看起来没什么事。他继续往耳朵上扎针，扎完后又往鼻子和肩膀上各扎了一两针。

我的承受能力还是挺强的，但目睹这样的场景，仍旧感到不太舒服。平让我明白，他并没有疯，扎这些针是为了治愈肩膀上的伤。至于这到底是白魔法还是黑魔法，我恐怕也没法告诉你。

2

平还有其他古怪的爱好。

胳膊好了以后，他起得甚至比我还要早，并总会在阴冷的黑暗之中跑到院子里去。我过了一段时间才发现他的这个举动。某个早上，我偷偷跟下楼去，看到平正在院子里起舞。

他舒展身体，动作分外缓慢，就好像脑袋上正顶着一个罐子并努力保持平衡。他绕着院子翩然起舞，时而在空中挥动双臂，时而单腿着地，也会忽然俯身下蹲。整个过程持续了十到十五分钟。结束时，他似乎并没有因为我一直在看而感到不悦。

“这到底是什么玩意儿？”我问道。

“功夫，功夫。”他说。

好吧，他说是就是吧。他又向我展示了几招，并让我跟着做。但我并不感兴趣，动作实在是太慢了，我看上去肯定很像个傻瓜。很快，我又开始想其他事情了。思绪在四处游荡，我想到了夏洛和安娜，想到了母亲和父亲。我的步伐变得乱七八糟，平笑话了我，不过这对我来说不算什么。老实说，当我跟着他做时，有了一些好主意。

我有了出门远行的念头。北边的山里有饲养驯鹿的牧民，很乐意拿肉换威士忌，不过他们的牧场在高山上，需要穿过数英里的沼泽地，路途遥远而艰辛。夏天到那里需要一个月，而鹿肉极易腐烂，我只会无功而返。至于冬天，我向来不愿意让房子空太久，因为那正是迁徙的时节，极度饥饿的人们都流亡在路上。

但是有了平在家里，情况就完全不同了。我可以在冬天的路上驾驶雪橇，尽我所能将所有肉都带回来。肉会冻得结结实实，可以让我和平一直吃到春暖花开。一想到那些新鲜的肉，我就直流口水。肉里的铁应该对平有好处，毕竟他脸色苍白，身体虚弱。

每周一次，当平跳完舞，就会用我的折叠式剃刀剃头。他动作轻柔，我从来没见他割伤过自己。出门远行的想法酝酿了几天之后，有一天，我在他剃头时走到他跟前，用一根炭条在储藏室发白的墙壁上向他解释了我的计划。

我给马套上老旧的雪橇，在上面装满威士忌。至于我是怎么弄到这些威士忌的，那又是另一个故事了。

我带上了帐篷和寝具。出发前一晚我吃得太多，以至汗流不止，腹痛难耐。挨到早上，我在第一缕曙光中出发，沿着冰冻的河流出了城。我自然带上了枪支和弹药，还有其他零碎的东西。离开前，我教会平来复枪的用法。

河岸上布满了肮脏的帐篷，垃圾焚烧的恶臭四处弥漫。我从一个枯瘦如柴的女人身旁经过，她正在城镇边缘收集冻硬的浆果。这是我出城以来碰见的第一个人。她对我微笑，扯开衣服让我看她那对干瘪的乳房。我吆喝马儿，继续前行。

人类狡猾如鼠，为了一顿热饭，就算杀死你两次也在所不惜。这就是我长久以来的观察所得。换句话说，没有什么比填饱肚子、谷仓充盈和熊熊炉火更令人着迷和满足，也绝没有谁比一个营养充足的人更正派。但只要你拿走他的食物，使他前途渺茫，并让他知道没有人在盯着他，那么他不仅会杀了你，还会找出一百零一条理由来证明你罪有应得。比如，你瞧不起他，你对他的女人心怀不轨，你不愿意借斧头给他，你拥有的土地比他多，你的豆子都收获了可他的还没有。再比如，某一次他曾给过你一顿饱饭，可你却没有写信向他报以只言片语的感谢。

我是在那些充斥着治安官、法官和审判的日子里听说这些的。当一个人被起诉的时候，他可以做出抗辩。他总会说："法官阁下，我是出于正当防卫才这么做的。"每个人都是正当防卫，这是唯一确定的事实。那个剥去你头皮的恶棍，那些烧光你庄稼的暴徒，那些持枪抢走你廉价怀表的劫匪，全都是正当防卫。

冰面上有一层新鲜的积雪，马蹄没那么容易打滑。我下了马，在她旁边走了一会儿。河边还剩下最后一丝人类定居的迹象——一座焚毁的小木屋，一个插在坟上的木十字架，还有些摇摇欲坠的墙垣。当我们进入高地后，目光所及之处便只有茂密的树林，树林背后则是连绵的远山。这么多年过去了，我们竟然没有给这片土地的样貌带来更多改观，这难道不奇怪吗？

离开了最后一片属于所谓文明社会的地方，我的心如释重负。日落之前，我打了一对雪白的山鹑当作晚餐。第一只打得干脆利落，第二只从树枝上被击落后仍旧在拍打翅膀，我便用靴子让它死得痛快些。

清晨，我拆掉帐篷，在第一缕曙光降临之前再次上路。在半明半暗的天色之中，我思绪纷扰，好奇此刻平正在做什么。我想起了以前在那片荒凉之地的生活。我日复一日地为全体市民干着一份没有薪水的工作，这些人却只想尽快将彼此拖入地狱。我疑惑自己为什么至今还要为之操心。我完全能够胜任拓荒者的角色，在城外活得悠然自得。我不用打家劫舍，也不用偷窃食物或者坑蒙拐骗，就能活下去。我反复思索，意识到让我留在那个地方的唯一原因就是那栋房子。我还保留着旧日生活的一部分，让它活着，奢望着有一天父母、夏洛和安娜能够回来。当我们不知道自己有多幸运的时候，我们是多么幸运啊！不必生活在绝望的人群之中，拥有薪水，为屋瓦而操心，为面包发不起来而着急。我又想到了树林里的那个女人，想到她干瘪的乳房和坏掉的牙齿。如果事情没有变成今天这般，她又会成为一个怎样的人呢？当她还是被抱在怀中的小婴儿时，她的父亲一定未曾想到，有朝一日她竟然会捡拾冻僵的浆果，会为了食物而讨好陌生人。这就是我为什么说我们生活在一个崩坏的年代。

我花了五天时间抵达山区。早在白人涉足此地之前，牧鹿人就已在深山之中扎根了数千年。他们一直过着简单的生活，随着牧群爬上夏日的牧场，冬日来临再下山。这样的生活方式令他们受益良多。

即便大量机器可以让工作更快捷，我的父亲依然倾向于手工制作。就像所有的小孩子一样，我们喜新厌旧，也总是逼迫他接受新事物，但他不为所动。“东西越多越出错，只不过又多了件会弄坏的东西。”

一件东西越是复杂，到头来坏得也就越彻底。在这一点上，父亲是对的。

牧鹿人就一直保持着简单的生活：顺应季节更替，从不使用任何他们无法修理的东西。他们没有发动机可损坏，靠同一种动物饱腹、出行、蔽体。我没法像他们一样生活，哪怕只是很短的时间。我喜欢睡在弹簧床垫上，铺上床单，换上睡衣。能有磨得精细的面粉当然最好，我还喜欢新鲜蔬菜。不过，我越来越频繁地觉得，我或许是最后一个这样生活的人，而我的孩子——如果我还会有孩子的话——要想养育他们的后代，就得像牧鹿人那样生活才行。

过去，牧鹿人也曾是设置陷阱的猎人。那时兽皮的需求量很高，能在西部卖出高价。那时冬季的道路总是无比繁忙，每到十一月道路冻结，商人们便沿着道路往来穿梭，直到春暖花开的时节。而现在，道路却如鬼域般荒凉。

在河流转了个一百八十度急弯的地方，我发现了一间简陋的小屋。它就在驯鹿村的边缘，俯瞰整条冰封的河流。屋顶的白铁皮烟囱里冒出羽毛般的轻烟，由此我推断有人在此居住。

院子里有一些尚未完工的雪橇，是用院子周围的落叶松做的。一头巨大的驯鹿被剥了皮，冰冻着的尸体挂在门廊上，小屋后面的木架子上还有五六张鞣制中的鹿皮。一只狗从窝里跑出来，身子被链子扯得紧紧的，一听到有人擦过冰面的脚步声就蠢头蠢脑地狂吠起来。

小屋的门猛然打开，一个高个子的通古斯人在门边抬起手臂，向我打招呼。我看得出屋里没有其他人，因为门廊上只挂着一件外套。

我的计划是尽快完成交易，如无必要就不往山区走得太深。眼下的情形正合我意。

我走进了小屋，屋里脏乱却温暖，看起来总共住了四五个人。除了招呼我的人外，其他人此刻可能都赶着牧群出去了。

他给我煮了些茶，又炸了点儿鹿肉。在漫长旅途之后吃这些东西，感觉真是可口。我把来意告诉了他。他说他叫所罗门，是营地的厨子。他让我同他一起等一等，说其他人很快就会回来。他们肯定很愿意做这笔交易，对此他胸有成竹。

屋里的一个架子上有一头死去的狼，只有三条腿，用绳子和纸裹了起来。所罗门说，这头狼几个月来一直在牧群里掠食，大家都想抓住这头该死的畜生。最终，他们下药毒死了它，但对此引以为耻，毕竟他们可都是猎人。他们打算带着这头狼到村子里去，因为那里的酋长愿意为狼花大价钱。

日落时分，牧鹿人们一个接一个地回来了。他们动静很大地穿过屋门，一言不发地坐在肮脏的桌子边吃东西。所罗门给他们盛上大块的鹿肉，他们再用刀切成薄薄的小片，蘸着盐吃。吃完肉后，所罗门又端来鹿肚汤，闻起来令人反胃，不过我猜这可能是冬日里他们所拥有的最接近蔬菜的食物了。每一个人吃完后，就马上用手把油布上的碎屑抹到地上，站起来为下一个人腾位子。一个牧鹿人抱着一把破吉他，舒展身体躺在凌乱的床上，自弹自唱。

我赶了很远的路，吃了很多东西。此刻，火炉源源不断地释放热量，我很快就在他们为我准备的小床上睡着了。半夜三更的时候我醒了过来。那个弹吉他的人站在我的床边，问我是否愿意拿一两支枪同他做交易。我明确告诉他，要想从我这里得到子弹，唯一的方法就是在脑袋上挨一枪，要是他不后退，我就立马开枪。

他畏畏缩缩地退了回去，抱怨我对他不公。我告诉他最好搞清楚，不要在别人睡觉的时候去打扰，交易也等天亮以后再谈。

吃完早饭后，我做的第一件事就是向牧鹿人展示我的威士忌。他们想要得不得了，我一眼就能看出来。但他们试图压价，用那种最简单的方式——假装不为所动。我当然知道事实并非如此，不过还是任由他们这么做，好给他们留点儿面子。

关于肉的价格，我们讨价还价了一番。对我来说，最明智的做法莫过于把驯鹿活着带回去。我可以把它们套在马车上，这样它们就能自己赶路，吃深藏雪下的苔藓，我则可以在任何需要的时候宰杀它们。然而牧鹿人却不肯让步，说如果这样的话，我就得连皮毛的钱一起付了。最终我们敲定了一个价格，吐了口痰，握了握手，表示成交，还一起喝了不少威士忌。

随后他们从牧群里牵出四头驯鹿，在小屋后面一头接一头宰杀。直到这些牲口生命的最后一刻，牧鹿人都让它们保持温驯，从而避免因恐惧破坏肉质，让口感变差。这些牲口被割喉的时候眼珠打着转，鲜血喷溅在雪地上。牧鹿人拖走它们的尸体，剥下皮毛，取出内脏。在它们的目光彻底凝滞时，热气从体内升腾起来。我把鹿肚留给了牧鹿人，因为他们实在太需要这玩意儿了。

屠宰完成，雪橇装得满满的。我准备当天上午就离开。牧鹿人喝起威士忌来，我可无意在此盘桓久留。要是他们够聪明，就会再拿这些威士忌去做交易，不过我不确定他们是否有这样的头脑。那个弹吉他的家伙叫古斯塔夫，他看上去已然打定主意要狂饮一番了。

事实却证明，他比我以为的要聪明得多。想到五十英里以内，除了一头死去的狼和四五个醉醺醺的牧鹿人之外，再没有别的什么，我便松懈下来。离开小屋之后，我赶了一天的路便停下来安营扎寨。第二天早上醒来，我发现有人趁我睡着时偷走了我的枪。我的来复枪和两把手枪，还有花了我大把时间铸造的一大盒子弹，全都不翼而飞。

我咒天骂地，骂自己头脑简单，骂母亲把我养成了一个傻瓜，骂那些牧鹿人的狡诈罪行……可这并不能帮我把枪拿回来。现在，除了留在家中的那杆旧霰弹猎枪和留给平的那支来复枪，我什么也没有了。

毫无疑问，要是没有武器，我就死定了。我的面前只有一个选择。

我给母马套上鞍，追着窃贼的踪迹而去。古斯塔夫丝毫没有花力气来隐藏踪迹，他肯定以为我在追赶一个全副武装的人之前会三思而行。我的坐骑更快，他骑的只是驯鹿，可天知道他究竟在我前头跑了多少个小时。

不过，我还是小心翼翼，以免太快赶上他。我很清楚，逮住他的最佳时机是夜半时分，正如他对我做的那样。当我发现离他越来越近时，便翻身下马，徒步前行。

我最先看见的是他生起的篝火和旁边的帐篷。我知道在天黑之前没有机会靠近他，于是耐心等待。

我的脑海中已经酝酿出好几个计划；但当我发现他是如何搭帐篷的时候，便知道该如何行事了。

我于黑暗之中开始行动，用他做饭的余烬点燃了帐篷。帐篷底下铺的是鹿皮，为了睡得更软和些，他又在鹿皮下面铺了一层干枯的枝叶——这玩意儿烧起来飞快。也许是烟雾和高温在短时间内让他睡得更沉，又或是他喝了不少酒，总之过了好一会儿，他才像一只晕头转向的蜜蜂，从烟熏火燎的蜂巢里手忙脚乱地逃出来。他庆幸自己毫发无损，可没高兴多久，便意识到身处困境。

天寒地冻的时节在极北之地远行，最好把皮毛外套挂在帐篷外面，通古斯人向来严格执行这一点。这么做首先是为了减少皮毛磨损，让它们保持较好的形状。另外还有一个原因——虽然只有百分之一的概率，但也必须考虑在内——万一你半夜想去厕所，或者因为别的事情不得不到外面去，又或者纯粹是由于运气背而踢翻了炉火，帐篷就完蛋了，里面的所有东西也就跟着完蛋了。

当你在帐篷外庆幸自己没有被活活烧死时，你会抬头仰望繁星密布的夜空。很快，你便会听见呼吸中叮叮当当的结冰声——这种声音通常被称为“天使的低语”。你摩挲着单薄的衣袖，强烈的不祥预感瞬间将你淹没。

如果我是那个牧鹿人，在冻死前一定会用偷来的枪对准自己的脑袋射一发子弹，因为冻死实在是太可怕了。那天晚上有零下四十度，他受了两个小时的折磨才最终死去。

在被冻死的过程中，人身上发生的最后一件事，就是感觉身体像是烧起来一般灼热。在内脏统统停止运转时，心脏会向肌肤输送最后一点儿热血。这就是为什么明明肝脏已经冻成了冰块，人们却会撕烂他们的衣服。

我是在早晨找到他的。我追着他衣服的踪迹，来到密林深处。我看见他赤身裸体地躺在那里，通体发蓝，头发上结着白霜，阴茎冻成了冰。

谢天谢地，我的枪还在他手上。

3

杀人总是令我倍感沉重。

到底是因为我是个女人，还是因为别的原因而生来心软，我不知道。

自打记事起，我就一直在同自己天性里充满女性特质的部分斗争。如今可不是心慈手软之人的时代。

我个子很高，肩膀很宽，声音低沉，极易被误认为是男人，但还是为那个可恶的牧鹿人流了几滴眼泪。我并不希望自己这样，因为我知道他是绝对不会为我哭泣的。

温柔、良知和信仰，它们就像是那架自动钢琴，又或像是默瑟街那个老兵工厂里的书籍，在这个时代没有容身之所。没错，我吃得不精细、杀戮无忌、不会跳舞、不懂音乐，但绝不能仅仅因为这些就认为我不想做个温柔的人。

野狗从雪橇上偷走了一点儿肉，好在还有很多肉留了下来。这仍旧称得上是一次成功之行，我有了新鲜的肉，保住了我的枪。当我呼唤母马时，因为一瘸一拐而被留在这儿的马儿从落叶松下跑了出来。

由于额外增加了重量，我的速度慢了下来，回程用了一个星期，而不再是来时的五天。驾驶雪橇进城的时候，我早已筋疲力尽，浑身臭不可闻。

我叩响大门。平抱着来复枪，透过楼上的窗户向外偷瞄，一看见是我便两眼放光。我们把肉挂在阳光下，随后我才想到最好彻彻底底地把自己洗干净。

自打我离开后，天气愈加寒冷，井里的水早就结了冰。平也没什么好办法，不知道他是怎么挺过来的。我痛恨缺水。

天色还没有完全暗下去，于是我架着马车，带着冰锯，和平一起去了湖边。我们花了好几个小时，切了很多冰块，直到车子装不下为止。冰块在拉得长长的金黄色夕照里闪闪发光，像大块的冰糖，又像铺满糖霜的淡蓝色土耳其软糖。我们带着这些冰块一起回到家，把它们堆在了院子里。

我在浴室的炉子里生了火。这间浴室是父亲用雪松木搭建起来的，即使天寒地冻，里面的空气闻起来也是甜甜的。一旦温度升高，木头里的香味仿佛会渗透出来，噼里啪啦地窜进你的鼻孔。我在炉子上的铜壶里烧了点儿水，在水快开的时候丢了一个冰块进去。冰块嘶嘶作响，在高温下炸裂开来。

过了好一阵子，浴室里才充满水蒸气，终于热了起来。太阳已经落下，星星如针尖一般刺破了深蓝的夜。我把自己裹进一件厚实的浴袍里，拿着毛巾、穿着拖鞋穿过了院子。在冰冷的空气中，烟雾慵懒地升起，冷却后向下沉落，最后斜斜地划过天际，就像一根晾衣绳。

我把衣物挂在浴室外的挂钩上，穿过老旧的木门，面向干燥的热浪。那些污垢似乎是从身体里渗透出来的一般，在我腹部的褶皱里形成了肮脏的水洼。

平在门外弄出啪嗒啪嗒的声响，似乎是在迟疑要不要进来，于是我唤了他的名字。紧闭的木门一下被推开，发出了短促的吱呀声，他的脸出现在门缝里。我可不想损失任何热气，更何况耳朵里血液轰鸣，令人燥热，便冲他嚷嚷起来，让他要么进来，要么关上门。于是下一秒，他就站在了浴室里，穿着夏洛的旧睡袍，严严实实地裹到颈部，脖子上还缠着几条毛巾，半寸皮肤都没有露出来。

他瞪大眼睛看着我。我当然明白他是在盯着我的乳房看，它们在毛巾的缝隙里隐约可见，再往下就是我的阴毛。他一定震惊极了。他肯定以为自己看见的会是个男人，而不是一个枯瘦如柴的女人的裸体。不过这对我来说无关紧要。我知道自己是怎样的人。而且，我也不知道还能用什么别的方式把我是女人这件事透露给他。

可是，他盯着我的时间有点儿太长了。他张了张嘴，似乎想说些什么，紧接着便颤抖着将手放在了睡袍的结扣上，使劲拉扯，仿佛急着要把衣服脱掉。我瞬间想到，他是看见了喜欢的东西，想要尝尝鲜。可这并不是我的初衷，于是我握紧拳头。要是他胆敢再靠近一步，我就把他打晕在地。出乎意料的是，脱掉那件旧睡袍后，他蜷缩着身子啜泣起来，眼泪和鼻涕顺着脸庞滑落。

令我惊讶不已的是，平似乎是个女人。

我是对的。她那紧致而干瘪的臀部，小巧的东方人的乳房，还有漆黑凌乱的阴毛，都印证了我的猜想。奇怪之处还不止于此。她的腹部微微隆起，在我看来，她少说也已有三四个月的身孕了。

我放下拳头，感到平的双臂搂住了我，扎人的光头抵着我的脸颊。她贴在我耳边放声大哭，如同失去了躯体的灵魂。

在这样的时代里生为女人，我大概知道她在为什么而哭泣。这个世界就像装在口袋里的猫一样暴躁，它总在同自己角斗。残忍司空见惯。在镇子的最西边，成堆成堆未及掩埋的枯骨日渐惨白。

终于，平松了一口气。这么多天以来，她肯定一直在发愁该如何告诉我这件事。

我回忆起在她肩头射的那一枪，不禁打了个寒战。还有，谢天谢地，我当时没有把她腹部朝下放在马鞍上。

她让我摸摸她的肚子。肚子中间有一条向下延伸的痕纹，就像蚕豆上的裂缝，只不过颜色暗沉。她膨胀的乳头是巧克力色的。

我开始疑惑，我怎么会一直把她当成男人。事实上，除了我自己以外，近十年中我遇到的每一个女人，不是某个男人的妻子，就是他的私人财产，从无例外。我好奇平是如何活下来的，她从哪里来，孩子的父亲是谁，然而没法让她听懂我的问题。

此时此刻，平在我怀里显得那么小，就好像我是母亲，她是我的孩子。我抱着她，轻抚她如婴儿般光秃秃的脑袋，直到她的哭泣渐渐变成抽噎。我不知道她究竟是睡着了还是醒着。

第二天，整栋房子里都弥漫着寂静。平昏昏欲睡地下楼来，比平时晚了许多。经过前一晚的惊诧之后，她看着我的时候格外羞涩。

那个早上，想到这个世界上将有一个全新的生命降临，一切都变得不太一样了。

4

我从牧鹿人那里回来，同时得知平有孕在身是在一月下旬。在日历和手绘月相图的帮助下，我让她告诉我她最有可能的受孕时间。我们推算出孩子应该会在仲夏时节出生。

随着春天的临近，我开始考虑多开垦一些土地，因为我们将迎来一名新成员。我所拥有最多的东西就是种子。在过去几年里，市中心那些商店里所有用得上的东西几乎都被洗劫一空，但还是有一些零星的物品逃过一劫。柳树街上的农产品供应店里，成箱成箱包装好的种子根本无人问津。如果你首先要考虑的是如何活到明天，那么这种情形就不难理解了，因为你必须先想办法填饱今天的肚子，再找出保护自己的方式。相信我，仅仅这两件事就够让人头疼了，所以绝不会有人费劲去种庄稼。

在过去，这些种子的外包装上会印上日期，因为人们觉得它会坏掉；可我很清楚，这完全就是胡说八道。种子总能存储自身的能量。南部的沙漠里仍然有植物在生长。在那里，一粒种子会在沙海中等待一百年甚至更久的时间，只为一场好雨，为那个再次盛放的瞬间。虽然从未亲眼见过，但我听说，大约每过一个世纪，雨水就会降临；那时，由光秃秃的岩石和沙漠占领的一整片荒地将会变成鲜花和绿植的海洋。

消防站的顶部是一座瞭望塔，曾被用于寻找森林里的着火点。有一天，我从商店里拿完种子后，爬上了瞭望塔的梯子，眺望整条公路。它连贯东西，蜿蜒着穿过树林，就像一条白色的绸带。

城市前所未有地荒芜。我试图对此心存感激，却仍旧怀念它曾经的样子。然而，在我和过去之间，横亘着不可逾越的鸿沟——一条鲜血与烈火之河。

当周围的一切都分崩离析时，是习惯让人继续前行。把自己称为治安官，让马具保持清洁，让马儿整装待发，每天早上都例行巡逻，正是所有这些举动阻隔了我与绝望——至少，在平到来之前是这样。我心里很清楚，自从夏洛死去后，我这个治安官只不过是徒有虚名。

我第一次想到，我可能是最后留下的人。或许我和平是这里唯一的幸存者。一两个月之前，我知道至少还有三个家庭在城里的不同角落勉强度日。然而在这一刻，从老旧的瞭望塔上俯瞰全城，我看不到一丁点儿他们存在的迹象。

晨雾已经消散，这铅灰色的一天。今天很冷，有零下二十度，却没有一缕炊烟升起。

从我记事时，这地方就是我全部的人生。我会去想自己出生前的时光，那时我的父母和其他拓荒者家庭一起来到这里。半辈子过去后，这里再度成为空城。从我伫立的地方能看到围绕垒球场一圈的看台。看台上绿树破土，球场已然是一座灌木丛生的迷宫。主街旁的广告牌已经在风吹日晒中毁坏殆尽。我经常去喝麦乳精的杂货店则成了由焦黑的玻璃和木头搭建的蜂巢。火车站仍旧是建了一半的样子，一列火车也不曾驶过，如今是永远也不可能完工了。无数的分秒与日夜，成千上万人为了建设这个地方呕心沥血，而它最终像被任性的孩子踢倒的蚁丘一样，被摧毁了。

这个地方给了初代移民无尽的希望。现在一切又如何呢?它是一座鬼城，退回了荒野的模样。

我日益确信，除我们之外，这地方连一个人也没有了。想象一下：一座三万人的城市，只剩下两个女人和一个腹中胎儿。古怪的是，我却因此更喜欢这里了。我开始绕着整座城市漫步。我已经很多年没有这样做过了。不知为何，我觉得离这个地方更近了一些。破碎的玻璃和纸张在脚下嘎吱作响，我搜索着被遗弃的物品——脏兮兮的娃娃，破碎的眼镜，坏掉的鞋子。这些东西都在讲述着这座城的故事。

查洛纳家和贝拉斯克斯家曾经居住的房屋已经废弃。我在它们的外墙上架起梯子，爬上去往里看。查洛纳家的院子里空无一人，只有一只可怜兮兮的小花猫，瘦得皮包骨。在贝拉斯克斯家，家具完好无损，花园有些被刨过的痕迹，说明主人离开前打理过一番。但无须怀疑，他们也早已去了别处——那个杀人犯鲁迪，和他畜生一样的儿子埃米尔。

随着最后一批人的离开，大自然似乎决定收回所有的一切。在康西丁大街上，我碰上了一群野猪，至少有十二头，在一堆堆陈年垃圾里乱翻。成年野猪黝黑锃亮，体型四方，就像一个个大皮箱。我在马背上射光了两支手枪的子弹，在野猪群惊叫着逃窜时猎杀了其中的两只。随后我在大街上宰杀了它们，拖回家中，内脏则丢进了查洛纳家的院子里给那只猫。

等我回到家中，回头看见冰封路面上长长的血迹时，心里涌起一种奇怪的感觉。我解下空无子弹的手枪，放在厨房的桌子上。这时我才意识到，十五年来，我竟第一次带着没有上膛的枪出门在外。

我和平大吃大喝了好几天，又熏制了一块肋条肉留到夏天吃。我们尽力不去想这些野猪是吃什么长得这么肥硕的。很快我就后悔对那只猫的慷慨馈赠了，因为平知道用大肠做风干香肠的方法。

我注意到的另一样东西是鸟。到了四月，清晨的鸟鸣分外刺耳，总是在天还没亮时就把我吵醒。鸟的种类实在太多。我认得自己吃过的那些鸟，但是那些体型更小的——我可以叫出麻雀或知更鸟的名字，可其他的我就不认得了。看得出来，我们有了一个全新的小动物园。环境已然天翻地覆。鸟儿们可以吃掉所有被风吹落的果实和草丛里的浆果，还有许多新的地方可以栖息。

平和我开始寻找更多交流的方式。我一直都听不懂她的母语，不过我们用“chai”来表示茶，用“dinner”来指每次吃饭的时间，还有一大堆其他单词来帮助我们简化共同的生活。虽然我们离讨论政治或者分享各自的人生故事还远得很，不过事实上这倒正合我意。

平第一次感觉到胎儿在动时，脸上露出了惊诧的神情。她用自己的语言着急地说着话，把我的手放在她的肚子上。可是我什么也感觉不到，即使她用手指轻敲我的胳膊，试图让我体会那种感觉，我还是无法感同身受。又过了六到八个星期，我总算能隐约感觉到她那圆鼓鼓的小腹里有什么在蠢蠢欲动，而到了四月，我已经能够感觉出清晰的轮廓来，只是一直都不太确定自己摸到的到底是脚掌，是屁股，还是一个小小的脑袋。

平很肯定那会是个女孩，我也不知道为什么。她把每个晚上的时间都花在剪裁小裙子上。那个小东西似乎很喜欢自动钢琴，每当我奏完一曲，她都会变得格外活泼。我真希望她精通音律，这样她或许就知道如何给钢琴调音，因为这些曲子现在听上去和从前相去甚远。

那一整个春天，是我这辈子最美好的时光之一。平容光焕发，头发自由生长，肚子也越来越大。我在农产品供应店里度过了许多愉快的时光，耐心为花园挑选种子。那些小小的棕色包装袋给了我对于未来的巨大希冀：豆子，玉米，菠菜，笋瓜，还有芜菁，萝卜，甜瓜，豌豆，番茄，西葫芦，卷心菜和甜菜。积雪刚刚开始消融，我就着手用灰和马粪来翻土。我又想，嘿，我们索性也种点儿花好了，于是又弄了一大堆花来：栒子花，屈曲花，金盏花，三色堇。每天早上，鸟儿大合唱早早地把我叫醒，我便去打理我的花园，真的感觉到有那么一些色彩、理智和秩序又回到了我的世界中来。

四月底，我又带着小望远镜爬上了瞭望塔，发现马路远处有什么在向东边移动：起初是灰尘，紧接着一列队伍出现在地平线上，逐渐朝我们靠近。在通过玻璃镜片远远地看一样东西时，人会感到一种可怕的寂静。你知道那边是有声音的：马匹不堪重负，鞭子和棍棒起起落落，铁链叮当作响，有人大声责骂掉队者，但是你听不到这一切。望远镜让这一切化为平面，仿佛图画书中静止的画面。

当这一场景进入视野时，我想起了《儿童圣经》上那张摩西[1]分开红海的图画：两侧的水墙都像玻璃般光滑，水墙之间是干涸的海床，鱼儿在仓皇逃离的以色列人脚下垂死挣扎。在他们身后的道路上，法老的军队也正要踏入那两面高高的蓝墙之间，两匹高大的黑马喘着粗气，拉着法老的战车。我总是因此做噩梦，梦见他们追上了我，还能听见嗒嗒的马蹄声。我扑通一声跪在奄奄一息的鱼群之中，想着快一点儿、快一点儿，直到被夏洛张着嘴呼吸的声音吵醒，才发现房间里盈满清晨微弱的光线。

一般情况下，我不会让自己卷入麻烦，然而自从平和她的孩子到来后，我对生活似乎就有点儿掉以轻心了。不管怎么说，我都是这个城市唯一的合法继承人。那样一大队人马从我的城市的边缘经过，我却像个婚礼上的小偷一样躲躲藏藏，这感觉可不大好。

公路位于城市北部的边缘，有一条碎石路与之连接，然而上冻与解冻交替了十年之久，早已让这条小路损坏殆尽。我可不想冒险让母马踏足其上，因此选择从开阔的地方策马飞奔过去。那队人马怎么说也有接近两百号人，当他们看见我过来时，便渐渐停止了行进。我并不想靠得太近，所以在距离他们五十码的地方停了下来，等着看会不会有人过来。

在我等待的时候，马用蹄子刨着泥土。我能够感觉到落在

①《圣经》中犹太人的古代领袖。

我身上的灼热目光。有五六个骑在马背上的人正对着囚徒发号施令。我数出至少三杆来复枪，开始后悔自己的冒失。一个瘦瘦高高的家伙骑着马从队伍里出来，到了我跟前，歪了歪自己的帽子。他有一张棱角分明、皮肤粗糙的脸，一双蓝眼睛，握着缰绳的手指又细又长。

他舔了舔裂开的薄嘴唇，朝泥地上吐了口痰，说："看起来是不会下雨了。"

"这得看你们在路上走多久。"我说。

"差不多还有四个星期吧。"

他别在屁股上的枪有着长长的银色枪筒，就像他的手指一样纤细而精致。我能感觉到，他怕我不是一个人，担心还有更多人在附近埋伏。但他看上去很冷静，而且很放松——当然，就像一个法老应有的样子。出卖他的是他那群随从的眼睛，他们的目光游移不安，左顾右盼，想看看究竟有没有人在待命。

"你们来这里做什么？"我问他。

他将那双蓝眼睛眯成两条细线，一言不发。

我看向队伍中那一张张阴郁的脸。这些人全都衣衫褴褛，好不容易有个机会停下来，能蹲坐着休息片刻。都是农家女，有些人的脸蛋红通通的，还裂着口子。她们有的是中国人，有的也是亚洲面孔，但肤色深一些，是当地人。

"我是头一次见你们到这里来。"我说。我很清楚，如果他再次沉默，就代表会有麻烦。

他垂下目光，凝视交叠在马鞍前的手。随后他又缓缓抬起头，仿佛是要让我知道他并不急于回答我的问题。“我们一月份的时候曾从这里经过。”

“原来如此。”为了填补他的停顿，我说道。我盘算着能以多快的速度干掉他，再骑马一路飞奔逃离这里。我的心脏怦怦直跳，时间似乎慢了下来，我的目光也变得敏锐。这一切都是因为身体在将战斗的分子输送到血液中。我能清楚地看见他身后每一张在马背上嬉笑的脸。

“其实是这样，”他继续说道，“我在这附近弄丢了一个姑娘。你有没有恰好碰到一个流浪的人？”

我摇了摇头。

“那真是糟糕。我对她挺有好感。”他在马鞍上调转方向，皮革嘎吱作响，“很高兴遇见你。”他碰了碰帽檐，沿着原路策马返回。他的随从则让坐在地上的囚徒们站起来，继续赶路。

我没有立刻转身，而是在原地驻足良久。一方面，我是出于好奇。我对他们所有人都好奇——无论是主人还是奴隶，我好奇他们从哪里来，过着何种生活。另一方面，我也是出于警惕，生怕一旦将目光移开，就会有人对我开枪。

当所有人都离开或死去后，我留了下来；我曾一度疑惑，这么做究竟是不是正确的。那一天，眼睁睁看着那队人马消失在飞扬的尘土里，我被一种恐惧感击中了——我不知道在我缺席的时候，这个世界究竟发生了什么。

5

我给平展示了小城的地图，指出了我房子的位置，还指出了我们遇见的地方，并让她将此前生活的地方指给我看。

她把地图颠过来倒过去，想标记出确切的位置，最后在马拉海德大街的老消防站后面打了个叉。回过头来看我时，她的脸上有些一言难尽的东西，我想那是恐惧。即便那地方只是地图上的线条，仿佛也会让她回忆起那些不好的事情来。我笑了笑，摸了摸她的脸颊，安抚她说她绝不会再回到那个地方去了。

消防站矗立在镇子北边，就在公路边上；公路向西通往年代久远的油田和金矿，向东则通往空旷的苔原地带。满满的苔原旷野一直绵延到一千英里外的大海。

旅行者们有时会在消防站附近露营一晚。原来停放救火车的车棚已经空空如也，但是建筑依然很坚固，老旧的墙垣仍然足以挡风遮雨。砖块上有烧焦的痕迹，人们经过的地方丢满了空罐头。通常来说我不轻易踏进这个地方，毕竟谁也不想和那些在空荡荡的路上游走着、各怀鬼胎的人有任何瓜葛。

过去，生活在那条路上相当便利，因为它会带来生意。你不仅能拿到最低的价格，还能获得关于任何事情的第一手消息。但从某个时候开始，就全都是坏消息了。最早出现的是饥荒，随后是陷入绝望和沿街乞讨的人。最后，这些人会趁着夜幕悄悄来到你身边，在你睡觉时割开你的喉咙，将能拿走的东西悉数拿走，而后像日出前的晨雾一样消失无踪。自那以后没多久，即使是我们城里最坏的家伙，也知道要避开那条路。

在那之前，我就已经很长时间不再听从任何人了。但我始终心怀希望，希望在东部的其他城镇里，人们仍过着法律秩序内的生活。在我接连埋葬了父亲、母亲、安娜和夏洛之后，这种想法一度是我最大的安慰。我们所熟悉的生活似乎已经彻底成为过去，就像一首被遗忘的旧日歌谣，再也无人唱起。我总是在想，我们这里的情况或许尤其糟糕。又或者，人们早就把我们给忘了，在远离这里的地方，过去的那种生活仍在延续。

而过去的那种生活，当然不包括那一长串被套着枷锁的可怜女人，还有她们那跨在马背上、铁青着脸的主人。这些都不属于过往的生活，几乎只会让你相信截然相反的事实——在别的地方，情况可能更加糟糕。

没错，平在地图上打叉的那个地方，附近有一个老旧的窨井。过去那上面会盖个井盖，但肯定已经有人把井盖给滚走熔掉，打造成工具或者刀片了。那个口实在太小，除非留心去找，否则很难注意到它。我猜平也是碰巧发现它的。

我谨慎地环顾四周，镇子看起来很平静。我从马背上下来，在井口边蹲下身来，仔细研究。在我身后，母马独自朝着消防站边上的一丛青草走去。只要出门在外，我就不会在任何地方拴住她。我并不喜欢她像个畜生一样被拴起来，并相信她有着足以摆脱麻烦的判断力，只要我一召唤，她就会回来。

“下面有人吗？”我冲井里大喊。这个空荡荡的洞以低沉的隆隆回声将我的声音返还。

我把枪别在皮套里，跳了下去。

下水道在一片漆黑之中延伸了一二十码。我点亮了火绒盒里的牛油蜡烛，把火苗举在眼前。我可怜的老城啊，竟有如此令人惊艳的构造。这是一条你几乎可以站直身子的排水渠，有着混凝土浇筑的墙壁，并被分隔成了不同的区域。正中间是一条铺满树枝和落叶的细流，踩在脚下软绵绵的，全都来自上一个秋天的降雨。

在排水渠一侧墙上的凹陷处，我发现了一个很像动物巢穴的地方，里头堆积着细枝、啃过的骨头、碎布头和纸团。我踢了踢一本烧焦的书。这是平的家。她就像生活在门廊下的土拨鼠一样生活于阴暗之中，偷偷溜出去搜集书来生火。那一刻我确信，她腹中胎儿的背后并不存在爱情故事。

我从窨井里爬了出去，咂了咂舌把母马从车棚边召唤回来。那队人马一月份经过这里时，肯定为了躲避风雪而在附近驻扎过，并把女人们囚禁于此。

某个奴隶主肯定来回打量过这些筋疲力尽的女人。就是你了。

我乐于去想象平用那把并不锋利的鲍伊猎刀刺向了他。当然，最有可能的还是她趁他在稻草上睡着的时候逃跑了，跳下那个洞口，躺入黑暗之中。

她肯定在那里藏了快三个月，饥寒交迫，悲惨至极。我不愿去想她是如何生存的，都吃些什么果腹。

回家后再见到平，我难以直视她的眼睛。她的幸福使这栋房子充满了银铃般的声响和明媚的光芒。可现在，我知道她经历了什么。

我也止不住地去想我曾经遭遇过的不幸。

6

我无法详细描述接下来发生的事情，因为写下它会令我痛苦万分。

六月的时候，平死了。孩子也同她一起死去了。

在那之后，我度日如年，所谓的人生目标也烟消云散。与这件事相比，我自己的不幸，还有此前这些年里发生过的所有糟糕的事情，都形同于无。

我在城市的南边挖了个墓穴，把她们葬在了一起。墓穴被一圈桦树环绕。这里曾经是弗威斯十字街口所在地。我把她们安葬在用落叶松制成的木箱里，用一块白色的石头做墓碑，却哀伤到无法在上面刻下半个字。

临近仲夏，白昼没有尽头。鸟叫虫鸣嘈杂得令人发疯。

我觉得自己没法继续住在这个镇子里，便骑马向山中出发。

后来，我在湖边被废弃的一间小屋里住了两个月度夏。那里有一艘破旧的小船，我在湖中撒网捕鱼。可是回头再看，除了这些，那段时光对我来说是一片空白。

我还能记起的，就是八月末的一天，没有夜晚的漫长夏日即将走到尽头，蚊子已经绝迹。我吃了晚饭，穿上靴子，离开小屋，想去淹死自己。

小船靠一根张帆索停泊，因为湖面太广阔，时不时就有风浪来袭，我可不想冒险让船靠近礁石。我把船拉回来，然后出发前往湖心。

我喜欢流水的声音。船桨起落于湖水，咕咚，咕咚；船尾划过水面，咕噜，咕噜。有时还会听到小水花拍打的声响。我也喜欢落叶松散发出的气味，那是烤面包上的肉桂的香气。

对我而言，从夏天到初冬的那段时光，分担了我中年岁月里的忧愁。我知道，不出几周，第一场雪就会降临。环绕河谷的马蹄形山脉将覆上皑皑白雪，温度也会直线下降，降到唯有酒精温度计才能测温的程度——零下六七十度。湖面将被六英尺厚的冰层封住。很快，冻结的空气中将闻不到任何气味，而在五月来临、冰层轰然裂开之前，湖泊将始终沉寂。

在一百码开外的地方，我收起船桨，任船漂流。头顶的天空开始变成紫色。当来到渔网附近时，我收起了渔网。最后一次了，我想。我的心中弥漫着多年未曾有过的平静。

两条肥美的河鳟从渔网里掉到船板上，发出沉闷的声响。我为这些可怜的小家伙感到难过。我抓起一条鱼，它从我手中迅速逃脱，滑过船边的护栏。我把另一条也紧随其后扔了出去。

水面泛起一抹银光，它消失在漆黑的水中。

夜色渐浓，我扯掉靴子，直挺挺地站在摇晃的船上，捏紧鼻子，准备跳水。

关于这一刻，我已经想了很久，以至于觉得自己早就这样做过。在跳入水中时，我用力把船踢开，好让它离我远一点儿。冰凉湖水的刺激让我无法呼吸。忽然之间，我开始为求生而挣扎。夹克衫袖子里的厚棉花此刻已经灌满了水，像一对铅做的翅膀般将我使劲向下拽。我仍然仰面向上，望向天空。我闭上眼睛，强迫自己沉得更深一点儿，可身体却不听话地拼命反抗。我觉得我并不是在自杀，而是在杀一只既不甘心、也不想死的可怜虫。仿佛是这可怜虫用双腿把我支撑起来，用急促而浅弱的呼吸把空气送进我的肺里。

我估计用不了多久，我的腿就会逐渐失去力气，再也无力挣扎。这种想法反而让我松了口气。湖水缓缓灌入我的嘴巴和鼻子。我尿了出来，一股暖流扩散开来，将我包围。我等待最后一大波画面将我的脑海填满，就像我晦暗的一生全都折叠起来、压缩进那个瞬间一样。我仍能听见自己刺耳的呼吸声，但这一刻，在这气息之下，是另一种更为深邃的音符。它像是低音提琴上的一根弦，拉扯我去凝神谛听——那就是我的死亡之音。

我向后倒去。湖水咕嘟咕嘟冒着泡，没过我的耳朵，削弱了一切声响。我的身体开始颤抖。死亡似乎已经近在咫尺。那律动的低音越来越强。我撑开眼皮，想看看它到底是什么模样。

一个小小的黑影出现在我的上方，以倾斜的角度朝遥远的北方山坡急速飞去。是一架飞机。

我震惊地看着那个黑影朝山顶俯冲而下，随后便是一阵轻微的爆裂声，再后来则是树木被飞机压断所发出的裂响。这阵动静在整片山谷里回荡了许久，随后一切重归寂静。

我的手指已经冻得失去了知觉，所以花了好半天才解开夹克的扣子。我任由夹克沉进水中，自己则奋力把手伸向小船。抓到它时我已筋疲力尽，根本没力气爬上去，只好一直靠着船尾，把水全吐出来，蹬着双腿把船推向岸边。

等我摸到飞机残骸时，已经是午夜了。我太久没见过这种东西了，它看起来简直像个幽灵。我半信半疑，甚至觉得自己已经葬身湖底，眼前的这些都只是梦。

这是一架双翼飞机，装有适合夏季飞行的轮子，机身是红白色的。飞机右翼在撞击中折断了，我轻轻抚摸着金属部件上的缺口。

真正触动了我的，是树林里的气味——这气味仿佛来自童年旧梦。那时的光景如海浪般向我汹涌袭来。我止不住地回想父亲最后一次把车停在街上的那一天，他让我用一根软管把油箱里的油排到一个罐子里。我是那么用力地吸了一口，吞下了一大口汽油。我想吐却吐不出来，第二天的大便变得又黑又油。

汽油——这就是林间的气味。这气味强烈得几乎让人醉倒，如同把鼻子凑到一杯暖热的威士忌前时，那种闪闪发亮、刺鼻而锐利的感觉。

突然之间，整片树林被点亮了，比正午时分还要明亮，仿佛是被一道闪电击中。轰隆隆的爆炸声紧随其后，震得我直往后倒，并再次坠入湖底曾见过的黑暗之中。

7

通古斯人有个传说，不知多久以前，在第一批开辟东方航道的飞行员中，有个名叫西吉兹蒙德·列凡尼夫斯基的人，曾飞去勘察极北航线。

在那个久远的年代，他们的飞行器又小又不结实，也没有什么特别的仪器。他们不得不贴近地面低空飞行，中途不能停下，很容易受天气干扰。

出发两三天后，列凡尼夫斯基和他的同伴遇到了麻烦。发动机失灵了。他们没有降落伞，下方是茫茫林海。

列凡尼夫斯基知道挽救飞机为时已晚，于是赌了一把：让飞机落到湖里，至少有人能从坠机中生还。然而飞机一头扎进湖里便瞬间沉没，只留下了油污和嘶嘶的蒸汽声。

那时政府不断搜寻残骸和遗体，但始终无果。

可是通古斯人会告诉你，有人看见了那架飞机的陨落。当那架在劫难逃的飞机从天空中骤然坠落时，他们某人的曾曾曾祖父正在湖边赶着驯鹿放牧。

这位牧鹿人当时还是个小男孩，眼看飞机拍击水面，粉身碎骨，瞬间就沉了下去。过了一会儿，山谷重归寂静，湖面却因撞击震动不已，水花溅到了男孩的靴子上。

随后，男孩生了火，想着等那些人出来的时候，可以请他们喝杯茶。

我是从一个牧鹿人那里听到这个故事的。他认为这实在是太滑稽了，以至于讲故事时他笑出了眼泪。他做了个很夸张的表演：油腻腻的气泡不断从湖面冒出来，他却在生火。

想象一下吧，小男孩是如此敬畏白人的小发明，还以为那就是飞机本来的着陆方式！

这个故事似乎是在拿小男孩的单纯取乐，然而真正的笑柄却是列凡尼夫斯基和他那坠毁的飞机。

抬头仰望那架飞机，那个令人惊叹的奇迹——光是想一想这个情景，就会让通古斯人觉得自己分外渺小。他们总爱说，他们的萨满知道如何飞行。我见过一些萨满，他们很会喝酒，但是没有一个人会飞——一点儿也不会。

列凡尼夫斯基的飞机就像是白人在居高临下地向他们夸耀吹嘘——看看我们都能做什么！人人都很乐见牛皮被吹炸。

这个传说似乎是要告诉通古斯人一个道理，一个他们能从自身的生活经验，也能从和像我这样另有章法行事之人的交往中学到的道理：时间自有方法平衡万事万物，简单的东西才会细水长流，复杂的事物和要小聪明的手段则会栽跟头。要回答一样东西能存在多久，最好的方式就是看它已经存在了多久。最新的东西也终结得最快，而那些已经存在了很久的东西则会继续长久存在下去。

通古斯人早就受够了那些声称自己更先进、懂得更多的人。我了解的历史不多，但我知道，他们的先贤被杀、村庄被毁、行事方法被强行改变，这一切都是以进步为名。所以，要是他们在讲述自己的传说时偶尔沾沾自喜，也是可以理解的。

但无论何时听到那个故事，我都会有不同于通古斯人的感受。我想，人类是多么了不起的存在啊！只要我们想做，有什么是做不到的？我对祖先们满怀崇敬，因为他们生活在一片浩瀚无垠的知识之海中，知识丰盛到不能悉数装进任何一个脑袋。你可以像牧鹿人一样，笑他们把生活弄得过于复杂，以致他们变得孱弱。但你也可以惊叹于他们的心灵手巧和足智多谋，希冀着能重现他们从前的丰功伟绩。

当我醒过来时，树林在燃烧，我的眉毛和一部分头发都被烤焦了，锁骨也断了。之前的爆炸声震耳欲聋，使我一时间什么也听不到。

我仰面躺在灌木丛里，眼看一缕黑烟盘旋着飘向天际，在上升途中遮蔽了星辰。我心想：光荣的上帝啊，哈利路亚，我们又开始了。

树林连烧了三天三夜。将近一个星期后，我才得以靠近残骸所在地，可那时已经看不到太多东西了，只剩下一具黑色的金属框架和几个螺旋桨。还有几个烧焦的盒子，它们曾因爆炸的冲击飞到空中，差点儿砸到我的脑袋，真是该死。

温度实在太高了，说不上来飞机里到底有多少人，但我猜大约是五六个。我把这附近能找到的都埋了起来，以免动物吃了那些人的骸骨。我做了一个简单的十字架，用石头把它敲进地里。

回想起来，我觉得对那些人来说，那架他们殒命其中的飞机才是最好的纪念碑。当那架飞机在山谷上方划出一道弧线时，我知道自己在有生之年还从未见过如此美丽的景象。

我并不是个迷信的人，但仍把这当成一种信号。它来自上帝，神明，我的祖先，又或者是随便哪位天上之人，让我不要因绝望而自暴自弃。从死亡与灾难之中获得安慰看起来确实有点儿奇怪，可是天空中那架飞机的出现告诉了我，我不再是孤身一人。驾驶飞机的人已经死去，但我很清楚，这架飞机一定是在某个地方被造出来的，有人为她加满油，有人为她飞跃天空的旅程做好准备。当然，我仍旧为平和孩子的去世而哀痛。我一度以为，我们就是我所在乎的旧世界里仅存的三个人；但现在看来，在这片土地之外，这个世界所留存的东西远不止一点儿。它一如从前，以其该有的方式正常运转着；它施展魔法，把人和其他东西送上天空。我下定决心去找到它。

8

飞机在坠毁时大体上是朝西飞行的，因此我首先想到，它是在这里和白令海峡之间的某座城市起飞的。在把我父母从芝加哥带到这里的移民浪潮之中，五座城市被建立起来：普利茅斯、新普罗维登斯、哈默顿、埃斯佩兰萨和伊万杰琳。其中，伊万杰琳是第一座建成的城市，在两百公里以外，在最西边。

我很肯定，其中一座城市里肯定积蓄着燃料和飞机，试图寻找其他城市。换成是我，我也会这么做。既然我还在，就可能有更多的我——到处都是梅克皮斯，人人都仍在勉强维持独立的生活，既渴望与他人接触，又不敢贸然行动，就像迷失在树林里的人，担心一旦离开原地就会错过赶来的救援队。

这些城市已经多年没有联系了。即使在最安定的时候，我们之间的联系也非常微弱。移民们原则上只关注自己。大家来到这里不是为了社交，也不是为了重建被离弃的那个世界里的繁荣商贸。但即便如此，这些城市之间还是有一种亲近感。它们是我们所拥有的最接近于国家的存在。

我父亲曾经说过，当他注意到所有穷人看起来都差不多时，就决定离开美国了。

他指的并不是穷人的外表，也不仅仅是美国的穷人。他指的是身在各处的穷人。

按理说，不同国家的穷人之间的差异应当比其他人更多，因为他们扎根在各自的土地上，吃的食物、穿的衣服、住的房子、生活的习俗，全都从土地而来——稻米、小麦或木薯；毛皮、棉花或毛料；茅草、棕榈或驯鹿皮。他们全部的人生都被土地的特点和习性所定义。

父亲说，在他遇到我母亲前的那一年，一次旅行使他受到了冲击。无论在这个世界上的哪个国家或地区——无论是波斯、暹罗、印度群岛、欧洲、南太平洋，又或是美索不达米亚，穷人们开始有了相似的面目。他们住得差不多，吃得差不多，大多都穿着产自中国某地的衣服。

对父亲来说，这是人们已经同土地切断联系的征兆。我无法判断他是对是错。等我长大了、开始对他的世界感兴趣时，那个世界已经成了过去式。

他总喜欢说，从我们爬出远古的土地时起，就是“稀缺性”在塑造着我们。你获得的一切——奶酪，教堂，教养，节俭，啤酒，肥皂，耐心，家庭，杀戮，篱笆——它们之所以出现，是因为它们永远供不应求，有时勉强够用，有时则远远不够。大多数人的故事就是为了赚到足够生存的钱而拼搏却失败的故事。

拼搏当中的痛苦教会了人们忍耐。

父亲还说，他生在一个富足的世界，可那又是个颠倒混乱的世界。在那里，富人骨瘦如柴，穷人大腹便便。在他年轻的时候，地球上某一天的人口，就能超过挪亚[①]把方舟停在亚拉

---

①《圣经》中洪水灭世后的人类新始祖。据《圣经》记载，上帝因世人行恶，曾降洪水灭世。因挪亚一家行善，维护正义，上帝命挪亚制造方舟，率全家并选取每种禽兽登舟避难，因而使人类得以留传。

腊[1]以来多年的人口总和。

不必迷信、无须熟读《圣经》就能猜到丰年之后总伴随着荒年。亿万人口嗷嗷待哺，众声喧哗几乎能撼动整颗星球。但我父亲关心的并不是那些实实在在的个体。他相信总有这样或那样的办法来喂饱那些人，但富足的代价则是精神上的贫瘠。他想要逃离那个恶劣而粗鄙的世界。

通古斯人若想到竟然有人羡慕他们艰辛的生活，一定很吃惊。但像我父亲那样的男男女女却梦想着离弃原有的城市，把新鲜的根系植进泥土，在祖先们那艰苦朴素、全靠双手的世界里重新生长。他们选择了这样的生活方式来取代——取代什么呢，我不知道，也许是那些关于速度、玻璃和奢侈品的美梦吧。但无论被取代的是什么，这信念都驱使着那些相信自己永远不会挨饿的人离开了故土。

若是在几个世纪前，他们会从一位国王那里获得许可，扬帆出海，去更广阔的地方寻找殖民地。可在他们的时代，地球已经挤满了人，没有地方可以重新开始，就连月球上都插了面旗子。

我深信，他们最初提起西伯利亚时肯定是在开玩笑。在人们心中，那地方就是一片冰原，是岩石和白雪的荒漠，一年里有十个月，凛冽的风从乌拉尔山脉一直吹到太平洋。但对我们

①《圣经》中记载，方舟停泊在亚拉腊山后，挪亚放出的鸽子衔回了橄榄枝，表明洪水已经退去。

来说，万幸他们提到了这里。

他们别无选择。教会派我父亲和另一个人来这里勘察。他们飞到莫斯科，搭上了前往伊尔库茨克的火车。

我所了解的极北之地，和那时人们以为他们会看见的冰原没有一点儿相似之处。

十五岁那年，我曾和父亲一起造访苔原地带的楚科奇人。那是我人生中到过最北的地方。他带了我而不是夏洛，不仅仅是因为我年长，更因为他认为那会是一段艰苦的旅途。我知道他看重我这坚忍务实的天性，而家中的其他人全只会空想、空谈。如今看来，这对我来说算是一种安慰，毕竟我一直希望自己可以更有学问、更温柔，成为一个让他引以为豪的女儿。

即使是楚科奇人居住的地方，也不全是冰天雪地的荒原。

当时还是夏天，大地上交织着紫色和棕色。沼泽地上长着纤细的北极柳和杜鹃花。楚科奇人靠养狗获取毛皮，也靠狗出行。水面随着鲑鱼的游动起起伏伏，水中还有螃蟹，能吃到有人的脚那么长的蟹腿。我见过海豹，吃了海象，目睹鲸鱼冲破海湾里冰冷碧绿的海水并喷出水柱。尽管位于北极圈的边缘，但那片土地一点儿也不贫瘠。

后来父亲总说，在走下火车的那一刻，他便爱上了这片土地。日复一日，桦树和松树沙沙作响，声音飘过窗口，飘过遍布小木屋的村庄，也飘过有着镀金圆顶的教堂。他说，他觉得仿佛回到了曾在梦里见过的地方，一切看起来就像是走进了童年读过的故事书里。

我能体会他的意思，但可惜我从未见过其他地貌。我家房子后面有一片树林，我和树林里的熊一起长大。那里有狼，有毒蘑菇，还有一座腐朽的桥，桥下很可能躲着一只山精。故事书里的东西对我来说从不显得不着边际。真正不着边际的反而是都市生活，是父亲关于芝加哥的故事，还有我亲眼看见在半山腰解体的那架飞机。

这片土地是俄罗斯政府租借给我们用来建设和耕种的。他们为什么会让我们进来呢？原因很简单。他们的领导人希望我们能填满这个国家的空旷区域。我们是茁壮而年轻的移民。这里人烟稀少，并且人们还总是病恹恹的。

俄罗斯把极北之地分成小块租借给我们，让欧美移民重新填满了这个地方。移民们得到的土地比预想的多，他们不知该用来干什么。对我们来说这似乎是一场高明的赌局。在北方，我们的夏日变得更加漫长，冬日也变得更加温和。缓和了此处寒冬的因素，也给这颗星球人满为患的地区带去了炎热、饥荒和动乱，可没有人太过担心。

我出生在早年那虚假的曙光之中。而那所谓的黎明，却是真正的日落。

在那些和平岁月里，有四五个城市效仿我们，吸引像我父亲那样的人成为它们的市民。那些人有着相同的特质，他们从未因愤怒开过枪，也从没过过一天食不果腹的日子。

新世界的严寒与苦难让他们感到振奋而美好，就像蒸完桑拿之后在雪地上打滚一样。这样的生活对他们而言是新奇的，也是自由选择的结果。

“你难道不开心吗？”他们这样说，“你生活在这么美丽的地方，无须坐车去好几英里外的学校吃自助食堂里的垃圾食品。”我会回答开心，但只是为了让他们高兴。他们向我们描绘那个被他们抛弃的世界：人们漂泊不定，为钱疯狂，安逸的生活令他们手无缚鸡之力，充满暴力的都市雨夜将他们围困其中。

我并不了解他们离开的那个世界，所以无法评判这番景象是否写实。但我并不认同他们将“稀缺性”视为优势的观点。我们自黑暗之中降生，就像新生的驯鹿茸角一样脆弱柔嫩。为什么要拒绝那些让生活变得更容易的东西呢？为什么要摒弃城市、机器、车船、塑料和药物呢？

但对他们而言，这关乎信仰。我猜，所有移民首先必须是狂热分子。想想那些最先到罗阿诺克和普利茅斯去的开拓者们吧。当夜晚第一次降临在他们所居住的异土上时，他们是怎样的心情呢？他们身后是剧院和图书馆，是石筑教堂，还有精心修葺的先人墓地，面前则是他们那奇异迦南[1]的森林，是他们认不出的鸟儿和植物，还有新邻居们抗拒他们到来的长矛。他们怎么知道这片大陆就能支撑他们活下去？

---

① 巴勒斯坦、叙利亚和黎巴嫩沿海地区的古称，在《圣经》中是上帝答应赐给犹太人的丰饶富庶之地。

必须放弃原来的国家——这是我们定居此地的前提。

那时，这片土地几乎和现在一样，一无所有。即便如此，移民们还是要为此付出双倍的代价：他们交出现金为这片土地命名，同时放弃作为其他国家公民的权利。不仅如此，他们对这片土地之下的一切——石油、钻石和天然气，也没有任何所有权。政府将这些紧紧握在自己手中。除了薄薄的土层，我们一无所有。

父亲把他过去那本深蓝色的护照连同出生证、结婚证一起收在了一个锡质盒子里，放在阁楼上，但护照只是毫无价值的文件。所有像我一样出生在这里的人，生来就是没有国籍的。

这代价相当高昂，很多人为此犹豫不决。有些人提到了加拿大的空旷地带，说最好还是去那里定居。可是在加拿大，那些适合他们的地方都属于当地人，而海峡另一端的通古斯人对土地就没有这样的要求。

起初一切似乎都不成问题。我们当中最虔诚的人视国家为虚无的存在。可是来到这里以后，我们却让自己成为了孤儿。

俄罗斯政府从未把我们视为真正的公民。到最后，他们变得憎恨我们。一开始，政府对这里十分漠视。有那么一两次，他们派了些大人物来，想看看一切是否秩序井然，但很快就再也没人来访。我们蜷缩在这个广袤国度最荒凉的北部，没有人给予我们过多的关注。我们被遗弃了。

在持续了超过十年的三次移民浪潮中，总共七万多人来到这里，其中大部分都是像我爸妈那样的贵格会[①]教徒，来到这里后转变了宗教信仰。在剩下的人中，有些人是其他教派的信徒，坚信我们已经身处末世，而被选中的人将被提送升天；还有些人压根儿没有固定的信仰，不过他们或敬畏自然，或崇尚理性，或仅仅是坚信他们自小出生成长的那些拥挤的城市已经病入膏肓，失去了生活应有的样子。但所有移民都拥有一个共同的信念，那就是世界正在迅速崩塌。没有人是在逃离贫困；如果非要说他们是在逃离什么，那就是贫困的对立面——金钱，贪婪，偶像崇拜。抛下旧日生活时，有人欢欢喜喜，有人悲痛万分，觉得这是挫败和背弃。但所有人都相信，在极北之地的空白与宁静之中，他们能够恢复生命本该拥有的恬静旋律——朴素，坚韧，由四季和苦难来塑造生活，和志同道合之人联结在一起。

移民们都是辛勤的人。城市繁荣发展，冬季愈发温和。我们城市的北部有温泉，可以引水为温室制热。我们在北极种下番茄，还讨论说要种橙子。

渐渐地，随着时间流逝，有一件事日趋明朗：移民们的共同点远比他们预期的要少得多。整个世界的缺席放大了人们的差异。虽然努力重新开始，但人们还是很快重蹈覆辙。太多事情都是出于习惯。最开始是平均分配，可到最后总有人拥有更多，并竭力保护私产；总有人所得更少，并抗议这种不公。

① 基督教新教的一派，主张直接依靠上帝圣灵启示指导宗教生活，没有成文的教义和固定的宗教仪式，提倡和平主义，反对战争和暴力。

然而我还是认为，在最初的那些年里，这个地方似乎还可供期待，人们所做的一切都充满了使命感和希望。

战争爆发时，政府要我们宣誓效忠。我们当中的许多贵格会教徒出于信仰，不能对任何事物起誓。我们能做的最大努力就是表示认可，但政府对此非常介意。当我们告诉他们，我们的年轻人不会为他们的军队服役时，他们便收回了仅有的恩惠：便宜的燃料和药品，还有长途跋涉来教我们新母语的老师。可我们来到这里，本就是为了遗世独立。他们那里并没有我们想要的东西；非要说有的话，就是他们让我们变得更团结了一些。

我从焦黑的机翼上取下一小块碎片，当作纪念。我把它做成了一枚小小的十字架，用绳子穿起来，挂在脖子上。在有关平的伤痛深处，升起了形同那架飞机般的新的希望。

关于那架飞机，我思索得越多，越觉得自己之前想得没错。这架飞机要么是从某个姊妹城市飞出来的，要么就是从白令海峡上某个尘土飞扬的无名跑道上起飞的。它没能返航，一定有人为此心碎。我理解那种感觉，就像日复一日，等待一把钥匙打开家门，期待院子里传来熟悉的声音。可是那些人却不会回去了。他们没回去，那接下来呢？会有人再派出一架飞机吗？他们还有飞机吗？

无论他们损失了什么，我想，但凡能够组装一架飞机、并让它冲上云霄的地方，就肯定比我所在的地方要好得多。我想象着，他们甚至连悲伤都井然有序。

我眼前的世界，就是真实的世界：我手中的铅笔，写着字的旧练习本，拇指指甲被喂鸟器夹伤所留下的黑紫色瘀血，比上一次端详时有了更多皱纹的手背。对于眼前的这个世界，我看得非常清楚，因为除此之外，我别无所求。就像在追踪猎物时，我并不追踪自己希望发现的东西，我只追踪确实存在的东西。

可是面对这架飞机，还有想象中它背后的那种生活，我放弃了理智。在我与现实那清晰的面目之间，我所需要相信的关于这个世界的一切，都涌现了出来。我紧紧抓住眼前这点儿零碎的现实，因为它契合于我看待事物的首选方式；至于其他的，我全都踩在脚下，视而不见。

无论如何都要倾倒掉所有悲伤，可我其实还不够清醒。我被极度激动的情绪所控制。这个在平死去后了无生趣的世界，现在看来似乎充满了无限可能。我因希望而坐立不安，辗转反侧。在极北之地生活了这么多年，我本该早些注意到这些信号。在这个地方，一年有九个月的严寒，剩下三个月则用来拼命生存。漫长而阴冷的冬日带来悲伤与变迁，让人陷入疯狂。

我用了快一个月时间才回到城里，而后开始封锁房子，直到觉得可以动身离去。我关上每一扇窗，用交错的木条从里面封死。我用三把不同的锁锁上了门，把钥匙放进蜡封的袋子里，埋在花园的梨树下。父亲用一根树枝种成了这棵梨树，树枝是他最初从美国移民时带来的。这棵梨树长得很小，发育不良，像苔原地带的北极柳。尽管如此，它仍在生长，还偶尔结果——是个头很小、皮很厚的梨子。这果实太罕见了，与其说是食物，不如说是神物。父亲竭尽所能也没能让这棵纤弱的梨树结出更多果实。他为它修剪枝叶，施钾肥，轻轻扫动画笔给花朵授粉。年复一年，他是如此辛勤地工作，却只换来那么微薄的收获。但就算觉得沮丧，他也从来没有表露出来。

埋下钥匙时，我的脑海中闪过一个念头：我可能再也不会回来了。这场告别原本应当是清醒而深思熟虑的，可我对这趟旅途的热情、对那点儿事实的偏执，却让这场告别变成了仓皇的出走。离开时，我一路策马疾驰，身后拉着另一匹马。经过这么多年的小心翼翼，此刻兴冲冲地踏上路途，我兴奋不已。

出发让我的理智稍有回归。我还从来没有单独走上过这条又直又长的大路。路况好得令我惊讶，砾石铺得很平整。我没有想到，站在这条出奇笔直而平坦的道路上，望着它由地平线延伸而来，又向地平线绵延而去，竟然是这种感觉。暗淡的砾石与地表的弧度让这条路看上去仿佛微微浮在地面上方。道路似乎无限延伸，无论是向前还是向后；然而不管是哪个方向，都看不到半个人影。下一个移民城市在东边两百英里之外。

这里的道路并不是用机器铺设的，而是由当初苏联官员们派来的奴工修建的。

数百万人死在了这里：饥寒交迫而死，在矿井里工作到死，试图逃跑时被守卫开枪杀死，逃跑后被通古斯人打死，被一起逃跑、饥肠辘辘的同伴杀死并吃掉。死尸无数。你可以抬头看看八月的夜晚，天空中全是嗡嗡振翅的蚊子。想象一下，每只蚊子都长了一颗人脑袋，而这数量还远远不够。

你会疑惑，这片土地究竟会不会忘记这样的诅咒。

在布特哥恰克，有一座年代久远的劳改工厂。在还是个小姑娘时，我曾经坐在马背上去过那里。

布特哥恰克——光是这个名字就有一种不好的气场。工厂的主楼仍旧矗立着，还有一大片牢房。夏日高高的青草和暖洋洋的天气驱散了我们心头的阴云，然而，当我在一条小溪里把水壶灌满时，带我们到那里的通古斯向导一巴掌把水从我手中打掉。他告诉我，这水会让我生病。

他说有太多血渗透进了这片土地，这里的水是不能喝的。我不明白他为什么要吓唬我。通古斯人对所有事情都很迷信。

我父亲让马喝了水，他自己却一口也没沾。后来他说，那些囚犯过去一直在为发电站和炸弹生产挖掘铀矿，辐射早已深入地下。我想象着水的味道——舌头上满是铁的味道，或许还微微散发着硫黄的气味——就觉得胃里一阵恶心。

事实上，除了我们，没有多少人选择住在这里。通古斯人在几个世纪前就已经在此安身立命。在更寒冷的年月里，他们从蒙古出发，跟着驯鹿一路向北。还有一些人为了皮毛从西边而来。剩下的绝大部分都是囚犯和流亡者。为了在矿山和油井里工作，以获得高薪，人们通过贿赂来到东方，一旦干够时日，便纷纷返回故乡。可以想象一下，他们在故乡的公寓中醒来，旧日城市的噪音在他们耳边缭绕，钱躺在银行里，而这片陌生、冰冷、血迹斑斑的荒凉大陆只是一段回忆。

可是我们却出于信念定居在此，就像过去极少数人做的那样。这是个蛮荒之地，我们的父母却希望自由地建造起属于他们的新世界。这是个多么老套的故事啊。你肯定以为，时至今日，人们早已不相信自己能够摆脱本性的束缚，也不会再寄信念于崭新的开始。证据就在布特哥恰克俯拾皆是——缔造了新黎明的奴隶大军，还有那阴森森的大烟囱。但那些无神论的官员们想错了，我们才是正确的。这一次，光明而崭新的未来真的近在咫尺，上帝站在我们这边，我们众志成城，我们将在这冰封的北地建立起许许多多新的耶路撒冷——真是异想天开。

这个世界是一条布满鳞片的老蛇。她是个狡黠的老女人，而我正在长成一个狡黠的老女人。这颗星球上最后一个还有一口气的人也将是个狡黠的老女人。她养鸡，种菜，从无幻想，比她所有的孩子都长寿。这个世界并不多愁善感，她是无情的。我迫使自己去理解她的想法。我庆幸自己有那么一点儿理解她了。或许我会长成同她一样的人，但只有她才会永远活下去，我不会。

十月将近，我再度启程。换地方的感觉总是很不错，更何况这一次，在我心灵深处还有一线希望。

在公路上前行时，我会时不时经过挂着褪色布条的树，树下散落着古老的钱币和玻璃珠。那是通古斯人的习俗，有些树或者地方对他们来说是神圣的。

在过去，当这条路上还有真正的交通时，人们在挤上破旧的巴士、开始颠簸的漫长旅途之前，会在树上系上布条，丢下钱币，祈求能平安。救赎我们的东西可真是奇怪啊——玻璃珠，随意的足迹，还有纸片。这怎会奏效呢？

在布特哥恰克牢房里的墙上，残留着一片片字迹：某些日期，一个名字，又或者是一段咒骂。人们仿佛要留下证据，证明自己真的活过。

我不记得自己是否曾搭乘巴士出行，但那或许很可怕。把性命交给巴士，交到自己的掌控之外。就像落入湖中的我，谁会找得到我呢？

路况很好。我预计这趟旅程要花上十一二天；要是加快速度，还可以把时间压缩一半。我喜欢和马儿一起慢悠悠地前行，每天前进十五到二十英里。骑马走在路上，我偶尔会打瞌睡，眼睛半睁半闭着陷入马鞍里。在半睡半醒间，我常常陷入幻觉，总觉得自己回到了小时候。人们总以为，他们心目中的好时光，对世界而言也同样是好时光。然而在我记忆中的那几年里——无论是洒满明媚阳光，还是回荡着冬天悦耳劈柴声的日子——早已有阴影围拢而来。

七岁那年的某天，我正和父亲在一家食品杂货店里喝苏打水。那家店属于沃尔特·佩里曼，他来自某地一个非常古老的贵格会家庭。回望过去，我总将那段日子看作是好时光的一部分，因为我想不起那时我们的生活有何缺憾。记忆中，大家都心满意足，酒足饭饱，房屋在建，一切都有条不紊。

那是个苍蝇乱飞的炎炎夏日，沃尔特一边擦拭柜台，一边同父亲聊天。随后他们不再说话，一起走到了门廊上。我拿着苏打水跟在他们后面。苏打水就装在以前常见的那种瓶子里，用一颗玻璃球封口。沃尔特做了不同口味的苏打水，不过最好喝的是加了桦树糖浆的。

沃尔特和父亲正盯着一个鬼魅似的人影。她形销骨立，衣衫褴褛，光着脚，软绵绵的脚掌像驯鹿的蹄子一样张开。

有人冲她大声喊叫，而她的大眼睛里目光呆滞，一举一动都像被催眠了一般。她肯定已经徒步跋涉了数星期之久。沃尔特碰了碰她的肩膀，她便立刻在他脚边蜷缩成一团，气喘吁吁。父亲把她抱进了沃尔特的商店，放在柜台上。他们把她的头支撑起来，试图让她吃点儿东西。她摇摇头，推开他们，瘦削的肩膀起伏不定。紧接着她的眼皮抖动着合上了，就这样死在我们面前。

她是第一个。

在镇子边缘，他们发现了她的孩子。他们把两人一起埋在了镇子的公墓里，竖起一个简单的木十字架，上面写着：母与子，上帝垂怜。可继他们之后到来的人实在太多，无法一一得到同样的安葬。这并不是因为人们缺乏同情心。有些市民埋葬了他人，却在后来自己死时无人安葬。

上路后的第一天，夜幕降临之际，下起了雪。我从不介意在风雪中骑马，可是前后的能见度已骤减至十码以内。我还是比较喜欢能看见有东西在前面等着我，所以抓住机会便下了公路，来到路一侧被树林掩蔽的空地上。大雪覆盖了我的踪迹。顾虑到会有烟雾，我决定不生火。搭完帐篷后，我连吃饭的力气都没有了，倒因此节省了一点儿食物。可在半夜我醒了过来，像头熊一样饥肠辘辘，梦中煎培根的味道令我难以释怀。

9

我就这样度过了大约十天：骑马漫步，从清晨到黄昏，始终在搜寻能让牲口进食喝水的地方。我们不断前行，冰层也越来越厚。到最后，我再也无法用树枝轻松敲开冻结的溪水，而不得不找出斧头，劈开坚硬的冰层。

在夜里我常常冒险生火，因为在路上一整天也看不见一个人，何况我那装满子弹的枪就别在膝上。

在第一个晴朗的寒夜里，我看见了极光。它在空中流动起伏，就好像神在抖动洗过的床单——要是全能的主确实睡在碧绿的轻纱上的话。在这个季节，再过一段时间，极光将会变得更加色彩斑斓，不过在我眼中，此刻的它已经足够美了。光线的舞动给人以安慰，它们在我头顶从容流动，那感觉仿佛是有人在轻抚我的头发。

大约一星期后，我打了一头驼鹿。为了把它宰杀处理好，我在同一个地方宿营了两夜。除了不得不舍弃的皮毛和我不感兴趣的内脏，我可以把剩下的部分熏制或冷冻起来，之后带着上路。

在分解驼鹿时，莫名其妙地，我产生了一个奇怪的想法。我对自己说，这辈子我一定要尝一回橙子。那个单词——橙子，美丽得难以置信。我想到了橙黄色天空的模样，并试着想象橙子的味道。是介于焦糖和草莓之间的某种味道吧？

极光之下，这颗星球温柔地摇晃，一个星期分量的食物正在烟上熏制，我的内心充满希望。我觉得，无论是谁派来了那架飞机，他都会在旅途的终点等着我。有时我会陷入睡眠，梦见自己抵达了某个地方，一个有些像我母亲的女人出来迎接我，她很高兴看见我，只是有点儿瞧不上我褴褛的衣衫和果腹的食物。她给了我一篮橙子，露出了心满意足的微笑，她说，这些是我们特意为你留的。可是，无论梦见这个场景多少次，我都会在刚要把橙子送进嘴里的当口醒过来。

几个星期后，我来到埃斯佩兰萨。还在路上时我就有预感，这里并不是我要寻找的地方，但还是骑马进了城，只是想确认一下。

这里与我离开的那个城市如出一辙，城中空无一人，更别提有能让飞机飞上天的人了。这是我从湖中脱身之后，第一次对自己正在做的事情产生了一丝怀疑。现在看来，路上所有的危险时刻似乎就是为了带我去到一个比起点更糟糕的地方。我想，要是从这里一直到阿拉斯加，甚至更远的地方——要是它们全都是这种景况，该怎么办?

但我看到的飞机是真的，这一点毋庸置疑。我还亲手埋葬了飞机上的机组成员和乘客。为了自我安慰，我问自己，假如这段时间以来这里的人一直都过着正常的生活，我又会做何感想? 那一定非常伤人，不是吗? 我像活在地窖里的蟑螂一样，而他们在这里却拥有——我也不确定有些什么，也许是学校，葬礼，圣诞节，还有橙子。

过去我曾听人说过，战争时期有些士兵会在森林中销声匿迹，几十年后出来时，才发现战争已经结束了很多年。当他们喝着树桩下取的水，为了活下去连蚂蟥都要吞下时，家人却享受着和平与富足。

这真是个令人痛苦的想法：我刚刚和习以为常的世界分离，另一个世界却随着时光的飞逝日新月异，等我找到它时，可能会无地自容，就像缠着遮盖布的野人来到闪闪发光的玻璃之城。

但转念一想，我宁愿看到任何东西，也不愿看见焚毁的房屋、垃圾和废墟，听它们第一万次地讲述那个我早已置身其中的故事。

所以，那一夜，当我看见极光时，并没有感到安慰。它在我的上空冷漠地浮动，一如它还将这样浮动上一百万年。

这种失望的感觉让我稍稍清醒了一些，但我还是继续向前。

白昼渐渐缩短，天气也越来越冷。过了哈默顿，我知道铺好的路到了尽头，从这里到大海，要走的就全都是冰路了。我不得不穿上狩猎时的皮毛来保暖——貂熊皮夹克、盘羊皮裤和手套，还有柔软的驯鹿皮靴子，全是通古斯人的东西。每个夏天，为了防止它们为衣蛾所损害，我都要费好一番功夫。

大多数夜晚都是晴朗的。在这样的夜里，雪地反射着月光，我于黑暗中沿着光亮继续前行。我试过对马儿仁慈一些，可是要喂饱两匹马着实不轻松，它们全都瘦得皮包骨了。其实我心里很清楚，我迟早都得减速或者更换坐骑。周围的灌木丛里有雅库特马，但是要找到并捕获一匹恐怕得等到春天才行。不是我等不起——虽然这么告诉自己，但是放缓步伐的想法还是令我恐惧。向前，向前，雪地上的马蹄印如是说。我只想不停地向前走。在我身后，是湖里的黑影，是关于平和孩子的回忆。我仍旧没有勇气面对，它们离我太近，令我不安。

之后，在十一月初某天那个阴沉沉的上午，我在路边发现一棵被砍倒的树。当我在远处看见它时，以为它是自己倒下的；但靠近之后，才发现树干上毫无疑问是斧头的痕迹，切口还很新，显然是不久前才被砍倒的。我沿着路往前走，又发现一棵，再往前，又是一棵。

当然，仅仅因为有人聪明到会用斧头，就认为他是朋友，显然太过轻率。所以，我下了马，牵着它们徒步穿过茂密的树林。新鲜的积雪使我步履蹒跚，皮毛外套里汗流浃背。这么走确实很慢，但是这样被突袭的可能性就小一些。在一点儿一点儿向前的行进中，我清清楚楚地听到了一个声音——锯子在树干上来回拉锯的声音。

我拴好马，独自在树枝下匍匐前进，直到看见两个男人的脚。他们正在干活儿，脚上的毡靴说明他们并非通古斯人。

我趴在地上，脸上糊满雪，盯着他们的双脚。我心想，我们已沦落至此——在极北之地，走向另一个人充满危险。人与人之间那恒久的恐惧就像是一场大雾，将彼此放大，对方的一举一动似乎都暗藏杀机。

我打算站起来，尽可能缓慢而友好地靠近他们，但还是握紧了枪。

麻烦的是，我还没能走出树林，就在路边浓密的灌木丛里被发现了。我的靴子卡在了树杈里，他们听见我试图摆脱树杈的动静，便停下了手头的活计。

我原本只想摆脱树杈的纠缠，却因为失去平衡而从灌木丛中跌跌撞撞地冲上了大路，并在空中挥舞手枪。那两个男人吓坏了，手一松，锯子哐当一声砸在木头上。很快我便意识到还有第三个人，他有来复枪，站在远处，是我刚刚没有注意到。这时他转过身来，举起枪，准备扣动扳机。

我仰面躺在地上，两支枪都瞄准了他的头部，却尽可能缓慢而谨慎地开了口，让他别开枪。

他让我放下枪。他说话的时候略有停顿，因此我知道他是认真的。我继续说话，言辞冷静，语速缓慢。我说，要是我真想动手，在他们看见我之前就已经轻轻松松把他们干掉了。

锯子哐当落下的声音似乎扩散成了寂静。

我知道他并不想向我开枪。有些人生来就有暴力倾向，我看得出他并不是那种人，但我仍旧害怕他因为恐惧而杀了我。

我把枪装回皮套里，等着他走过来。

似乎用了整整一个世纪的时间，他才鼓起勇气靠近我。当他站在我身边，用来复枪指着我的鼻子时，我脊背发凉，开始后悔自己放下了武器。

另外两个人也慢慢地走了过来，他们的眼中充满了警惕与好奇，却不敢像他们的同伴靠得那么近。

拿着来复枪的男人露出了受惊的表情。他的年纪比我预料得要大得多，也没有另外两人强壮，我猜正因如此他才持枪而非持锯。他裹得比另外两人都严实，似乎是在他们伐木时负责站岗。他有一张棱角分明的拓荒者的脸。这张脸冻伤过很多次，大鼻子软塌塌的，鼻尖因严寒而发红。

“你在这里做什么？”他问道，“你从哪里来的？和谁一起？你们一共有多少人？”

我让他把枪从我脸上挪开，告诉他只有我一个人，我是自治城市伊万杰琳的治安官，经许可得以携带武器。

对他来说，消化这个信息有些困难。“伊万杰琳？”他说，“那里一个活人也没有了。你到底是从哪里来的？”

他的声音透着愤怒，就好像我说的是我来自月球，并期待他信以为真。不过，我越想就越肯定，他的愤怒源于羞愧。在这种地方被人撞见穿着打满补丁的衣服，拿着一把破枪的自己——对这样一个年纪大得足以记得一切往事的人来说，这感觉就像是蹲在茅房里却有人破门而入一样。

“我真的是从伊万杰琳来的。”我说道。他竟然震惊到放下了枪。我就知道他没什么本事。

另外两个人扒着他的肩膀问道：“他说了什么？”

“他说他是从伊万杰琳来的。”

他们把我当成了男人，这倒正合我意。风餐露宿了几个星期，我当然没有变得好看一点儿。

我问他们是否能让我站起来，其中一个伐木工便伸手把我拉了起来。随后我介绍了自己，却没有得到任何回应。他们盯着我，陷入沉默。为了交流，我问他们从哪里来。拉我站起来的那个伐木工说道：“何烈山[①]。”

这下轮到我一头雾水了。他们的外表和口音都让我把他们当成了移民，可是据我所知，在整个极北地区，没有哪个移民城市叫何烈山。像是有幸存者重拾意志和气力，开拓出了新领地这种事，在我看来简直不可思议。

我有一种鱼儿在网中扑腾的感觉——那是希望。我待人刻薄，惯于以恶意揣度他人，但又始终隐隐期待他们能出乎我的

①《圣经》中上帝向犹太人领袖摩西颁布律法的地方，被称为“上帝的山”，又称摩西山或西奈山。

意料。我竭尽所能，却无法彻底对他人绝望。即使他人有百分之九十九的肮脏邪恶，也偶尔能表现出天使的一面。我不能说这种想法是出于信仰，因为我确实没有信仰。只是，这种情况真的出现时，我的确会感到困惑。

然而，这几位新朋友并不急于热情招待我。我不禁想，他们大概希望我怎么来的就怎么消失。我解释道，我还带了两匹马，已经走了好几个星期，要是他们不嫌麻烦，能否让我的牲口喝口水、让我洗个澡，我将感激不尽。

他们并没有如你所想般热情，也没有一口答应。他们满腹疑虑地交换了多次眼神，那个拿枪的男人才点了点头。其中比较友善的那个伐木工陪着我一起去牵马。

在两个伐木工完成工作之前，我就等在那个拿枪的老男人身边。他对我非常好奇，至少是在好奇我离开的那个地方。而我也有一大堆问题想问他，可每次只要一开口，他就会走开，举枪对准树林，仿佛随时都会被包围一样。

我们在那里又待了至少一个小时。他们把木材堆在雪橇上，然后套上挽具来拖雪橇。这伙人十分阴郁，彼此几乎不说一句话。我很好奇他们是向来如此，还是因为我在场才这么腼腆。

我牵着马走在他们身边。终于，拉雪橇的两个人中有一个开口了。他问我究竟为什么来到新犹地亚[1]。上一次听人这么称

---

① 犹地亚在今巴勒斯坦南部，历史悠久，集中了基督教、伊斯兰教、犹太教的许多圣地。

呼这个地方，已经是很久以前了，所以我好一会儿才理解他的意思。

眼看他们蜷缩在这片小天地里，依然用原先的名字来称呼它，我差点儿笑出来。

我告诉那个提问的人，他的话让我想起了那个古老的故事，说的是有个猎人去森林里找一个朋友，在路上被一只熊给袭击了。

他冲我摇了摇头，说没有听过这个故事。

这段短途同行实在没什么乐趣，于是我决定把故事完整地讲给他们听。

猎人正在穿过森林。那是一个冬天，那只熊正是过去俄罗斯人称为“沙冬”的熊——也就是在冬眠中醒来的熊。由于三文鱼和浆果等食物的短缺，它在夏天没能储存足够多的脂肪，所以饿得醒了过来。

他们全都瞪大了眼睛望着我，我觉得仿佛是在给小孩子讲故事。尤其是向我提问的那个人，他那双圆圆的蓝眼睛像张开的嘴巴一样瞪得大大的，看起来对我的故事深信不疑。他的表情激励了我，我把整个故事一字不落地讲了出来，因为我喜欢他那副听得入迷的样子。

“你们可以想象一下，”我说，“还有什么能比二月里一头皮包骨头、有气无力的熊更暴躁？因为饥饿，它的皮都松弛下垂了，它还能看见什么？当然只有鲜美多汁、穿林而过的猎人了。此时此刻，熊做着吃掉猎人的美梦，直流口水，它跳了出去，咬了猎人一大口。

“猎人和熊搏斗了一会儿，但是熊更饿、更强壮，也更绝望。就在它张开血口大盆，正要像咬碎一颗松果那样咬掉猎人的脑袋时，猎人不知怎么就挣脱开了。他狂奔而去，重获自由。

“现在你们可以想象一下那个画面，当猎人出现在朋友的小木屋前时该有多狼狈。他还活着，但熊咬下了他胳膊上的一大块肉，并抓伤了他的脸。不仅如此，他还因为失血过多而眩晕。他使劲拍打着门，需要水和止血用的绷带。

“朋友打开了门。他看了猎人一眼，用沙哑低沉的声音面无表情地说：‘看得出来，你已经见过弗洛茜了。’”

也许我已经丢掉了讲故事的技巧。这是当然的，因为这些日子以来，我并没有什么机会去造访别人——无论是小坐片刻还是促膝长谈。故事讲完后，只有一阵沉默，这让我想起那两个人将锯子哐当一声丢在树干上的情形。

拿枪的男人说：“这附近的熊过得也不怎样啊。看来我们人越少，熊就越多。”

那个蓝色圆眼睛的人则什么也没说，显得有点儿失望，似乎期待的本是一个更精彩的故事。

我解释道，之所以讲这个故事，是因为听到他们管这地方叫新犹地亚。

他们仍一脸困惑地盯着我。

“我的意思是，”我接着解释道，“当事物很可怕、很危险的时候，人们就得给它起一个美好的名字，才能在夜里睡得踏实些。”

但他们还是没听明白。此外，我的解释也让故事的幽默感尽失。

“那你管这地方叫什么呢？”圆眼睛的人开了口。

我没有办法回答他。我压根儿就没给它起过名字。我可不像通古斯人，他们在这里居住了那么久，每一寸土地对他们而言都意义非凡。在我看来，这地方不过就是城市，土地，雪花，天空，熊。如果非要说它是什么，于我而言，它就是“极北”。

我父亲对结局不好的事情自有一种说法。他会说它是朝西去了。可是对我来说，朝西去了听起来倒还不错。不管怎么说，朝西方前进是太阳的轨迹。此外，就我所知的历史，人们都是向西迁徙定居、寻找自由的。不过，我们的世界却已然北上，是真正的北上。至于我们究竟往北走了多远，我才刚刚开始了解。

我们走下大路，踏上一条深入林中的狭窄的小径。我们已经走了差不多十五分钟。我开口道：“先生们，你们砍起树来可真挑剔啊。”

那个拿枪的男人知道我在暗示什么，这说明起码他的头脑没那么简单。“我们不想在离镇子过近的地方砍树。我们一直过着平静的生活，不想被打扰。”

这话很有道理。到目前为止我都很走运，但那条大路的确有可能给人带来无尽的麻烦。

我们继续沿着小路走入森林深处，最终抵达了他们称之为何烈山的地方。

这里和我预想的完全不同。毋庸置疑，他们为她费了不少功夫，但这绝不是一个我们的父辈会赞许的定居点。

逼仄蜿蜒的小径通向一块一英亩大小的林中平地，正中央围着五边形的栅栏，有一道门可供出入。栅栏圈起来了至少四分之一英亩的土地，我猜里面应该有不少房屋，因为几缕炊烟正从不同的角落袅袅升起。

他们让我等一下，而后便拖着木材消失在栅栏里。

他们进去了很久。我能看见栅栏的缝隙中有许多眼睛在盯着我，开始怀疑是否有埋伏正等着我。过了将近二十分钟，大门才升起来。门里出来了五六个人，领头的是一个穿黑色长袍的人。更奇怪的是，他身边有个和我年纪相仿的女人，她在我脚边放了一个篮子，里面装着些灰色的盐，还有一块小小的、我从来没有见过的面包。

这可真是个古怪的欢迎派对，不少人的面色其实并不友善。那个穿着黑色长袍的领头人以充满神圣感的目光注视着我，让我想笑。

他拥抱了我，我不由自主地浑身僵硬，因为我不喜欢跟男人有这样的肢体接触。我注意到他身上有一股香水味。

“欢迎你，兄弟，”他说道，“我们的幸存者，幸存者之中的幸存者。”

我还来不及去想该如何回应他，周围的人就全都跪下了，他则带领这些人进行某种表达感恩的祷告。我站在原地，觉得自己简直像个傻瓜，但又知道如果加入他们，我会显得更傻。

我只能摘下帽子表示尊重，等他们结束祷告。现在，我不仅觉得自己像个傻瓜，连耳朵也要冻僵了。

祷告结束，这些人站起来，在一阵沉默中似乎期待我做些什么。我想起了自己有生以来熬过的种种苦难，但令人尴尬的沉默不在其列。我看着这些人，认出了我在森林中碰到的那三个人，他们也和其他人一样，等着我开口。

我清了清嗓子，告诉他们我叫什么，从哪儿来，并感谢他们的友善。他们似乎想听我说更多，于是我又补充道，虽然在此之前我从没有听说过这个叫何烈山的移民地，但他们的族人一定以他们为荣。

“阿门。”穿黑色长袍、喷了香水的人说罢拉起我的胳膊，带我进去。他又冲那个女人点了点头，示意她把面包和盐拿起来。

“兄弟，”他说，“我们可以让你的马待在我们的马厩里。但是，在你作客期间，请务必交出身上那些枪，以示和平。”他看出了我的犹豫，便说：“我以自己的名义为他们担保。”究竟是什么让我信任了他？我也说不出所以然来，但是他身上的某些东西让我想起了我的一位叔叔。他应该有五十岁了。我看得出他并不是那种非常严肃的人，也很喜欢他那不须提高嗓门便可发号施令的领导方式。

我解下别着武器的腰带递给他，跟他走了进去。

这个定居点从里面看起来，要比从外面看上去大得多。这里有许多房屋，墙边还搭建有不少简陋的小屋。这里少说也住着三四十人，包括孩子——其中至少有一个还在襁褓中——还有几个颤巍巍的老人。我已经很久没有看到小孩了，或者说，活着的小孩。当我跟着领路人穿过院子去往最大的一间房屋时，这些人的目光始终紧紧追随着我。他们看上去状态不错，虽然身上有点儿脏，还有点儿营养不良。

我们在门廊上脱掉鞋子和外套，走进屋内。这是一个很深的房间，装饰朴素，让我想起了故乡的旧礼拜堂。但不同的是，这个房间的一端有一个十字架，还有一些圣母子像。这些东西在我的故乡是不会有的。

现在我知道了，他是博斯韦特教士。他邀请我在一张圆形矮桌边坐下，腿伸进放着一盆热木炭的桌子底下，桌子上盖着厚厚的棉毯，颇具亚洲风情。我们六七个人坐了下来，脚都蜷在棉毯下，炭火让人感到温暖。教士把我的枪锁进一个盒子里，收在圣坛下面，而后也坐了下来。

那个鼻子冻伤了的男人放下一个破旧的茶壶和一盘糖果，那些糖果看上去像是放了十年之久。教士倒了茶，将茶杯沿着桌子挨个传过来。

“我不会假装我们的人现在过得很好。”他说。

“是不好，”我说，“但是和其他地方比起来，你们这里已经称得上繁荣了。”他们递给我的搪瓷茶杯已经尽力清洗过了，但仍有一股炖驯鹿的味道。

“伊万杰琳的情况很糟吗？”

围桌而坐的人们不再争抢糖果，都等着我说些什么。

“什么情况？”我说，“那里一个人都没有了。”我把他很可能早就了然于胸的情况告诉了他：在那些充满灾难与颠沛流离的年月里，食不果腹的人纷纷逃离了南方。饥饿而绝望的人开始掠夺具有恻隐之心的温和之人。我告诉他们我们是怎样后知后觉地委任一些人当治安官来维护和平，但那时的情况已经失控。“不管怎么样，最恶劣的人就源自市民群体自身。事实证明，只有在时代允许的情况下，善良才会存在。”

“这个嘛，我们应该抱有更多希望，梅克皮斯先生。”

“埃斯佩兰萨的情况也一样，”我继续说道，“我路上经过了那里。我估计哈默顿也是如此。”

“如果你要去哈默顿，就不必再走这段路程了。你在这里所看到的一切，就是那个地方仅有的余存。”

我告诉他我以为这个地方叫何烈山。

“或者，你也可以叫它新哈默顿。”他咧嘴一笑，并没有开玩笑的意思。他一手揉了揉困倦的眼睛，另一只手伸向了糖果。

环顾这些人熏肉般黝黑的脸，我思索着他们和通古斯人究竟有多相似。他们原本是欧洲人的面孔，来到这里，却像一块块干净的白肥皂，任凭严寒与朔风为他们雕刻出了新的亚洲面孔。

“哈默顿发生了什么？”

博斯韦特摇了摇头。我从他身上感觉到了强烈的疲倦。“和你说的差不多。最终，我们不得不接受信仰发生巨变的事实，不得不放弃许多曾视如珍宝的东西。”

我试着想象父亲说出这句话的样子。对他来说，这意味着彻头彻尾的失败。在他口中，这句话的意思是：“我们来到这里，失去了一切。”

“万事万物都自有寿命。”博斯韦特说，“你只是从未想到自己有朝一日会来到一切的尽头，从未想过自己会成为这尽头的一部分。”

在他周围，人们要么点头，要么含着糖果啜着茶水。他们看起来是那么无忧无虑，就好像是由父亲承担了一切烦恼的小孩。

博斯韦特继续说道：“当生活变得更为艰难而简朴时，我感觉自己与上帝如此亲近，这是伟大的恩赐。”

圆眼睛的男人及时喝完杯中的茶，以一声“阿门”接上了博斯韦特的话，其他人也都纷纷跟上。

教士站了起来，告诉我说，他们很欢迎我留在这里，想留多久都可以。

没有了枪，我觉得臀部轻飘飘的，就像在长途跋涉一整天后脱掉重重的靴子一样。

他们在一间简陋的小屋里给了我一张床，屋子的主人是个名叫维奥莱特的女人。她给了我一盘冷土豆和一点儿肥肉，看着我吃完。屋里有一股臭味，害我起初完全吃不下东西，好在过了一会儿也就适应了。

我以为屋里只有我们两个人，但墙角的帘子后突然传出一个沙哑而苍老的声音。“我要死了！”那声音说道。

维奥莱特掀起帘子走进去。“住嘴吧，妈妈。”她说，“有客人来了，是个年轻的小伙子。”

这话从两方面看都是错的。

出于礼貌，我走到了帘子跟前。一个瘦瘦小小、掉光了牙齿的老妇人坐在酸臭的床单上，看上去就像是一把枯柴。“我要死了！”她冲我喊道。

维奥莱特冲我转了转眼珠，把帘子放了下来。“别管她。”她说。

她让我睡在她的床上——一张勉强支在地面上的行军床，我一躺下，它便嘎吱作响。维奥莱特和她母亲睡一床。那个老妇人一整晚都没消停，一直在哭喊呻吟：“我要死了！”

夜半时分，维奥莱特起床给炉子加木柴，吵醒了我。炉门吱呀一声打开了，木柴放进去后，屋里亮了一些。她没有立即关上炉门，而是走到我床边站着。我假装睡着了。炉子里的火焰在我的眼前映出一片橘红色。当她站在一旁低头盯着我时，我能听到她鼻孔里传出的呼吸声。

紧接着我感觉到一阵酥痒，随即意识到是她抚摩我的头。她动作轻柔，但我一点儿也不觉得舒服。

“你在干什么？”我开了口。

她一点儿也不惊讶，仍旧抚摩着我。“你的脸怎么了？”她问。

“被烧伤了。”我回答。

“真是可怜。”她说。她又这样抚摩了一会儿，而后关上炉门，回到了老妇人的床上。

我从不为自己感到难过，从不。可是，那小小的温柔之举却让我感到了久违的悲伤。好一会儿，我都没能睡着，脑中不断翻腾着关于平和她的宝宝的一切。每过一会儿，那个老妇人都要用她尖锐而沙哑的嗓子嚷嚷，就像布谷鸟时钟一样。她的“我要死了”似乎是在为我们所有人发声。

10

无论怎么看，何烈山这地方都有点儿奇怪。我并不想留在这里，但是我的马儿们夜里突发腹痛，所以第二天一早是不可能离开了，接下来的几天也不可能。

而且我也不大喜欢和维奥莱特还有她母亲睡在一起。她们的屋子又热又臭，那个老妇人止不住的哭喊还总让我做噩梦。

一天晚上，我做了个关于女人和婴儿的梦。所有人都通体火红，哀号连天。他们一个接一个地从他人体内翻滚出来，通过脐带彼此相连，形成绵延不绝的链条，就像用纸剪出来的一连串人形。这一串人形无穷无尽，婴儿就是母亲，都带着自己的孩子，要是不遗余力往前追溯，就会回到创世记之初的第一个女人那里——那个顶着一张干瘦的猴脸、曾直立行走的女人。

你只是从未想到自己有朝一日会来到一切的尽头。博斯韦特是这样说的。

平的孩子也是个女孩。由于胎位不正，她在母亲的子宫里被自己的脐带缠绕窒息而死。那根链条同她一起死去了。至于我这根链条，我是链条上的最后一个，不会再有狡猾的小妇人从我的身体里掉出来了。

我以为故乡已经相当贫瘠，可是何烈山简直有过之无不及。他们在森林里挖蕨菜和牛蒡，一日三餐都是清汤寡水，一周顶多吃两次肉。唯一充足的东西就是信仰。他们每天都要进三次教堂。早晨、中午和晚上，他们会列队进入那栋建筑，听博斯韦特读《圣经》，或接受长达一个小时的布道。我觉得要是他们少做些祈祷，或许就能吃得好点儿，但又想，作为客人的我最好还是缄口不语。

第二天，我决定不去听布道，而是到森林里勘察一番。刚走出栅栏不到五百码，我就撞见了五六只野生驯鹿。它们在密林里嗅来嗅去，寻觅果腹的苔藓。我的枪还在博斯韦特那里，所以什么也做不了，只能眼巴巴地看着它们——真是让我难以忍受。那些傻瓜全都饥肠辘辘地坐在教堂里，而这里呢，早餐、午餐和晚餐长着四条腿到处晃荡，就看你敢不敢把它塞进嘴里了。

我跑回栅栏。那里每时每刻都有一人在守卫，他让我进去了。我径直走到教堂，气喘吁吁地闯了进去。我请他们原谅我的打断，并把驯鹿的事情告诉他们，说要是教士先生愿意还给我一支枪，我会把多到吃不完的鹿肉放到桌子上，报答他们对我的款待。

在我说话时，博斯韦特铁青着脸，面容僵硬得就像一把斧头。我一说完，他便对信众说，正如他们当中许多人还不了解梅克皮斯兄弟，梅克皮斯兄弟也同样还没机会了解何烈山的风俗——尤其是侍奉上帝高于一切，对圣洁的渴望要远远超过口腹之欲。

要是我再聪明一点儿，便会就此打住。一切都在劝我保持沉默——无论是博斯韦特眼里闪烁的怒意，还是信众吓得目瞪口呆的表情。可是，独自生活了这么久，我变得非常顽固。

我说，非常抱歉我这么大声又不礼貌地闯了进来，一般来说我是不会这么干的。我并不是说他们应该停止祈祷，或者教士先生应该停止布道。只是，我自己不常来做礼拜，所以要是能为他们做些什么的话，我会很高兴。我还说，即便是耶稣，也会让门徒在安息日去采集玉米穗。所以，怎么样？我能拿回一支枪吗？

现在我总算明白了，我把自己搞得像葬礼上表演杂耍的人一样不受欢迎。博斯韦特低声喝止了我，说在礼拜结束前不要再提这件事。而后他转过身去，背对我，用高亢的声音祈祷了十分钟。大部分信众都随他一起转过脸去，只有一两个孩子还盯着我看，但很快被哄着移开了视线。

我气到没听进他说的任何一个字，满脑子都是那些在森林里嗅来嗅去的驯鹿。我当然很饿，但同样也是为教堂里那些苍白瘦削的孩子们着想。他们全都挂着黄色的鼻涕，满脸是灰。比起一肚子的漂亮话，一盘肉能让他们好很多。

人们嘟囔着重新开始祈祷，我则怒气冲冲、大步流星地离开了。

接下来的几天，博斯韦特都没有跟我说话。更确切地说，他看见我时虽然会同我打招呼，但态度非常冷淡，而何烈山的其他人大多都效仿他的做法。不过这对我来说不算什么。在照顾马儿时，我有太多事情要做；其余时间里，我就喜欢出去走一走。可遗憾的是，我再也没有碰上驯鹿。

每次维奥莱特戴着头巾从小教堂回来时——她母亲实在太虚弱了，没法离开小屋——我都会问她博斯韦特讲了些什么。他在多数时候会告诉他们，在这种艰难的时刻，要紧紧聚在耶稣基督身边，将耶稣基督奉为心中的火光，总之就是类似的空话。不过，他也告诫他们，要警惕假先知[1]，要知道四分五裂有多危险。通过这些我能确定，他极不希望在自己人当中出现叛徒。

成为博斯韦特布道的题材让我有些受宠若惊，尽管我并不是有意冒犯。我想，等马儿的情况好转，我就要继续前行——这对我们双方而言都是好事。

在准备离开前的一天，我去他的住处找他。那是在晚祷结束约一个小时后，他正在灯光下写东西。房间非常舒适，他手边摆着一盘食物。

我一进来，他便放下钢笔，合上了书。

---

①《圣经》中记载，末世时代将有人伪装成先知，以异能、神迹、奇事迷惑众人。

“您的住处真不错。”为了表示友好，我说道。

“我的人很乐意让我过得舒服一些。”他说道，仿佛我是想激怒他似的。

我告诉他自己打算继续上路，想为接下来的旅途做好准备。对此他并不惊讶。我接着说，我需要拿回枪，好在离开前去打猎；另外，出于对何烈山居民的感谢，我希望他能让我同大家分享我打回来的猎物。

他说他们有严格的规定，栅栏内禁止持有武器，不过在我骑马出去时，他可以把枪还给我，只要我回来时能把枪交给他保管就行。

我告诉他没问题。

在我动身去打猎前，他以师长般的口吻询问我究竟发生了什么，使我对宗教不再热忱。毕竟，作为移民的孩子，我必然是在教堂里长大的。

我答道，就我个人而言，我无法在宗教里得到太多东西。宗教要么让人内心柔软、充满爱意，要么就让人觉得自己高人一等。我还说，我完整地读过《圣经》，觉得那全是骗人的。在我看来，《圣经》明显是利未人编造出来的，目的就是让其他支派来供养他们[①]。上面的故事纵然不错，但仍充斥着胡话，比如

---

①《圣经》中记载，犹太人的祖先雅各育有十二子，其后代形成了十二个支派。其中，利未人是雅各第三子利未的后代，在各支派中地位突出，主管宗教事务。其他支派要把每年生产所得的十分之一交给利未人享用，再由利未人从中抽取十分之一献给上帝。

乌陵和土明[1]。《旧约全书》里的那些国王是天底下最大的罪人。

“有意思，”他喃喃道，“很有意思。”

我说，如有冒犯，是我不好，不过他会发现我是个直肠子的；明天一早我会来取我的枪。

就在我要离开时，他叫住了我。“有时候，”他说，“人的当务之急是活下来。我们确实失去了太多东西，但我们的人团结在了一起，你却是你那座城市的最后一个人。问问你自己，当你的城市、其他城市倾塌之时，我们这个地方的幸存是拜什么所赐？”

我说我一直都信奉运气这种力量。

“没错，”他说，“或许如你所说。”

但在暮光中踱回维奥莱特的小屋时，我想他或许的确有道理。不管怎么说，博斯韦特成功地把人们聚集在了一起。即便摩西和穆罕默德[2]都是骗子，那也比将赤裸裸的真相抛给人们要好：我们全在荒漠之中，孤立无援，所有人都会死。虽然这就是事实，但这种话对人们来说恐怕不够仁慈，也毫无用处。

躺在床上，听维奥莱特的母亲仍在叫嚷着“我要死了！我要死了！”，我想，自己之所以生博斯韦特的气，是不是因为其实很想信任他，其实很想像只小猫一样蜷在全能的上帝的臂弯里，臣服于他的智慧？

---

①《圣经》中古代犹太人用来判断上帝意志的两样宗教物品，其形态与用法今已不明。

② 伊斯兰教的创始人。

这天晚上，我又做了一个奇怪的梦。这一次，成千上万人聚集在码头，准备登上一艘巨大的船。不一会儿，码头上就挤满了等着上船的人。很快人变少了，转瞬之间，似乎所有人都上了船，只剩下我和几个掉队的人。我们就像被挪亚抛下的怪模怪样的动物，无关紧要，难逃一死。

博斯韦特兑现了他的承诺。在晨祷之前，他陪我一起走出栅栏，把枪递给了我。我告诉他我大概过一两天就会回来，但也要视打猎的情况而定。

在心知即将短暂分开的这一刻，我们的相处变得前所未有地和睦。他很高兴能够摆脱我，因此对我非常温和。“我会尊重那些与我意见不同的人。”他说，“这里的人对你很有好感，梅克皮斯。”

我猜他指的是那群跟在我身后的小孩子，因为我已经习惯把剩余的食物分给他们。不过，他说的似乎是他自己。

“您一定不会想念我，对吗？”翻身上马时，我说道。

他没有回答，迎着光冲我眨了眨眼，咧开嘴露出了大大的笑容。我能感觉到，他的目光一直追随着我进了森林。

11

我是那种需要动起来的人。有时，我的身体会像想溜达的狗那样冲我狂吠——时时如此。父亲说，要是哪天晚上我什么也不干，只是坐着写写作业就上床睡觉，恶魔就会钻进我的腿里，让我踢来踢去，坐立不安。母亲则说我就像个婴儿，总是双腿乱蹬，身体乱扭，手挥舞个不停。

动起来的时候，我的脑袋也会好使一点儿。要是可以在教室里走来走去，我就能学到更多东西。只要在座位上坐个二十分钟，我的膝盖就会抖个不停，猛击书桌，打翻墨水，惹出麻烦来。

治安官学校的情况则截然不同。那时我长大了，班上只有六个人，课堂上的时间似乎并没有那么难熬。我们必须学得很快，这过程令人兴奋。坐在学校里看似规行矩步，但事实上光是上这所学校就是大逆不道。那时仍然有很多人对我们愤怒不已，甚至包括我们的家人。

我们是治安官，一直以来学习的就是使用武力。而我们的父母之所以来到这片土地，恰恰是因为他们当中的大多数人反对使用武力。我的家人对我遭遇的一切感到羞愧，所以没法说什么。但那些和我一起接受训练的人，我知道他们的日子有多难熬。

我，一个疯子。我从来就不属于他们的世界。我是说，我相信善，可是有太多人过度执着于表现善。就像克拉肖一家和斯特德曼一家，他们放弃吃荤，因为吃荤不虔诚。

而由于我的天性、我的好枪法和我遭遇的一切，城里的人似乎都很包容我。

训练我们的人叫比尔·埃文斯。来自阿拉斯加，人们在银行楼上给了他一间教室，让他来教我们。

我爱比尔·埃文斯。他又胖又暴躁，抽烟、骂人，对一切毫无耐心——无论是对城里的人，还是对他们为恪守信条产生的焦虑。由于不知该管我们叫什么，他们争吵不休，对此埃文斯同样厌烦不已。

“太少了，也太晚了，”他说，“世界尽头的小贵格村，你们需要的不是警力，而是军队。”

有些家庭则如同置身事外，全然不顾自己的城市发生了什么——哪怕被饥肠辘辘的人抢劫，哪怕他们的女儿遭遇不幸。他们宁愿一走了之。

我们激起了那些声称决不信奉仇恨者的恨意。在我们巡逻时，有人会朝我们吐口水。这时别往心里去就好，他们对事不对人。他们发觉亲手创造的世界正在悄然瓦解，而我们就是它终结的象征。城市不再安全，他们责怪我们——这些可恶的治安官。

如今，一切都已成为遥远的历史。城镇消失了，劫掠它们的人已去往别处。极北之地看上去就像是我自己，是何烈山，是零星的通古斯人，是用破碎机翼轻挠我胸口的希望的魅影。

挪亚向洪水滔天的陆地放出飞鸟，其中一只衔回了一片树叶。对我来说，那架飞机就是这片树叶。它意味着我们没有被遗忘，还有别的人在这场洪水中得救。有人在亚拉腊山搁浅，洪水已经退去。

有时我会情不自禁地在脑海中创造出新的生命，构想着新世界的模样。也就是在这时，我感觉自己似乎稍微理解了父亲。在他搬来极北之地时，他脑中的世界一定和我想要的十分相像。我终于明白，他没有做错什么。那是时代所趋，是浩劫席卷这颗星球的必然结果。人身上存在着各种各样的可能性，是成为恶魔还是成为天使，全看时代如何驱动。就像种子可以冲破混凝土，对生的渴望会让人无所不为。生在这样一个生存资本无比匮乏的时代，是每个人的不幸。

我承认，越不怎么看到人，我就越是喜欢人。如此过了两天，我几乎准备好要给博斯韦特一个拥抱了。或许表面看来并非如此，但我确实有一颗柔软的心。我心里有一抔温热的泥土，平在其中扎了根，当她离去时，我几乎被撕裂了。

第一天我一无所获，但幸运的是第二天一早我便碰上了一群驯鹿。当我伸出空空的手，喊着“玛卡，玛卡”，假装要喂它们盐时，它们便翘起鼻子向我靠近。于是我知道，它们曾经被人驯养过。

它们已经靠上前来，可一发现没有盐，便立刻掉头跑开，提高警觉。我很可能筋疲力尽追上一整天也抓不到一头，便决定换种办法。

我脱掉裤子蹲下，拖着靴子往前挪步，把尿淋在雪地上。只要有新鲜的尿在，就没人能赶走那些驯鹿。对它们来说，尿里的热量和盐分就像是苹果派。就在它们争先恐后地抢夺最新鲜的食物时，我提起裤子，一下拴住了六头驯鹿。

让它们全都老老实实向前走绝不是件简单的事。时不时就有一两头驯鹿盯住一块苔藓不放；在试图把它们拉回来时，我还得先牢牢拴住其他几头，因为我实在没强壮到能徒手控制六头驯鹿。不过，弄到这么多食物令我心满意足。我知道，何烈山的人早就饿坏了，他们不会浪费一点儿食物，连蹄子都会吃得一干二净。

我赶着驯鹿，慢慢往回走，抵达栅栏时已经接近第三天傍晚。

门卫推开窥视口，告诉我等一下，他去找教士来接我。

我很友好地问候了博斯韦特，虽然筋疲力尽，但我为自己的战果感到骄傲。艰苦的工作似乎让我重焕生机。“希望这些对你们有用。”我说着冲他挥了挥枪。他往后缩了缩，随后看出我无意伤害他，便微笑着接过了枪。

尽管已记不清当时的情形，但我记得自己一进大门，人们就全都向我扑来。重击落在我的肩上，如同树枝砸在身上，一阵钝痛让我跪倒在地。

我无法告诉你有多少人攻击了我，也说不清他们都用了什么工具。我唯一记住的，是我最初在森林里遇到的那个圆眼睛男人的脸。那双眼睛里满是仇恨。他抡起棍子打断我的胳膊，尖叫着“叛徒”。我告诉自己，好吧，就这样吧。我有气无力地蜷起身子倒在地上，心知根本不可能打得过这么多人。倒下来后，人们便停了手，抓着我的脚把我拖进栅栏边一间比狗窝大不了多少的窝棚。

他们把我塞进去，又踢了我几脚，我以咒骂回击，把最难听的话都送给了那个两面三刀的教士。有人提议泼我一桶水，让我闭嘴。太阳还没下山，但温度已经很低了，湿漉漉的衣服仿佛要把我骨头里的热量也抽走。但我还是咬紧发紫的嘴唇，狠狠咒骂他们，因为我深知，一旦自己失去知觉，就会被严寒彻底夺去性命。

幸好水是斜着朝我泼过来的，我没有浑身湿透，得以逃过一劫。但在日暮时分被他们拖出窝棚时，我还是满头结冰，像发着高烧一样浑身颤抖。

博斯韦特和几个长者在教堂里摆好一圈椅子，把我安置在最中间的板凳上，坐得比其他人都要低。这样一来，我就得不停转向正在同我说话的人。我的手脚都被生牛皮做的绳子紧紧捆住，紧到绳子都勒进了肉里，只得一瘸一拐地走到中间。只要微微动一下被打折的胳膊，我就钻心地疼。

教士的脸阴沉沉的。他对我说，他别无选择，只能顺从民意，将我逮捕。

我问道，他们究竟凭什么这样待我不公。其中一个老家伙怒气冲冲地站起来说，像我这样不诚实的婊子有什么资格要求公平？我说，威胁一个像我这样被五花大绑的人，他可真是够威风的，但我还是不明白自己究竟干了什么，值得他们如此痛恨我。

博斯韦特说，他们有一大堆事要指控我，其中最严重的就是我从事间谍活动。他们还想弄明白为什么我要伪装成男人。

我说，我从没想过伪装成什么，只不过别人若是打定主意把我当成男人，我也没必要去纠正。你们愿意把我当什么就当什么。

之前辱骂我的那个老家伙又跳了起来，说我就是个婊子，是个骗人骗惯了的丑八怪。

看得出来，博斯韦特觉得他太过火了，让他坐了下来。“更严重的是，”博斯韦特继续说，“我们在你的行李里发现了这些写满密码的笔记本。把本子给她看，普里查德博士。”

普里查德博士五十岁左右，看起来精力充沛。他一直保持沉默，但我认出他就是那个往我身上泼水的人。他将一本赞美诗集那么大的破旧本子举到我眼前，翻开它来。磨损的纸页上布满字母和符号，看得出来是用手蘸着墨水写的。有人煞费苦心写下了这些，但那个人并不是我，我此前从未见过这东西——我这样告诉他们。

“那它怎么会在你的行李里？”

我说他们应当比我更清楚，因为这就是他们自己放进去的。

“你否认这东西属于你吗？”

“是的。”我说。

他们似乎对我的回答很满意，反正他们也没期待得到别的答案。那天晚上我没有再多说什么，他们很快把我带去了栅栏内的一处牢房。

在那两周的大部分时间里，他们把我关在牢中，喂我泔水，在深夜或清晨时便把我拖出去问话。有时是普里查德博士负责提问，有时则是博斯韦特。

除了睡眠不足、食物糟糕之外，这日子其实不算难熬。每次问话，他们都会变出更多伪造的书来，还说全是我带来的，就好像我是座流动图书馆。

他们提出各种各样的问题：我从哪儿来，为什么打扮成男人，我的脸怎么了。我尽可能直接地回答他们。

当他们谈到共犯，并提到何烈山里一些我从未听过的人名时，我的脑中敲响了警钟。“雅各布·维奇”是他们反反复复提到的名字。我回答说不认识这个人，他们便嗤之以鼻，对我失去耐心。

结果我就这么成了骗子。第二天，他们蒙住我的头，又把我带过去，告诉我即将和雅各布·维奇当面对质。

他们扯下我的头罩，突如其来的光线使我眨了好一会儿眼。这一次，小教堂里的人更多了。博斯韦特坐得远远的，做着记录。

雅各布·维奇垂头丧气地坐在他们面前的凳子上。我当然见过他——他就是那天拿着枪在树林里给伐木工放哨的那个老人，那时我还不知道何烈山这地方是什么模样。

没什么可惊讶的。他们已经狠狠修理过他了。他的一只耳朵扯破了，残留的半截拇指血肉模糊。我的到来似乎让维奇的敌人受益匪浅。我不止一次地想，这个可怜的家伙究竟做了什么才被如此对待。我见过太多残酷的事，知道这种事常常发生在不幸之人而非有罪之人身上。何烈山是一个浸没在暮光里的地方，我的故乡曾经也一样。最后的那些日子，也是最糟糕的日子。

博斯韦特与我目光相接，我感到一丝理解在我们之间一闪而过。过去，比尔·埃文斯管这叫冷读术[1]。他说，在侦查工作当中，最优秀的警探能够潜入另一个人的肌肤，了解对方所了解的一切，感受对方所感受的一切。比尔觉得我在这方面有天赋，因为我是女人。你很难憎恨被自己使用过冷读术的对象，因为你明白他们一举一动背后的缘由。即使是博斯韦特这样戒心极强的人，身上也是有裂痕的。

那个瞬间，我看出博斯韦特生活在恐惧之中，他惧怕他所领导的这些人。爱与仁慈并不能保证他们的顺从。要驯服这些绝望、饥饿之人，博斯韦特必须利用古老神明的力量——铁腕与仁慈。它们就像古老图腾下的一对幽灵，需要以鲜血献祭。为了恫吓那些饥肠辘辘的人，可怜的维奇将会死去。我感觉得到，博斯韦特和我一样对此心知肚明。他的样子告诉我，他多少有些鄙视自己的所作所为，但这并未让我感到丝毫安慰。他身上还有极尽阴暗的部分，正因为我看见了这些，他很想把我一并弄死。

那天晚上他们竖起了绞架，黎明时分便把我们拉出去游街。

---

① 通过观察和分析对方的肢体语言、外貌神态、宗教信仰、教育水平等，迅速推测并获取对方的大量信息。

我们总共有四个人，我不知道其余三个人之前被关在哪里。他们看上去比我糟糕多了。

维奇的手和耳朵都包扎上了，脸色比煮熟的牛肉还要灰暗。

博斯韦特对他说，作为密谋背叛何烈山人民的头目，他无法指望得到宽恕，但可以留下遗言。

维奇喃喃祈祷一番后，他们便把他推下了绞架。坠落的距离太短，他不停地蹬着腿，直到被勒死为止。

轮到我了。时间似乎慢了下来。我心想，一定要记住这一切。各种奇怪的念头在我的脑海里冒了出来。被当成叛徒绞死，多奇怪啊。在骨折的手臂刚开始长回去时被绞死，多奇怪啊。

博斯韦特说我是共犯，被判处死刑，问我还有什么要说的。

所有人都看向我，等着我开口，但我一个字也没有说。我看着他们脏兮兮的衣服，那颜色和将要吞没我的泥土颜色看上去一模一样。

沉入湖里的那一次，我神志不清，头脑混乱得就像一个月没睡，因此即将离世的痛苦似乎也并不深重。但是此刻，我感到悲伤。

至少还有六个星期，春天才会到来。可即便身处这样的严寒中，天空依然让人赏心悦目。阳光洒在消融的冰层上，看起来就像孩子的眼睛一样湿润而清澈。

我身旁的绳子上吊着雅各布·维奇扭曲变形的尸体，绞架发出嘎吱嘎吱的声音。

我对临终遗言一事并不陌生，所以你或许以为我精于此道。

事实上，尽管打算以沉默和憎恨来面对他们，但既已打了这么多年腹稿，我的遗言还是在最后一刻脱口而出。不过，那是一些毫无意义的话。

“你们从我这里拿走的东西根本不是我的。”我说。他们都等着我说些别的，我却陷入久久的沉默。我足够聪明，知道再说下去只会火上浇油。

“死刑是得到《圣经》许可的。”博斯韦特说。他的声音洪亮，像冰锯切割冰块一样刺耳。“长期以来，我们四处布道，反对死刑，但是耶稣实现了圣父在《旧约全书》中的预言。耶稣本身就是上帝，他绝不可能做自相矛盾的事。他在处死圣灵的敌人时，毫不迟疑。”人群中有人喃喃低语道：“阿门。”

晚安，梅克皮斯，我心想。我已经做好准备，等着背部被人一推，惊慌失措，温热的鲜血扼住喉咙。我对自己说，你得向后仰，呼吸。比起拼死挣扎，我想认命才能减轻痛苦。

“即便如此，”博斯韦特接着说，“耶稣也曾满怀仁慈地抛洒热血，在某些情况下，那种慈悲可以赦免酷刑。在这个案子里，由于受刑者是女性，我们决定减刑，将其判为无期徒刑。”

神父总喜欢用一些晦涩拗口、几乎不像是英文的词来为他的发言增色。

但是我听明白了——我是个女人，所以他们要对我网开一面。有生以来我还是第一次受到这等待遇。

被他们放下来时，我眼前的大地开始嘶鸣、沸腾。在此前的人生中我从未昏倒过，要是现在昏倒可真是该死。当他们把我带回牢房时，我的腿像两条香肠般有气无力地垂在地上，拖在身后。

绞刑结束后，他们让我在黑暗中枯坐了好几天，因为我说胳膊还没痊愈，没法干重活儿。有些人不愿意，说我另一只手看起来好得很，明明有那么多诚实的人在挨饿，喂饱一个游手好闲的骗子有什么意义？我内心暗自发笑，因为这些话让我想起家乡曾发生过的种种争吵——为了那些从别处迁来的人。

他们说要削减给我的食物，直到我能开始干活儿。第一天，他们只给了我发霉的腌卷心菜和一大块面包。

面包又干又厚。我捧着它翻来覆去地看。我已经很久没有看到面包了。如此说来，这块酸面包几乎就像那架飞机一样，给我带来了一丝希望。北方的夏季虽已变暖，但在我们这个纬度上，仍旧无法种植小麦。

何烈山的很多事对我来说都是谜。他们竟然有面粉，肯定是从别的地方弄来的。我之前从来没有想到这一点。这念头刚开始在脑中翻滚，我便意识到，何烈山这群人同更广阔的世界有着联系。我在博斯韦特的住处看到的信件——不管是什么吧，反正就是他一直在处理的那些文件，还有他对我的怀疑，还有那个伪造的阴谋——这一切分明意味着，他认定我来自某个比何烈山、比周围的荒野更广阔、人口也更稠密的地方。

在外面的世界不可思议地闯入那间杂货店之前，我从未多想过家乡之外的世界。夏洛则不同。他埋首于各种各样的地图，也很擅长学习其他语言。

至于我，我可是个不着家的姑娘。我完全闲不下来，又任性冲动。城外的树木就是整个世界，房子就是家，至于那条横贯东西的公路，我才不在乎它通往哪里。

说我们是只关注自己的人，就好像在说通古斯人觉得驯鹿很有用或是西伯利亚的冬天很冷一样，都是废话。

我母亲在一座冬暖夏凉的房子里长大。在跟着父亲来到这个新世界安家后，她便把那些全都抛在了身后。无独有偶，在简朴、手工、修补之物成为仅存的东西之前，许多人都从中看到了某种美德。

母亲偶尔会对没有正经女孩样的我感到失望。我不像她那么漂亮，也不像她一样身材凹凸有致。我又瘦又高，胸部和夏洛的一样平坦。我像父亲，浑身都是棱角，胳膊肘又硬又红，大大的鼻子与之交相呼应。母亲曾试图让我对家务活儿产生兴趣，比如织毛衣、做柳编和做藤椅，但她从未如愿。

那是春日里的一天，天灰蒙蒙的。我犯了哮喘从学校回来，母亲让我躺在她的床上。那是张她和父亲从芝加哥带来的铁艺床，床的四个角上镶着黄铜球，连接处已经老化，人一在上面挪动，它就嘎吱作响。

我那时肯定有十岁了。我声音沙哑，坐卧不安，所以母亲端来一盆热水，又从储物柜的箱子里拿出薰衣草精油。她在水里面加了精油，让我的呼吸舒缓下来。她对我的抱怨充满耐心。

“梅，”她叫我的小名，“我想给你看样东西，不过你得发誓不要告诉父亲。”

我瞬间就忘掉了喉咙的疼痛。我还记得她在储物柜前转过身来的样子，一头金发几乎垂到腰上，眼中闪烁着顽皮的光彩——要是熟悉我母亲，一定很难相信她会露出这种神情。

“发誓？”这个词震动了我。作为贵格会教徒，我们恪守正直，“发誓”有违信仰。无论手是否放在《圣经》之上，我们一贯只说真话。质疑我们没有说真话，等同于冒犯我们的尊严。

“这是我们俩的秘密，明白吗？”

我点了点头，她便从储物柜里拿出了一个雕漆盒子，那一小瓶薰衣草精油就保管在这个盒子里。她把盒子放在床上，让我自己研究。

那是个中国风设计的圆形盒子，一个大大的木质雕花把手颇有气势地装在盒子上。把手是暗红色的，盖子是黑色的，上面画着一个站在柳树下的男子，描画的金漆已经褪色、脱落。盖子拧得很紧，没有她的帮助我根本打不开。

此刻回想，那原本应该是个针线盒，因为它是圆形的，里面还有分层。最上面一层放着药膏、纱布和装着药剂的安瓿。我看得出来，这不是她要给我看的东西。她眼中露出狡黠的笑意，随即帮我掀开隔板，打开了下一层。

我起初有些失望，因为里面的东西太过寻常。第一层看起来多少有点儿禁忌的感觉，这一层装的东西却和我每个学期期末从课桌里清出来的东西没什么差别——铅笔屑，纸团，橡皮筋。

“这都是我认识你父亲之前的东西。”母亲说着拿出一个纸团放在我面前。纸团里包着一块银色的石头，差不多有苹果那么大，但形状扁平，坚硬冰冷。它躺在那里，死气沉沉，毫无反应。

“这样不行。”她说着把它拿出房间放到室外，又回来和我一起翻看盒子里的其他东西。真的，都是些小东西。一张留言卡，一缕头发，还有一只坏掉的手表——她说那是她父亲的。没有一样东西值得她恶作剧似的拉我做同谋。我觉得很泄气，喉咙又开始难受了。

她走出房间，把石头拿了回来。“希望今天的阳光够充足。”她说着把石头放回到我面前。

在太阳下晒了一会儿之后，石头摸起来温暖多了。在光照下，它的表面出现了一些小小的影子，就像是夜空中繁星的轮廓，只不过是绿色的。我几乎不敢碰它了。

“勇敢点儿，”母亲说，“它又不会咬你。”

我戳了戳那块石头，它仿佛有了生命。一幅画出现了——不是静止的，而是浮动在整块石头上，上面的人在动、在说话。

画面上是六七个女孩，都有些微醺。

“我们都觉得你疯了，”其中一个说道，“但是我们仍然爱你。”

接着，另一个女孩五音不全地唱道：“唯一能够打动我的男人啊，他是牧师的儿子。”

又一个女孩说道："傻瓜，不是牧师，是贵格会教徒[1]。"

画面很快便凝固、消失了。

"这是一块记忆石。"母亲说。

"她们是谁？"

"很久以前就认识的朋友。"

"多久以前？"

"早在我认识你父亲之前。"

我想，母亲并没有做好准备迎接这块记忆石可能带来的感受，因为在那之后她变得兴致寥寥。

我至今清楚地记得那块石头说了什么，因为后来我曾自作主张，偷偷听过好几回。

在我们的房子里，甚至我们这座城里，那块石头都显得如此与众不同。它平整、光滑，没有丝毫手工的痕迹，完美到像是从种子里长出来的一般。更何况，它还保留了母亲过去人生的一部分，那是她随父亲来到这里后所抛弃的生活的碎片。

记忆石里的那些女孩如今都已不在人世，她们所拥有的一切也已化为尘土。我记得，其中一个女孩的口红有些花了，看起来似乎刚刚亲吻过别人。我对那个吻很好奇。对方是他还是她呢？是友好地在脸颊轻轻一啄，还是更为热烈？那个人是否就站在这石头的画面之外，身影映在酒杯上，在记忆石变暗之际，正接过她抛来的炽烈目光？我不禁去拼凑缺失的一切。对

---

① 贵格会教徒认为教会和《圣经》都不是绝对的权威，反对设立牧师。

我的小脑袋来说，这实在太复杂了，但我一直想着那个吻。

12

我父母从不谈论过去，而我对过去也没什么兴趣。过去教不了我任何东西。世界的起源和我自己的出生看起来别无二致。对我来说，阳光之中的水珠从湿淋淋的床单上滴下，世界正始于其中。我就是造物主，眨眨眼便有了黑夜和白天。我就是挪亚，在夏日北极的尘土中摆弄着我的木雕动物。我教家人学语言。我还是踏上菜地尽头那片荒野的第一人。

而现在，我知道并不是这么回事。

我曾以为自己出生在一个年轻的世界，它是在我眼前成长起来的。但事实上，在我的家人到来之前，这个世界已经很老了。我出生在最老迈的世界，它如同一匹筋疲力尽的马，身负旧伤，步履蹒跚，随时可能甩掉背上的人。我的父母声称他们热爱朴素的手工和《圣经》上平实的语言，至于他们身后那个由记忆石、飞机和玻璃之城组成的世界——他们宁愿自己不曾知晓那样的世界。

有太多事是我不想知道的，但人不能假装天真。不知道便是不知道，但假装不知道就是欺骗了。当我、夏洛和安妮像发现了伊甸园般傻乎乎地玩着泥巴，当其他移民也庆幸在这颗伤痕累累的星球上找到了这完美的一隅时，我们所离弃的那个世界正在崩塌。

我们究竟有多自大，才会以为从此就能高枕无忧?

当第一个饥肠辘辘的女人死在杂货店门口时，我们还什么都不知道，只是隐隐察觉世界起了变化。

我十四岁那年，我们城市的规模已经扩大了近一倍，城郊几乎每天都会冒出新的窝棚来，新来的人带来了关于洪水、瘟疫和战争的消息。我们的城市似乎不再是默默无闻、微不足道的地方，而变成了乱世的中心，被卷入了我们无力掌控的灾难旋涡之中。

只有孤注一掷的人才会在夏天上路，那意味着他们已经彻底丧失了收获粮食的希望。他们头顶烈日，脚踏尘土，一路捡拾残羹剩饭。在这当中，有人是因洪水而被迫迁往南方的移民，但大部分则来自更遥远的地方，比如俄罗斯、中国和乌兹别克斯坦。他们全都骨瘦如柴，面容苍老憔悴，连小孩也不例外；还有不少人病入膏肓。他们所逃离的一切，使我父母曾抛弃的那个世界看起来宛若天堂。

一开始，我父亲和大多数移民都将这些源源不断涌来的难民视为对信仰的考验，像迎接失散的亲友一样热情相迎。

在我九岁或十岁时，一户走投无路的乌兹别克家庭寄宿在我们家。这家的大人会因为孩子伸手去抓桌上的食物而厉声斥责，其中那母亲总是表现出克制而矜持的姿态，吃得很少，仿佛自尊心不允许她承认饥饿。

她会说英语，在我母亲闲谈起过去的生活时，她便翻译给其他人听。那些内容我早就听过不下百遍了，向来没什么兴趣——有钱人躲在金钱垒砌的高墙后，街灯遮蔽了星光，二月的时候冰箱里放着草莓，还有噪音、尘土和粗鄙的一切。我永远忘不了那个男人听到这些时的表情，他脸上写着谴责、惊疑和渴望——离群的野兽在暮色降临之际闻到烤肉香气时就是这副模样。那些难民肯定觉得我们疯了。

最早到来的人一点儿也不坏。他们遭受饥饿但心境平和，一心想要工作。奇怪的是，我们的善行反倒使他们的不满与日俱增。刚迁来时他们一无所有，全靠我们的怜悯过活。当肚子慢慢填饱之后，他们便环顾四周，想知道那些空着的屋子和为贸易与种植所储备的粮食为什么不能为他们所用——他们为此感到恼火。

随后，更危险的家伙出现了。他们人数不多，在冬季上路——这只不过是常识，因为冬天的路更好走，还能在夏天和秋天时为长途跋涉做足准备。那些家伙到来时状况良好，极个别开着车，大部分人都带着枪。如此全副武装也合常理，但这不会再换来我们之前的礼遇。他们盘踞在城郊，夜幕降临时那里便有炊烟升起。他们大多是逃兵，都很年轻，即便是其中最好的人也喜怒无常，仍因战场上所受的屈辱而痛苦不堪。

这就是我们，坚决地放弃了旧世界，却被旧世界找上门来的移民。我们站在门的这边，绝望与危险在另一边。这一边的世界尚有出路，那一边的世界却已没有退路，两者如同截然不同的物种，迎头相撞。我们的关系悄然恶化，剑拔弩张。有人注意到了这一点，却不愿意承认。矛盾燃烧得很缓慢，就像秋日里被点着的湿漉漉的落叶。

在我十四岁那年的夏天，一些俄罗斯男孩擅自占用了移民家庭图米尔蒂家的谷仓。图米尔蒂先生说可以留下两个人，却一下子来了十个人。最终，冲突爆发了。

八月的一个夜晚，谷仓着了火，死了八个男孩。此前他们一直在干草垛边喝酒、烤肉，然而流言四起，都说是图米尔蒂家蓄意纵火。死者的朋友们十分愤怒，去了图米尔蒂先生的农场，砸碎了他家的窗户。当图米尔蒂先生出来理论时，却被他们一顿痛打。他的心脏本来就不好，当场死去。

男孩们逃跑了，仇恨却盘桓不去。移民们抱怨说觉得不安全。新来的人成了过街老鼠，有些店主开始拒收他们的粮票，而这些粮票原本是给最贫困之人，以供他们糊口的。

原本相交多年的家庭在如何对待外来者这件事上产生了分歧。人们离开教堂，甚至举行与之抗衡的会议。很明显，我们的城市正将自己撕扯成两半。

父亲是城里的领导者之一，人们希望他能指明出路。他召集各个家庭的负责人到礼拜堂开会——就是我后来发现断指的那个礼拜堂。

由于来的人太多，会议只好转到室外去开。那真是一次吵闹的集会。图米尔蒂先生的儿子和遗孀也在其中。图米尔蒂太太做了一番慷慨激昂的演讲，指明了凶手，要求伸张正义。很多人站在她那一边，但也有人持不同意见，认为倡言惩罚和复仇将倾覆我们的移民精神。那时候我们还没有治安官，没有法庭，没有法官，也没有刑法。在此之前有过死亡事件，但都与暴力犯罪无关。这件事成了我们的该隐与亚伯[①]。

许多人等着父亲开口，但他并不着急。最终开口时，他表示反对惩罚。父亲忠实于《圣经》，希望我们只被爱和怜悯打动。他指出，喂饱众人是一种象征，彰显着我们应有的作为。

人群中，图米尔蒂的遗孀在座位上大声咆哮，她说我们没有可以喂饱五千人的六块神奇的饼[②]。

父亲试图让她平静下来。他说，饼并没有魔力，真正的奇迹是人性。本着善意去做事，就会事半功倍。简而言之，当那五千人看到鱼和饼时，每个人都把手伸进长袍，拿出了原先留给自己的食物。“恐惧滋生了恐惧。”父亲说，“我们应当为我们的客人提供无私的帮助，不求回报。我们有充足的食物，周围的土地也够空旷，足以容纳已经到来的人和即将到来的更多人。对于不可避免的事，我们要温柔地接纳，同时要足够强大，谨守我们的信条。”

---

①《圣经》中记载，该隐与亚伯是一对兄弟，因上帝偏爱亚伯的供品，该隐心生恨意，将亚伯杀死，成了第一个杀人犯。西方文学也常以这一说法比喻骨肉相残。

②《圣经》中记载，耶稣在一次布道中，曾把仅有的五个饼、两条鱼分给饥饿的听众，最后不仅这数千人吃饱了，还多出了满满十二篮食物。

图米尔蒂先生的遗孀和儿子完全不接受父亲的说法，他们觉得父亲是在责怪死者不够大方。

“那些人和我们完全不同，”图米尔蒂的儿子埃里克说道，“他们只会得寸进尺！他们在暗地里笑我们是傻瓜，因为只有傻瓜才会拱手让出自己用汗水辛苦换来的东西。等着看吧，他们会好好报答你们的，你们每个人都会落得和我父亲一样的下场！”

随后一个名叫迈克尔·卡拉尔的男人发了言。

卡拉尔一家——迈克尔，弗雷亚，还有他们的双胞胎儿女埃本和莉斯尔，是从更南边迁来的移民家庭之一。这家人来的时候几乎一无所有，在我们家借住了几个月，直到迈克尔·卡拉尔在德拉米尔街的另一边建起自家的房子才搬走。他们非常虔诚，吃苦耐劳，深受其他移民的青睐。

埃本和莉斯尔当时已经十八岁了。莉斯尔很害羞，和她母亲一样漂亮。埃本和他父亲一起打理农场，对自己结实的肩膀和精瘦的小麦色身体十分得意。在夏日里，他常在结束了一天的工作后脱掉上衣，也不顾夏蚊成雷，在城里闲逛。他是个出色的骑手，我们在城外骑着小马比过一两回。有谣言传到我的耳朵里，说我们相互倾慕上了彼此。但我一直觉得他是个冷酷的人，脾气也很差。事实上，我决不会喜欢上和我如此相像的人。

在集会上，迈克尔·卡拉尔提到他在南方的农场曾被武装者袭击，一家人被枪口包围，对方让他们在一小时内离开。他说，他和我们一样，是为了换一种新的生活方式，为了远离暴力、追求人人平等，才来到这里。可是，如果那意味着要从自家房子里被撵走、食物被掠夺，意味着让妻儿受到伤害，那他死也不会让步。他呼吁我们当中体格健全的人组建一支卫队，保障街区安全，惩罚或驱逐任何破坏城中秩序的人。

看得出来，他的话打动了很多人，包括那些曾说服自己任何形式的暴力都是错误的人。

迈克尔·卡拉尔说话的时候，我看到父亲的脸上闪现出一抹烦忧。我很爱父亲，却不像他。我从不需要相信人是善良的，他们本性如何，我就如何看待他们——虚伪的，绝望的，友善的，或兼而有之。但对父亲来说，每个人都是上帝的孩子，可怜的迷途羔羊，他们只是需要爱，需要一个公平的机会。父亲的信仰传授给他有关人类的一切，而他需要整个世界支持这一切。当不得不在理智和信仰之间做选择时，他会放弃理智。

在那次集会上，大家投了票，父亲获胜了。但从那天起，我们的镇子分裂为两派。其中一派由卡拉尔领导，热心于组建卫队，认为我们应当武装起来保卫自己。而另一派则以父亲为首，希望坚守最初的移民精神。

如今再想一想父亲，我发觉他那事事追求完美的样子有些孩子气。他是个笨拙的匠人，会花好多天来做一样东西，要是做坏了就扔掉重做。对他而言，一样东西如果不恰到好处，就毫无价值。正是这样的孩子气，让他对人不够包容。比起人，他更喜欢理念，因为理念没有那么多矛盾之处。有时候，他不能原谅人们迟到或恶语相向，却能原谅小偷或者杀人犯。小偷和杀人犯没那么麻烦，因为他们已经坏透了；多元和矛盾才真正令他困扰。他就像是循道宗[1]信徒的上帝——只要一个字，就能让你永远被排除在上帝的选民之外。

天，雪，山，林——我觉得在父亲对极北之地的一往情深中，同样显露着他对简单真理的渴求。可我在城市中发现的——当我最终目睹了真正的城市时——却是躁动不安。没有一样东西与他的渴求相符。城市是各种事物构成的怪异合集，但这种怪异也自有美感。想想看，那全是人类亲手创造出来的。

父亲选择的信条就像是极北之地的风景，有着晶莹剔透的秩序——平和，自足，爱，服从上帝的旨意。它很简单，却有着很强的说服力。人们被父亲吸引，他那坚定的信念充满力量，让人们愿意信任他。

这让我想到了冰块。用锯子锯下一块冰时，它的侧面会有晶莹剔透的纹理。在融化时，冰块会在很长一段时间里保持完美的形状。它只会轻轻叹息，微微缩小。然而，一旦热量在冰块上找到一个气泡，整个冰块就会膨胀，迸裂成许许多多的小碎片。

彼时正是连年盛夏中的一年。整座城就像胖男人身上的结婚礼服，正从接缝处一一裂开。人们鱼贯而行，迁往我们的城市——不仅有贵格会教徒，还有因饥荒而逃离凋敝的南方的人。

①基督教新教的教派之一，提倡严格遵循各种道德规范。

整个七月，人们吵嚷不休。有人从园子里偷食物，盘踞在空房子里拒不离开。最后，发生在我身上的事成了点燃整个干草垛的导火索。

尽管卡拉尔和图米尔蒂在投票中败下阵来，但他们还是组成了卫队，装备了从流民手上收购来的武器。反对他们的居民占大多数，由我父亲领导，整个夏天都紧紧盯着他们，跟在他们的巡逻队后摇铃大喊，或是直接坐在街上，不让他们的马通过。

集会后的几周里，论战还在延续——在礼拜堂里，在商店中，在人行道上，在饭桌前的夫妻之间。一家接着一家，人们越来越倾向于支持卡拉尔。在我们家，我就是出言反对自己父亲的那个疯子。我的是非观比他简单得多。在迈克尔·卡拉尔发言时，我就感觉松了口气，因为他说出了我一直以来的想法。我对父亲说，要是有人扇了我的脸，我就扇回去，才不管《圣经》上怎么说。父亲抿紧了嘴以示反对，随后命令我回自己的房间去。他察觉到反对他的情绪在城里发酵，而在自家饭桌上遭遇背叛简直是雪上加霜。

那几个星期是我和父亲关系最差的一段时间。肩负的压力令父亲愤懑而痛苦，还对卡拉尔大发脾气。移民中仍有支持父亲的人，但一天比一天少，所以不难想象他终将会孤立无援。他正在失去威望，同时也在失去他呕心沥血建立起来的城市。他告诫每一个还愿意听他说话的人，追随卡拉尔将会招致恶果。但是，愿意听他说话的人无时无刻不在减少。

这一切争论起初不过是围绕着如何解释我们的法律展开的，后来却演变为争夺城市主导权的直接冲突。

八月末，父亲母亲离开了城里几天。父亲很喜欢打猎和钓鱼，要是可以，就会带上母亲做伴。每当他们一起出门，我就会溜到他们的房间里睡觉。我喜欢他们厚厚的床垫，还有那从美国带来叮当作响的床架。

午夜过后，我听见开门声和呼吸声。我喊了夏洛的名字，但进来的却是五六个头上罩着枕套的男人，枕套在眼睛和嘴巴的部位开了洞。他们冲着我大喊大叫，他们的嘴边泛着唾沫。

我跑到窗边想跳下去，但他们把我拖了下来。两个男人把我按在床上。我挣脱出一只手，用水杯猛击侵犯我的人。“荡妇。”他说。我感觉脸上湿漉漉的，以为他割伤了我。其实，那是他们从我家厨房拿来的碱液。

我们的头脑在选择记忆时，终究是仁慈的。我不太记得接下来发生的事情，对余波的印象则更少。那几个男人留了我一命。父亲母亲发现了我，而我告诉他们，埃本·卡拉尔就是头目。

其实我一直很疑惑自己是怎么知道那个人是埃本的，同样也疑惑他为什么要那样做。但是，时光早已教会我，对人的阴暗行径不必有太多疑惑。多奇怪啊，当人为了某个念头奋战时，就会表现出前所未有的残忍。自从该隐杀死了更靠近上帝的人之后，我们就从未停止杀戮。在我看来，残忍本来就存在于万事万物之中。要是全都往心里去，人会把自己逼疯。伤害你的人，他们此前无法随心所欲地凌驾于你，所以才要伤害你。现在的我再也不会给他们伤害我的机会，但他们干的勾当的确太过残忍。伤害停止了，我的心却似乎刻下了一条孤独的裂痕，它永远也不会消失。如今，我很少想起这件事，只是每每听到床架叮当作响时，便会坐立不安。

发生在我身上的事，扼杀了这座城的希望，也同样杀死了我的父亲。他拿了一把剃刀，在森林里割开了自己的喉咙。而我伤得太重，甚至无法看他入土为安。

整整三个星期，我都躺在床上，脸上盖着湿布给皮肤保湿，也让伤口愈合得好一些。实在太痛苦了，但我牢牢记住的却是窗外街道上沸反盈天的暴乱声。卡拉尔一家被驱逐出城；在动荡之中，许多房子被烧毁。

拆开绷带的时候，我的皮肤红肿疼痛，整张脸都走了样——左眼下垂，嘴巴歪斜。虽说曾经的我不算美人，但也不算难看。我有过美好的时光，那时候我能感觉到男人们对我更殷勤一些。从此我开始留短发，像个男人一样。当长老们同意组建卫队时，我的名字第一个出现在名单里。

我们的治安官骑马，装备武器，拥有逮捕的权力。我们有一套由治安法官执行的法典，也有关押罪犯的牢房。但是，我们真正做出的处罚不过是发布禁令——如果一个人被认定有罪，就会被驱逐出城。长老们受不了更严酷的处罚了。对他们而言，一支有武装的卫队已经够糟了。

一开始我们还能制止暴乱，但随着时间推移，暴乱越来越多。城市陷入狂乱之中，我们像是在储藏室里发现了老鼠的人，捏着它们的尾巴把它们一一提起来，扔到外面去，再等着它们挖条路溜回来。

我们费尽心机，暴乱却变本加厉。人们曾就如何解决纠纷达成过协议，认为应该直截了当、面对面地解决矛盾。人们把未来都赌在了这个试验上，却没有成功。人们不全都喜欢他人，但至少都熟悉彼此。而现在，左邻右舍之间却出现了裂缝，裂缝里面填满了恐惧和怨恨。没人想成为这座城里最后一个赤手空拳的人。你根本不必担心没有武装自己的正当理由，因为理由多得是。连卡拉尔家的人都干出那样的事情，那就没有人值得信任了。“盐若失了味，怎能叫它再咸呢？”[1]人们如是说。随着我父亲去世，再也没人为过去的日子发声。人们丢弃来到这里的初衷，纷纷购置枪支。整座城面目全非。

混乱似乎格外吸引某些流浪汉，所有东西都摆在那里等待哄抢。在和平时期，持重而宽容的人如鱼得水，但在动荡之中，只有行动迅捷、举止粗鲁的那类人才能飞黄腾达。至于我们——我们自己这座城的居民，则是那些人的共犯。

问题是，那些由《圣经》哺育成人的人会认为自己在上帝的计划中占有特殊的位置，全球性的大灾难是他们一直隐隐期

---

①《圣经》中耶稣教导门徒的话，全文为“你们是世上的盐。盐若失了味，怎能叫它再咸呢？以后无用，不过丢在外面，被人践踏了”。“世上的盐”指的是拥有高尚美德的人。

盼的事。我们已经谈论了几个世纪的千禧年[①]，如今看来，末日已然到来。人们乐于直面危机，给它迎头痛击，仿佛那是对自身实力的考验。为什么要那么做？最好的做法，当然是绕开它，带上所需的东西，把自己藏好。等到明年，春天会再度来临。只要足够敏锐，知道怎么找吃的，树林里到处都是食物。

《圣经》果然应验了，尽管不是以大家期待的方式应验。没有什么基督再临，没有什么狮子和羔羊躺在一起。没有。一座秩序井然的现代化城市堕落为不毛之地，人们饥肠辘辘，混战不休。我想，从某种意义上说，可以管《圣经》叫预言之书。

比尔·埃文斯结束工作后，着手寻找回故乡阿拉斯加的方法，却在试图制止一场恶斗时被杀死。但那是很久以后的事情了。过了好几年时间，事态才恶化到了那种地步。

13

我在那个黑漆漆的牢房里被关了两周。低温让这里不至于太臭，但这也就是唯一的好处了。我一直保持思考，好让头脑清醒。我在脑中搭建起另一个世界，一个与现实截然不同的世界。我在那里消磨时间，忘掉自己正躺在黑暗中肮脏毯子上的

①《圣经》中记载，在“世界末日”到来之前，基督将再次降临人世，统治世界一千年，届时，魔鬼将暂时被捆锁，福音将传遍世界。

事实。我喜欢想象平的孩子茁壮成长。我能看见那孩子的脸庞，她那头乌黑的直发就像她母亲的一样。我带她去山中的湖里洗澡，她在清冷的湖水中被冻得牙齿直打战，却依然像只青蛙一样有力地蹬着腿。

十天后，伙食有了改善。汤变浓了，里面还有些肉和土豆。我意识到他们试图让我变得强壮一些，好适应接下来的苦役。我在想，他们会不会蠢到让什么近似武器的东西落到我手里。抱着这样的希望没什么坏处，尽管博斯韦特看上去不像是那种会掉以轻心的家伙。

终于，有天早上他们打开门，却没有推进来盛放食物的锡盘。进来的是个穿着蹄铁匠围裙的男子，他举着一副镣铐和一根铁链，身后跟着两个手持棍棒的人。在他给我上镣铐时，这两个人负责按住我。

我稍微反抗几下，但只是为了让这些人有事可忙。有个人叫我丑八怪，还冲我挥舞棍棒，但他不过是虚张声势，想在同伴面前卖弄一下而已。至于我，虽然在挣扎，但真实目的是想看清镣铐上的锁。

不幸的是，这些人很老练。他们给我绑上一条皮带，拿铁链穿过皮带上的环，把我的手铐和脚镣连在一起。

他们离开后，我拖着脚来到牢房最明亮的一角，提起叮当作响的铁链，在亮光下仔细察看。

是质量上乘的钢材，沉甸甸的，做工精细，看起来很新。何烈山的处境如此艰难，可但凡是与敌人有关的事，博斯韦特决计不会从简。

我对钢材的来路很好奇。和他们做陈面包用的小麦粉一样，这些东西似乎不是何烈山的居民能做出来的。蹄铁匠想必是去掉了铁链上的一两个铁环，安在了皮带上，但在精妙的炼钢工艺反衬下，他的手艺显得非常拙劣。在我看来，这么做简直是糟蹋了这些金属。不过话说回来，博斯韦特要优先考虑的事情和我的完全不同。

有时你历尽沧桑，却会被微不足道的小事击垮。那根铁链几乎要了我的命。它的重量不算什么，却冰冷得几乎要把我身上的热量全都吸走，只要我一动，它便丁零当啷响个不停。我开始怀念以前的好时光——我指的并不是在家中的那些时日，而是拴上铁链之前的日子。那时牢房冰冷，伙食糟糕，但至少我还能自在地活动。渐渐地，那根铁链带来的负担越发沉重。为了舒服点儿，我不得不弓着背，像个战败的人一样蜷缩在地上，累得无法动弹。

我所有关于逃跑的妄想如今都在嘲弄。逃跑这个念头，就像想让平和她的孩子活着一样不真实。失去了行动能力，我就是个彻头彻尾的废人。我拒绝进食，一心想饿死自己。但在两天之后，狱卒打开门，告诉我是时候离开了。

有人扔给我一件破棉袄、一顶帽子，还有一副油腻腻的手套。我想起了自己暖和的盘羊皮裤和手套，很想知道此刻它们在谁的身上。

我收拾完毕，拖着脚走到阳光下，像生活在黑暗中的生物一样不停眨着眼睛。何烈山的广场比印象中小了许多，几乎只有我家后院那么大。

镇上的门全都打开了，镇子里的人站成两排，空出了一条能让我通行的路。他们静静地看我拖着脚走过，铁链叮当作响。

我试图从他们的脸上找出蛛丝马迹，弄清我究竟要被带去哪里，却发现他们个个面色铁灰，神情冷漠。最终，我在人群里发现了维奥莱特。“她一定会宁愿自己当时被吊死！”她向众人宣告，众人低声赞同。

博斯韦特站在栅栏上的高台处。他穿着黑色罩衣，胳膊下夹着《圣经》。

透过大门，我能看见几个男人正骑在马上等着我。

博斯韦特始终没有和我对视。他让押送我的守卫停下来，随后带领人们进行祷告，说将我委托给上帝看顾，请上帝仁慈待我。

他们在我耳边喃喃低语，我趁机环顾四周。四月将近，你能嗅到冬日过后的世界恢复了生机。栅栏下的土地已经融化成软泥。似乎人们期待了很久很久，春天才姗姗来迟。

他们以低沉的“阿门”结束了祷告。

“上帝垂怜你们。”我喊道。在他们祷告时，我心中一直翻腾着这句话，这时终于能发疯般将它呼喊出来。我的声音大得像来复枪的枪声刺破空气，离我最近的那些人不自觉地往后退了几步。

周围的人开始交头接耳。“她怎么这样胆大包天？”他们说着便朝我挤来，动作不算激烈，却咄咄逼人，像是能将人踩死的牛群。

守卫拖着我向前走，我踉踉跄跄，跪倒在烂泥里。他们把我拽起来，推着我继续向前走。穿过大门后他们停了下来，让我自己走。

一个男人翻身下马，将一根绳子穿过我皮带上的环。他动作麻利，面无表情，就像是在驱赶牲口或钉马掌似的。接着他坐回马背上，对马吹了声口哨。

我担心自己跟不上，会跌在烂泥里被拖着走，但好在这些人走得不快。但即便如此，要跟上他们还是很困难。

他们沿着林中小路一直走，直至来到小路与主路的交会口。我就是在这里遇到伐木人的，但现在回想已恍如隔世。

由于此前的囚禁和糟糕的伙食，我的身体非常虚弱，每走十几步就觉得无法再继续向前了。人们总说，肉体是软弱的。但我要说，肉体是强大的，精神才是软弱的。是精神在冷嘲热讽，叫我放弃，叫我索性躺在雪地里。

只有女人知道身体的极限在何处。让你感觉会把你撕成两半的疼痛，其实并没有那样大的能耐。因此，虽然肌肉在冲我哀号，我还是数着呼吸，试图振奋精神，继续蹒跚前行。一开始我拼尽全力，却被恐惧包围，无法集中注意力，因为我太急于抓住救命稻草。

但慢慢地，平静笼罩了我。我不再数着脚步，把自己完完全全交给了行动本身。

树林里非常安静，只有积雪融化滴落的声音。我以为附近只有我们，但走上大路时，我眼前出现了一大群在路上安营扎寨的人。

他们蹲在地上想要休息，又提起衣襟以免沾上雪泥。看得出来，其中一两个人已经近乎绝望，精疲力竭地躺在湿漉漉的地上，完全不顾起来后会有多难受。这些人被铁链十个一组地锁在一起，环绕在他们周围的是十来个骑马的男人，个个没精打采。

一个押送我的守卫吹了声口哨，离我最近的那组人站了起来。守卫跳下马，把我锁在了那组人的最后面。我前面是个五十岁上下的家伙，胡子乱蓬蓬的，头戴一顶破旧的兔毛帽。没有人说话。

守卫们让其他犯人也站起来，然后来到队伍的两侧待命。最后，有人从队伍前端走了出来。他骑着马来回检视，确保一切合他心意。他几乎看也没看我一眼，但当他转身去到队伍另一侧时，我看到了他的脸，认出他就是我在伊万杰琳城外的公路上碰到过的那个人。

他策马奔向队伍的最前面，离我差不多有六十码远。

我的同伴转过头来，似乎是想说些什么；然而一声令下，我们开始前进，他不得不省下所有力气开始赶路。

第二章

TWO

1

被他们称为“基地”的那个地方，在伊万杰琳以西约一千英里处，靠近勒拿河的一条支流。仲夏过后，我们才抵达那里。

一路上我们都拖着锁链丁零当啷地前行，为水疱苦恼不已。要说有什么特别的，那就是这条路比往东走的道路更加荒凉。我们连一个人影也没看到，沿途只有褪色的白骨和废弃的村落。

守卫们减轻了铁链的重量，好让我们走得快一些，也能节省口粮，因为每多一个铁环，我们就要多消耗一些面粉才扛得动。

队伍自备口粮。篷车上装着面粉，守卫们把这些面粉混进粥里或者做成煎饼给我们吃。他们则时不时离队去打猎，夜里传来的肉的焦香反复捉弄着我们的鼻子，让我们辗转难眠。

起床号吹响时，要是你动作够快，或许还能啃到他们昨夜吃剩的骨头，并回想起真正的食物的滋味。

挨着我的男人是个穆斯林，名叫沙姆斯丁。他每天要蹲下五次，双手贴在地上，朝向麦加的方向——或者说曾经是麦加的方向祷告。他和一个叫祖伏加的人是朋友，然而一旦有犯人看起来关系太好，守卫就会把他们安置在队伍的两头。那些家伙是怎么想的，竟然觉得我们能从荒郊野外逃生——就这么赤手空拳，还拖着二十磅重的铁链？我可真不明白。但他们还是把我塞到了沙姆斯丁身旁，好把这两个人隔开。

守卫盯我们盯得很紧，所以我只能一点儿一点儿地从他那里收集信息。有一天，队伍停下来喝水，我在漫天尘土里蹲到他旁边。我得知他四十六岁，生在布哈拉①，那是南方的古城，盛产丝绸。他离开故乡，在远东地区学医，成为一名外科医生后回到家乡的医院工作。

此前他曾是个富人，在骚乱开始时，还曾试图通过行贿往北去。

我对他说，据我观察，绝望和饥饿只要三天就能推翻人身上文明的本能。他笑了，说我对人性的看法很消极，以他的经验，至少得要四天。

他掬起一捧水，铁链咣当作响。我问他做的是哪类外科手术。

“鼻子。”他轻轻一笑。

“你是鼻科医生？”

“我让女人变得更漂亮。”

---

① 乌兹别克斯坦南部城市，中亚古城之一，曾为中亚伊斯兰教中心。

“可穆斯林女人不是从头到脚都遮得严严实实吗？”我说，他听完哈哈大笑。

守卫骑马经过，催促我们继续赶路。我们一共八十个人，慢吞吞地动起来，就像一头迫不得已的巨兽。

“像我这种情况，你恐怕无能为力吧。”我眨眨眼，轻声对他说。

“你的鼻子没有任何问题。”

“我指的不是鼻子。”

“那你指的是什么？”他面无表情地问道。

“你真是有风度。”我说。

他仔细地打量起我来，仿佛是第一次注意到我身上有些古怪之处。“是酸烧伤？”

“是碱液，不过你的猜测也差不离了。”

“治疗起来很容易，可以用化学物质来重建表皮。我会用你大腿上的皮肤来重建眼皮，甚至能让你变得比原来更漂亮。”

我差点儿大声笑出来。不难看出他是怎样发家的——从有钱的女人那里把钱给哄过来。而对我来说更重要的是，他知道我不是个男人。

沙姆斯丁很有绅士风度。衣服很破，他却穿得整整齐齐，吃东西时也不像我们那样狼吞虎咽、用手撕扯并且大声打嗝。他吃得很优雅，会用修长的手指把食物分成小块，团成球，再一个接一个地吃下去。我也开始这么做，不为别的，只因为这么吃就会吃得慢一些，食物也会显得多一些。

我向他透露了一点儿过往的人生，他大感震惊，觉得我们简直是疯了。他无法相信我的父母竟然愿意为了严寒的极北之地而放弃舒适的生活。

沙姆斯丁的家人都已不在人世，他是和两个同伴一起离开布哈拉的。他们想去到海边，找一条船南下去日本，或者北上去阿拉斯加。在他们一路上经过的聚落中，尚有人烟的寥寥可数，而愿意帮助他们的人更是少之又少。一个同伴死于痢疾，另一个则在闯进农庄偷东西吃时被射死。沙姆斯丁独自抵达了目的地，差点儿饿死，而口袋里所有的钞票都成了废纸。

他说太平洋沿岸仍旧偶有船只经过，但算得上是贸易的就只剩贩卖人口了。我们这队人当中，有三分之二都是被当成货物从堪察加半岛的圣彼得保罗运送过来的。他们戴着镣铐下船时，沙姆斯丁就在码头看着。一开始他惊骇不已，但很快就发现这些奴隶比他吃得好。

夜幕降临时，他闻到他们营地里飘出烹饪的香味。他太饿了，五脏六腑都渴望着食物，肌肉也在漫长的饥饿中消失了。他就这样把自己交给了那些守卫，乞求他们收容他。他说，接过第一碗饭时，他哭了。他对自己的所作所为感到羞耻，同时感谢神明，还好他的父母已经不在人世，不会看到他如此卑弱。

我对他说，他对自己太苛刻了。他不是唯一一个这么做的人。每买进两个人就会有第三个人自愿为奴，因为身为自由人的痛苦令人无法忍受。

不只沙姆斯丁，自愿为奴之人的日子都不好过。我们当中有人非常残暴。一天晚上，有个叫汉瑟姆的男人用石头砸死了一个人，紧接着又掐死了另一个人。守卫们把死者的衣服剥下来，把惨白的尸体丢在路边。但汉瑟姆并没有受到惩罚，守卫们只是让他一个人走、一个人睡，以免损失更多人。

我们正沿着我秋天骑马经过的那条路——俄罗斯官员们修的公路往回去。雪融之后，这条路看起来很不一样，但我还是偶尔能认出自己北上时经过的地方。上路约四周后的一天上午，我们经过了伊万杰琳。我早就知道这一天一定会来。离伊万杰琳越近，我身上的铁链似乎也变得越轻。光是离家近一些，也会让我感到安慰。我原本希望能在那里过夜。就像故事书里的兔子，我觉得在熟悉的地方，重获自由的机会会大一些。我可以像平那样溜走，藏在下水沟里，直到那些赶着奴隶的人失去耐心，动身离开。

当消防站的塔尖隐隐约约露出树梢时，队伍放慢速度，停下休息。我感觉自己的心提到了嗓子眼。

可我们在那里停了不过十分钟。守卫们把水分给我们喝。他们让所有人共用一个锡质的杯子，但包括我在内的大部分犯人都像通古斯人那样用桦树皮做了自己的杯子。比起共用一个杯子，这样比较卫生，桦树的汁液也会让水变甜。此外，拥有一件独属于自己的东西，即便很小，也能让人找回一些尊严。

那一瞬间，站在曾是我全世界的这座城的边缘，我感觉自己已不再是曾经的那个女人，而是她的鬼魂——这念头并不是最后一次产生。我似乎能听到，在这座城市某个遥远的角落里，有个声音在呼唤我，但它很快淹没在守卫们骑着马来回喝令我们上路的咆哮声中。

雪融之后已经有好几周没下雨了，我们不得不一个紧挨着一个在令人窒息的烟尘中行进。路旁的树裹上了厚厚的尘土，我们的脸也变得灰扑扑的。在滚滚烟尘中，我们眼睛充血，泪流不止。

守卫们不愿意骑马跟在队伍后面，因为那里尘土扬得最大。我们这些走在后面的人得以稍稍松懈，相对自由地交谈，我也因此对祖伏加有了些许了解。

他三十五岁，看起来很是苍老，比我矮了整整一个头，却彪悍得像个魔鬼，肌肉上青筋暴起，一身红褐色皮肤，整个人就像是用胡桃木和生牛皮做出来的。他比沙姆斯丁祷告的次数还要多。

一天夜里，守卫们宰了几头野猪，把吃剩的丢给我们，但不是出于善意，而是想看我们为了这些残羹冷炙大打出手。一大块腿肉扔到了祖伏加脚下，但是他一动不动。

我没有那么骄傲，无法在食物面前无动于衷，于是抓起肉来就吃。那块肉半生不熟，加之宰杀方法不得当，血淋淋的。但时至今日只要想起那块肉，我仍会不停地流口水。我分了一些肉给祖伏加，但是他拒绝了，说信仰不允许他这么做。

祖伏加原本是军人。他对双脚的状况格外在意。只要可以，他每晚都会把袜子洗了晾干。有些犯人拿这事嘲笑他，仿佛这不是男人该在意的事。但是，我很快就发现了他的高明之处。有个笑他笑得最狠的家伙脚上长了个脓包，脚趾都变黑了，走路一瘸一拐。因为他瘸得太过严重，守卫们砍断了他的铁链，好让他跟上队伍。但是他落在后面，离我们越来越远，直到一天晚上点名时少了一个人。在那之后，越来越多人开始小心照料自己的双脚。

有一回，我们走到了河边的某个镇子外。这地方肯定在很多年前曾被洪水淹没过，因为残存的建筑物上依然能看见高高的水渍，公路上还积满淤泥。我们发现一辆裹满泥巴的汽车，看上去就像是被鲸鱼吞下又吐出似的，连车窗上也糊满了泥。但它仍旧显得出奇地沉稳，像个外形敦实、力大无穷的怪物。它也让我想起了那些身材矮小却体壮如牛的人。车胎上的橡胶全都裂开了，变得扁扁的。

祖伏加被这辆车吸引了。他用脏兮兮的手抚摩它的后窗，用俄语对沙姆斯丁低声说着什么。两个人笑了起来。

“他说在他小时候，曾经梦想拥有这样一辆车。”沙姆斯丁说。

祖伏加试着拉了拉车门，但是没法打开，于是开始撞门，那声音在寂静之中显得格外响亮。他执意要进到车里，我觉得会有守卫对他开枪。

我拽住他的胳膊肘，他的手臂便松弛下来。当你拉开一个并不是真心想打架的人时，对方的反应就会是这样。他跟我一起走了，但还是不断回过头去看那辆在我们身后越来越小的车。十分钟之后，当我们停在河边打水时，他仍满脑子全想着那辆车，用俄语喋喋不休，不住摇头，就像是个错失良机、没能把白色驼鹿装进袋中的猎人。

总有这样的时刻：失去近在咫尺的东西，并被那种痛苦紧紧攫住、直不起腰。可在其他时候，那些东西不过是生活中习以为常的一部分，就像日出的时刻或窗台的颜色。当祖先留给我们的这个世界突遭重创，我们每个人都不得不以各自的方式面对失去的种种。我也会遇到能够激起这种感觉的东西，清洗衣物就是其中之一。洗亚麻布的过程自有其宁静和寻常，只可惜在旅途中，我们很少看到洗净的亚麻布。尽管有些奇怪，但激起祖伏加感伤的，正是那辆老旧的汽车。

长途跋涉之中，我们减员十一个人：一个被甩下马背的守卫，两个被汉瑟姆杀掉的犯人，还有那个掉队的男人。剩下的几个犯人中，有人是因为心脏病，有人是被蛇咬了，还有人得了疟疾。有个上了年纪、似乎名叫克里斯托弗的男人，在一天早上一觉不醒。我有点儿嫉妒他。

说实话，我很惊讶死亡人数竟不算多。带队的人经验老到，知道什么时候该催我们走，也知道在我们步履蹒跚时要让我们喘口气。他也要求守卫遵守纪律。他们虽然喝酒，但从不过量，也不会过分粗鲁。

一天，那个带队的人骑马靠近我，压低声音开门见山地说：“我听说你和我哥哥赛拉斯发生了争执。”

他在我身后几步骑马缓行，我不得不别扭地转过头去，迎着太阳仰头看他。我告诉他，他肯定是认错人了，因为我不认识叫那个名字的人。

“我是凯莱布·博斯韦特。”他说，“我哥哥赛拉斯就是把你送过来的人。”他用手帕围着鼻子防尘，此刻往下拉了拉。

我没有说话。

“他告诉我你是个女人。那次我们在那个城市边缘碰面的时候，我把你当成了男人——那地方叫什么来着？”

“伊万杰琳。”

“没错。我一直绞尽脑汁在想你为什么离开那地方。队伍里有一个像你这样和我哥哥有牵扯的人，这真让我紧张。”他笑了，仿佛是说在这个蛮荒世界里，没有任何东西能让他这样的男人失去冷静。

我能感觉到自己被尘土包裹的脸颊在烧灼，但依旧保持沉默。

他盯着我看了一会儿，策马回到队伍前头。

从那之后，他没有再同我说过话，但我注意到他会时不时看着我。要是他本人没盯着我，也会派一个守卫看牢我。

一旦知道了凯莱布和神父的关系，我就看出了他们兄弟俩的诸多相似之处。他们都有着细长的鼻子，还有瞬间就能将你掂量清楚的狡黠眼睛。若说有什么差别，那就是两者之中我更喜欢凯莱布一点儿，因为他并不以信仰的名义来粉饰自己的所作所为。他不会自欺。

但在经过一段时间、对他有了进一步了解后，我才发现他其实比神父更加危险。他脸上的神情和我在极少数人脸上看过的一样，从不预示着好事。换个年代，一个船长或探险家在把手下推向未知的纬度时，就会有这种神情；那些最有实战经验、或许也最心狠手辣的军队将领，同样会有这种神情。不过，在我们这个时代，能获得的战利品实在有限，所以凯莱布就成了人口贩子。

我们都觉得自己知道要去哪里，但没人能确定。队伍里流传着关于目的地的谣言，但每天说的都不一样。有人说，他偶然听见守卫说我们要去打仗。另一个人则说，基地就是矿区，我们要在地下几英里的地方干活儿。我试着不去想那么远，只专注于眼前的事，努力在漫天尘土中保持鼻子和眼部的清洁，继续前进。

路上半个人影也没有，但时不时会看见可能有人居住的地方——或许会有几只鸡，花园里可能还有一排豆子。守卫们会把能吃的洗劫一空，然后我们继续前行。我经常好奇他们究竟夺走了谁的食物，又想，无论是什么人，远远看到我们赶路掀起的尘土时，肯定早就躲了起来。

六月初的时候，我们的队伍里弥漫着迟缓怠惰的情绪，再多的劝诱或殴打都无法解决。我们打骨子里察觉到离终点越来越近，并对此充满恐惧，步伐也随之滞缓。

天快黑的时候，我们一般会停下来安营扎寨。道路显得那样笔直，乍一看似乎不能察觉，它实际上正以平缓的弧线一路向南延伸。树木变了样子，种类变多了，除了胡桃木，还有桦树、榆树、柳树和椴树。我这辈子还从没有来过这么南边的地方，几乎开始想念起极地的夏天。在极北之地，现在这个时节根本就没有夜晚，二十四小时是白昼，总让我充满力量，我很喜欢那种感觉。然而在我们如今所驻扎的这个地方，九点钟左右夜幕就笼罩了一切。

我们一天比一天胆战心惊。之前这条路很少分岔，如今却不同了，我们经过的岔路越来越多。路标也多了起来，它们黑漆漆的，扭曲变形，上面全是我看不懂的字母，但仍旧是一种信物，是过往岁月的纪念品。

我想到曾经看过这些路标的人。他们从西边来到此地，怀抱着好奇与憧憬在这些城市开始新的生活。这是人类故事接近尾声的篇章，究竟有多接近终章，他们从来不曾想过。

我也想起了平。她多幸运啊，不用再承受这一切。有时我会看着这些守卫，想弄清他们当中有没有谁是她孩子的父亲。或许是自欺欺人吧，我总觉得博斯韦特过于冷酷，做不出那样的事情。那么是他吗，那个骑在马上、长着鞑靼人眼睛的男人？还是那个年纪更大些、夹克上打着补丁的家伙？他用刀子吃东西，慢条斯理的举止中总是流露出轻蔑。又或者是那个面容俊秀的年轻人？他在所有守卫当中职衔最低，总是在其他人酒足饭饱之后负责收盘子，给他们点烟。

晚上，我们总能听见守卫们谈笑的声音，只是隔得太远，听不清说话的内容。他们肯定人人都有着像我和沙姆斯丁那样的故事。博斯韦特和我一样是移民的孩子。他们当中有人有一半的通古斯血统，也有俄国人，还有些看上去像是从高加索来的家伙，他们头发微红，双眉相连，有着金牙、大耳。

我们被铁链拴着，他们则骑在马上，在我看来这不过是运气使然。我告诉自己，即使是有点儿恻隐之心的守卫，也不得不抛却恻隐之心——就像沙姆斯丁，为了让女人变得更美，他不得不克服在她们脸上动刀的恐惧。但这种想法并没有减轻我对守卫们的憎恶。

一天晚上，我们并没有在夜幕降临时停下来露营，也没有派出两个人去捡木柴，而是继续行进。在没有生火烧烟驱赶蚊子的晚上，这些蚊子就像地狱之火一样可怕，打死它们还会在胳膊上留下一大块血污。

“该死，”我说，“它们可比我们吃得好。”

“这是我有生以来第一次嫉妒蚊子。”沙姆斯丁说。

天上只有一弯新月，但夜空澄澈无比，使人能看见整个月亮的轮廓，和藏起来的太阳为新月镀上的细碎金光。

道路在前方分了岔，我们向左行进。这条路往前延伸了一段后又折返回来，通往一扇点着两盏油灯的大门。这是一扇真正的门，和何烈山粗制滥造的木门截然不同。门很大，装在混凝土门柱上，门两侧是铁索围成的围栏，一直延伸到茫茫的夜色中去。

博斯韦特和守卫们还没开口，大门就打开了。我们两两一排通过大门，穿过一大片砂石地，最终来到一间狭长的棚屋。低矮的屋子里，长长地排着三排钢架床。

在接下来的五年里，这里就是我的家。

2

在到我们镇上来做生意或找工作时，有些通古斯人的脸上就会露出某种毫不掩饰的、质朴的惊讶。

他们当中的很多人——尤其是较年长的人——在城里度过的时间比我们还要长。但有些年轻人从未出过远门，对我们的了解也仅限于道听途说。

想象一下，一个来自苔原地带的孩子，他对驯鹿的迁徙了如指掌，通晓能用柳枝费尽心力做出五花八门手工制品的方法，有本事在贫瘠的极北之地上一直生活下去。而现在，他走在一条宽敞的大道上，盯着手里拿气球的孩子、提着购物篮的女人又或是面包店的巨大玻璃橱窗。这一切突如其来、琳琅满目，他流连驻足，却被身边的路人推推搡搡，被不懂事的小孩百般嘲弄。

那个被刁难的可怜通古斯人就是刚到基地没几天的我。这地方充满活力，是一种我只在童年时代的小镇上见过的活力。它使我深受刺激，几乎无法完全消化：脏兮兮的动物和人群所散发出的浓重体味，此起彼伏的喧哗，笼罩着棕黄色阴影的一张张面孔，在营房和吃饭时的肢体碰撞——大家挤在一起，比一群鲑鱼挤得还要紧密。

过了好几天，也可能是好几个星期，我那超负荷的可怜脑袋里都还没能勾勒出新生活的轮廓。在那段时间里，我始终低着头，别人做什么我就跟着做什么，一心一意躲着麻烦。

我们被安置在两个营房里，这里总共有三百人左右。营房建造时的容纳量没那么多，多出来的人得用各种方法挤进来。来得早的人能睡最好的床铺，新来的就得凑合着用搭起来公用的大木板。在将近三年的时间里，我上方的那些木板就围成了我全部的私人世界。冬天我在木板下瑟瑟发抖，炎夏或发烧时我则在木板下汗流不止。直到现在，我仍能描画出那些木板上的每一个节瘤。比起母亲的脸，我更熟悉它们的样子。

几乎每个犯人都要干农活儿——从钉马掌到挤牛奶，从播种到收割，从准备饲料到腌渍甘蓝菜，再到在地窖里储存干草准备过冬，方方面面的农活儿都要做。

每天早晚，他们都会把我们召集起来点名。

第一个夏天，我白天顶着毒辣的阳光一捆一捆地打包干草，晚上则在牛棚里挤奶。我已经很多年没见过这么大的阵仗了，这里肯定有好几千英亩要耕种的土地。地里是美丽而肥沃的黑土，俄罗斯人总是拿它开玩笑：如果你掉了只勺子在地上，它就会长出一大捆铲子来。黑钙土——我想他们是这么称呼这种土的。

还有一队人在厨房里干活儿。人人都想干这份活计，因为大家都觉得这是最轻松的体力活儿：这里有好多好多食物，还可以整天待在室内。厨房里的工作通常都交给资格最老的犯人。不过，我从不介意泡在户外。我们有充足的食物，而且我必须说句公道话：监狱面包房做的面包是我吃过最柔软的面包。

在最开始的几周里，新来的犯人们因为有了吃的，有了阳光照耀的好天气，有了抵达目的地后的放松心情，进入了不会更糟的境况之中，都产生了一种眼花缭乱的晕眩感。

五点钟左右，我们从田间地头回来，准备第二次点名。

"我肚子痛！"有人边用一大块黑面包擦拭餐盘，边惊恐地说。

营房里，心满意足的鼾声此起彼伏，如果早餐能吃鸡蛋，那些笨蛋就会以为自己已经死了、上天堂了。

我心想，如果我们住得如此舒坦，那么另一边的博斯韦特和他的信众们怎么可能是那番光景呢？

夜晚的营房像是个忙碌的小村庄。大部分人少说也会一门手艺，会背地里帮守卫们做些奇奇怪怪的事情——做点儿针线活儿啦，木匠活儿什么的。有个人做了班卓琴，并且给卖掉了。还有人做手抓饭很出名，总在有看守过生日时被拎出去做饭，并在庆祝会上喝得醉醺醺地滚回来。他们的报酬通常是酒或烟，也可能是吃上几口饭。

基地里有关于女人的流言蜚语，但据我所知，所有犯人中只有我一个是女人，两年内我都没有看到其他女人。

在那两年中我几乎没有一秒钟的独处时间，即便是在公共厕所也无法躲进自己的世界，因为其他人会不断地来来去去。与此同时，我也没认识任何能称得上是朋友的人。

我本希望能一直和沙姆斯丁保持友谊，因为我很喜欢他，而他看起来也挺正派，但我同他还有祖伏加的友谊并没有在长途跋涉之后延续。

偶尔我会和他们中的某人一起工作，也会感到一丝过去的温暖，但大多数时候我们并不在一条道上。基地里还有些其他的穆斯林，他们会聚在一起祷告、吃饭，到了秋天就一起封斋四十天。作为女人的我无法同他们走得太近，至于其他犯人，我不想和他们任何人交朋友。

基地里的严酷生活没有尽头，细数所有打架、杀人、醉酒和说下流话的事毫无意义。不过让我震惊的是，即便是在那么糟糕的时候，我们当中也没有一个人自杀；至于我——一个曾差点儿就自杀的人，在这里结束生命的念头一次也没想过。

当平和她的孩子死去时，我对人生采取了某种自暴自弃的态度，但这对于如今像我这样的犯人来说非常奇怪。每天早上我醒来时，胸中都充满斗志——很难解释为什么会这样。回想当时，在她死后，万物之间似乎没有了实质意义上的区别，一切都差不多。投入湖中时，我以为自己已经死了五分之三了，只想停止呼吸。

然而，当我在基地拥挤恶臭的床位上回想起住在湖边小屋里的日子时，那似乎就是我曾有过最美好的生活：天地宽广，流水如歌，只要自己高兴就好。但那是我想要去死的地方；而这里呢，我每天早上醒来，只为奋力活着。

我所有的能量都在为"活着"这件事燃烧——怎样吃得好一点儿，怎样保持身强体壮，怎样准备暖和的衣服过冬。在挖土、捆干草或是背起装土豆的麻袋时，我都在拼命祈祷，我祈祷着自己的身体保持年轻力壮，好让我活着走出这地方，而不是死在这些臭烘烘的男人当中。

我有很多次想过逃跑。我们是有机会的。但守卫们维持秩序的最佳武器就是犯人们自己。我们挨在一起生活，绝不可能在没人告发的情况下弄到在基地外生存的最基本物资。这里有一大群喜欢告密的犯人，想靠着跟守卫打小报告，同他们搞好关系。告密者可以从中获得报酬，但绝大多数人都是在不计报酬地做这件事。我们监狱里有件怪事，有时，你曾经常在工棚里看到或是常在你身边工作的人，会消失上一两周，再度出现时都会拿着枪或骑着马，成了一名守卫。

这是博斯韦特的狡猾之处，他有许多理由这么做。人们需要希望，需要有可以憧憬的目标。对这些犯人而言，重新回来，带着成为守卫后的所有权利和快乐回到这种生活之中，简直比天堂更加美妙！这就是为什么有这么多急切的告密者的原因之一。同时，这也意味着博斯韦特手下的人对监狱里的情况一清二楚，可以在博斯韦特注意到之前就把一切惹麻烦的家伙处理掉。选拔新守卫的过程似乎没什么道理或缘由，那些时来运转的犯人并不是什么特别的家伙。但他们从来不让过分热衷于祈祷的人当守卫——有一些人真的很虔诚——也从来不选穆斯林。

如果说我每一分钟都很悲惨，那绝对是在说谎。如果真是那样，我不可能还活到现在。我在外面的世界还有未竟之事。我从来没有梦到过那架飞机。

不过除了飞机，每天仍有发现一些新乐子的可能。我一直很喜欢干农活儿，其间的色彩，气味和土壤带来的奇迹都令我欣喜。我们死了就是永远死了，但植物死了却是落叶归根。干农活儿也会让我感到些许舒适。时世艰难，自然反而能为渺小简单的事物增色。

这片大地的力量始终让我惊叹。我们播种太多，每个秋天都不必将作物全部收获。我们会留下一些田地，让上面的作物自行腐烂，再把其余的田地重新犁好。八九月间，我们的番茄多到数不清，还有南瓜、笋瓜、玉米、牛奶、黄油——这些全都来自于奴隶们的辛勤工作。只要一有机会，我们就会不停抱怨、愤恨诅咒、偷懒耍滑——想想那些自由的人能用这些成果做多少事啊。

当然，没有一个犯人会把这种事说出来。我们有不成文的行为准则，比十诫[1]还严格。只有初来乍到的新人才会表现出对食物的震惊。我们惯于挑毛病、发牢骚，要是有人侵犯了你的一角——或者别人其实并没有，但你要为崭露头角而战——就激烈还击，而绝不要表现出惊讶怀疑，也永远不要好奇。

基地里有个猪圈，里面是为守卫们饲养的猪。有一次，沙姆斯丁和我被派去给猪圈的部分屋顶铺木板。仲夏时节的屋顶又热又脏，作为新来的囚徒，我们只能身陷最苦的活儿。当然，这也是守卫们的恶作剧，让一个女人和一个穆斯林一同在猪圈工作。

约十五分钟后，那些本该看着我们的人就溜走了，把我们单独留了下来。太阳明晃晃地高悬在头顶，沥青和木板的气味将我的思绪从这里带走，让我想起了故乡。

沙姆斯丁在我左边忙碌着。我朝他看过去，他没有抬头。他蹲在屋顶的斜面上，正在研究什么东西。我很好奇他为什么这么安静，突然觉得他可能在为作为朋友却甩掉我而愧疚。随后我注意到，他的工作进度十分缓慢。我挪到他身边，问他还好不好。他脸色发灰，手里的锤子抖个不停。

我很肯定他是要昏过去了。我们离地有二十英尺高，这高度让他感到不适。要是他滑下去，我可没强壮到能抓住他，我把双手环在嘴边，打算呼唤守卫。沙姆斯丁把手放到我的胳膊

[1] 基督教的基本诫命。传为上帝在西奈山上授予摩西，共十条。

上，用眼神恳求我别这么做。

就算是在地面上，他干起活儿来也很吃力。沙姆斯丁身上某些特质很像父亲。他完全不适应极北之地的艰难困苦，双手比我的更像女人的手。

在一个体面的世界里，孱弱并不可耻；但在基地里，生命没有任何体面可言。要是没有完成分内工作，就要在惩罚室里被关上至少一周。最坏的情况是，他将被传出孱弱之名，这可能会怂恿他人来欺负他、甚至要了他的命——基地就是如此。

我帮他爬到更高的地方去，方便他扶住屋脊，同时把钉子递给了他。他动作僵硬，摇摇晃晃，我知道他在尽力不往下看。我说，我们可以说说话，转移他对高度的注意力。

“我们该说些什么呢？”他问。

“我不知道。”我说，“说说我们是怎么落到这步田地的吧。”我的意思是我们怎么就被困在了屋顶上，但沙姆斯丁向来就想得比较多，跟我谈起了很多其他犯人感兴趣的事情——那些家伙只喜欢谈论降临在我们身上的灾难，以及这些灾难为何发生。

我向来觉得，犯人们在谈论这些事情时，最能泄露他们的愚昧无知。问的人有多少，得到的解释就有多少，但大多数人说的都是连孩子也不信的神话：一片月亮掉进海里、掀起了一场海啸，微型原子机器吞噬了所有阳光……诸如此类。

当然，我也只知道自己的亲眼所见：绝望的人潮涌入我们的小城，势不可当；我能猜到他们在逃离什么——颗粒无收的庄稼，停水断电的城市，无法无天的罪犯——然而这些麻烦的背后又有什么在驱动，我说不上来。

所以当他努力不往下看，一手紧紧抓住木板，一手从围裙里摸出钉子递给我时，便将自己的想法告诉了我。

他说地球已经快五十亿岁了。从太空看向地球，地球被包裹在一大片云层之中，随着一个又一个世纪的流逝，从蓝变白再变回蓝，周而复始。当海洋淹没整个地球时，夏天就会变得漫长；而当海洋都结成坚冰时，冬天就会无穷无尽。他说一共有过五次那样的时期，在世界变得尤为黑暗或异常炎热时，所有的生命都会从这颗星球上被抹去。其中一次——有一个巨大的卫星从太空中撞向墨西哥的那次——恐龙就那样灭绝了。

在我听来这完全就是神话传说，于是我问他这是不是他那本《古兰经》上写的。他说不是，这是科学。

经过五次那样的时期之后，人类出现了。我们生于泥土间，遍布这颗星球，在地球的各个角落栖息，从不介意湿地、冰霜或者沙漠，一步步变得智慧而富足。

在诞生四十五亿年之后，地球开始转变了。从太空看向地球，能看见宇宙飞船和人造卫星像爆米花一样从地球上弹射出来。早在我们掌握农耕技术之前，地球就已处在一个温暖期之中，由此我们渐渐习惯了可以预见的四季与适宜耕种的气候。但是现在，我们人口爆发，人人都索求无度，几个世纪以来的发明使人们统统全副武装。曾经，我们是赤身裸体的猿人，在非洲的海岸边搏取生机；而如今，我们是一支大军，是巨型蚁丘，同心一意就能撼动这颗星球，呼吸之间就能升温空气。

沙姆斯丁说，地球已经升温了。他们关闭了烟囱，停止了飞行。有些人——比如我的父母——转变了他们的生活方式，工厂也纷纷关门。“你问我《古兰经》，”他说，“但我是作为一个医生来理解它的。事情发生了，但基于所有的知识，我们无法理解其中的原委。有时候，病人并非死于疾病，而是死于医疗。”

后来证明，所有熔炉里冒出的烟就像遮阳伞一样，让整个世界比它本该达到的高温状态稍稍凉爽了几度。他说，我们想要做正确的事，结果却锯断了自己端坐的树枝。之后几年里出现的干旱和暴风雨引发了接下来的所有问题。

都市生活走到了尽头。

因为想起了那架飞机，我便向他打听北地之外的世界，可他却耸了耸肩。

“整个世界都已经空空荡荡、了无生趣。”他说，“人们的境遇大同小异——搭的是帐篷营地，用的是强制劳力，到处是饥饿和暴力，要获得食物和性爱就得全靠强取豪夺——你早就亲眼看见过这一切。”

在他说话间，我完成了屋顶上的工作。但我们仍留在原地，留在日光笼罩的屋顶上休息。他的眩晕感已经过劲了。当守卫们回来吼着要我们回去参加晚上的点名时，我们仍旧在屋顶上聊着。

有一阵子，我顶着男人的身份在营房里过活。我独来独往，独自洗澡，小心翼翼地搜集每个月要用的干净碎布。但我知道，我身为女人的事迟早都会真相大白。按照我们这种生活方式，这件事不可能永远瞒下去，我已经准备好在被发现后挨过一段困难时期了。这里的人都是靠着别人的弱点生存下去的。

我是在浴室里被发现的。两个野蛮的家伙闯了进来，开玩笑地拉下了我的裤子。

目之所见令他们太过震惊，以至于一时间没弄清楚是怎么回事；等到那天晚上，我从地里回来，从那些人的表情可以看出，我的秘密已被公之于众。

“过来跟我睡吧，梅克皮斯，”说话的是发现我的那两人里个子较高的那个，“我这儿有十四英寸的‘熏肠’要跟你分享。”

随着解开裤子的一阵窸窣声，他掏出阴茎，对我晃动起来。

整个营房似乎都在和他一起窃笑。

我原本正在修补我的工作手套，但在他说话时还是抬起了头，我猜我的眼睛泄露了自己的轻蔑。

“最好蒙住她的头。驼鹿都比她长得美。”

“是我的话就把她转过去……”

他们就这样说个不停。那两人时而威胁我，时而说些蠢话，说要对我做这做那。

我感到整个营房的兴致都被挑了起来，其他人纷纷放下手里的活计、扣下手里的扑克牌，来瞧热闹。在屋子最远处的那些床铺、也就是穆斯林犯人们的聚集处，沙姆斯丁和祖伏加正看着这边，表情严肃而忧虑。

一些犯人也掺和进来，鼓动他们快点儿付诸行动。这些平日里相互害怕、提防的人们此刻都轻松了许多，因为我成了他们共同的目标。

我觉得还是保持沉默为好。示弱或哀求并没有用，但同样地，放太多狠话就像赊账买东西一样，迟早都是要还的。我咬断线头，套上手套，自顾自查看刚刚的缝合效果如何。

那个高个子家伙还在夸夸其谈，享受着这份新鲜的恶名。而其他一些犯人却听厌了他的嘴炮，纷纷怂恿他快点儿“上阵”。

慢慢地，在大家不约而同的嘲讽和口哨声中，他朝我坐着的床铺走了过来。我的床在三层床铺的最低面，他只得蹲下来。

我告诉他他挡了我的光，让他走开点儿。

紧接着，他伸手抓住了我。对他那种个子的人来说，这里太过逼仄，极不方便行动。他突然伸出手臂要搂住我，于是我径直将戴着手套的手伸到了他裤子的裆部。

我不知道他的胯下是否真如他自己吹嘘的那般，又或者我只是碰巧打到——反正我把缝针深深戳进了他的胯下，让他号叫着退到了营房的另一边。后来我听说扎进去了一英寸深。肆无忌惮的嘲笑声大到快把屋顶掀翻了。

只有沙姆斯丁没笑。他垂眼看着地板，等再抬起眼时，我似乎只在那双眼睛里看见了冷酷。

我不觉得他应当来维护我，但他或许不这么想。我们都知道基地里的事会有怎样的走向，此事不会轻易了结。

在第二天晚上集合进屋吃饭时，沙姆斯丁撞了我。我惊讶得一时语塞。他连忙道歉，又跪下身去。“你掉了这个。”他说着把一样冷冰冰的东西塞进了我手里。

那是从刀一端折下来的半个小刀片，有六英寸长。我很感激他为我所做的事。集合时守卫们会在我们身上搜查刀具，一旦被发现，他的日子就会很难熬。

我在石头上磨过刀片，用破布和窗户上的油灰做了个刀柄。每天早上，我都把它藏到厕所的角落里；到了晚上，我就会把它找出来，放在叠起来当作枕头的外套下。

每个晚上我都无眠等候着，留神聆听着那间逼仄营房里的呼吸声。这让我精神紧绷，但也和深夜打猎或在工坊里做火器时的全神贯注一样，别有乐趣。在过往的多年里，我不止一次在夜不能寐的晚上后悔，在埃本·卡拉尔一伙人烧我的脸时，我手里没有一把刀。

他们等了一个星期，想趁我不备进行偷袭；但当他们打定主意开始行动时，我早已做好准备。

他们从床上悄悄下地，蹑手蹑脚地朝正躺在床上闭目养神的我走来，我其实都听得到他们踩过地板的脚步声。

他们当然也有刀，但我头脑更清醒，动作更快，怒意更盛；我抓过一个人的喉咙，又在另一个人惊叫着逃跑时多次攻击了他的后背和屁股。等到守卫提着灯笼进来时，偷袭者已经在惊慌失措中断掉了半根手指。

守卫把我拖向惩罚室，一路上我诅咒了他们很多人，警告说想试的大可等着同样的下场。那两个人都没死——真是遗憾，但他们救不回自己的手指了。

我被守卫们关在惩罚室里待了几个晚上，其实一点儿也不难受。我很满意此事的结果，也很期待风波之后能舒舒服服地独处。我很清楚那些守卫不会杀了我，因为我们对他们而言还算有点儿价值——不然还有什么理由一路把我们带到这里来，让我们吃饱喝足还有地方住？被放出惩罚室时，我还挺期待回到田里去工作呢。

这件事唯一的结果就是博斯韦特在田间巡逻时，来到正在手推车旁打包干草的我身边，找我聊了聊。

他说："我听说你同斯塔维斯基和麦克伦南有点儿不愉快。"

我耸了耸肩，明白他说的是谁。

他跟我说起麦克伦南断了手指的事。

我没法对此假装遗憾。他也没有。

由于我无法忍受基地里的同伴，沙姆斯丁则属于他那新的穆斯林大家庭，根本不敢公开他同我的友谊、拿自己在其中的一席之地来冒险，因此我总是比其他犯人更晚一点儿听到各种传闻。这对我来说没什么大碍，反正他们谈论的事情大多没什么意义。在睡觉的营房里，我已经通过一次次偶然听来的谈话一点一滴地搜集了足够多的信息。一开始，独来独往惯了的我觉得博斯韦特没必要这么大费周章地组织农业劳动，直到后来我才明白我们来到这里的真正缘由。

来到这里半年后，在二月的某天，起床号比平常吹得早，吃早饭前守卫们把我们集合在练兵场。

天还很黑，寒风凛冽，寂静中能看见我们呼出的气息，也能听见我们为了取暖而跺脚的沉闷的声音。

除了平常那些守卫之外，还有一队人——其中有些是新晋守卫——全都穿着冬季旅行的服装。

他们人人都沿着队伍向前走，并挑走两个犯人。领头那人叫托利亚，有一半俄国血统，是博斯韦特在这里的副手。他慢悠悠地从犯人们身边走过，犯人们都有些紧张，身体前倾，好像很想被选中。

托利亚在我面前驻足。我能听见站在周围的男人都在抱怨，还有一个人低声咕哝着："我，托利亚。"托利亚看了他一眼，微微一笑，把他从队伍里拉了出来。那家伙因为被选中而得意扬扬，回头冲我们咧着嘴乐。

选人一直在继续，有二十个犯人被挑中之后，又被分别带走了。

我问站在自己左边的男人，我到底错过了什么。他惊讶地看着我，说："哎呀，这些走运的家伙是要到特区去。"

这是我第一次听到有人提起这么个地方。在这里，真相就如同其他珍贵的东西一样，相当难得。

他告诉我，那是在基地西北方的一个工业城市。就像有些犯人会被擢升为守卫一样，有些人会被带到特区，在那里接受训练，从事工业方面的工作。他还说，只有最有本事的犯人才会被选中。

没有被选中让我生出一阵悔恨。在下一次集合时，我希望有人能停在我面前，点点我的肩膀，然而我再也没有像第一次那样差一点儿就被选中。

3

在其他犯人缝裤子、玩纸牌或雕刻棋子的时候，我在营房后面开辟了一个小小的花园。我挖来野花种在这里，也从一些开花的灌木上剪枝过来。有斯塔维斯基和麦克伦南的前车之鉴在，大家都不再纠缠我。反正，总有新来的人供他们找碴儿。

黑钙土果真与众不同。在香豌豆开花时，一个守卫给自己的妻子带了些回去，于是其他人也纷纷效仿。他们用衣物同我换花，有些衣服很合身，至于那些不合身的，我也很乐意当作打牌时的筹码输掉——输牌从不会让人输人心。

星期天我们不用工作。有些人会做礼拜，但更多人选择醉生梦死。在七月的一个下雨天——就是我认为最糟糕的那种潮湿、闷热的天气——大家都被困在营房，麻烦不断。当一个守卫走进来叫我的名字时，我正躺在床上假寐。

这件事其实没什么异常。时不时总有人会被叫出去，还会被告知要带上自己的东西。我们不知道他们被送到了哪里，但基本不会再见到他们。没人拒绝这种事，毕竟这也意味着有机会升为守卫。

我跟着那个人出去了，来到他的同伴们等待的地方，其中两个人领着我走出围栏，走上和去农田方向完全相反的路。看门人让我通过，在门边的小屋里对我进行了搜身。此时此刻，我的心脏在胸口咚咚直跳。我并没有自由，但正在呼吸自由的空气。

我在期待什么呢？我不知道。这个地方在我看来，同我在北方见过的其他地方、两年前长途跋涉中经过的地方还有其他那些数不胜数的地方相比，并没有什么不同。这里不过是又一个被遗弃的城市，空无一人，杂草丛生。

十五分钟后，我们来到了一条街上，这里的房子更大一些，房子里还有生活的气息。院子被精心打理过，窗户上挂着窗帘，还有犬吠——但那并不是野狗，而是带着项圈、拴着铁链的狗。

我听说过这个地方，在冬天，有些囚徒会被派来这里铲雪。这就是博斯韦特和守卫们安家的地方。还有传言说妓院就在附近。这就是由我们的劳动供养着的所谓城市了。

守卫们带我来到了整条街上最大的一栋房子后面。这房子真是丑极了，用肝脏般颜色的砖块垒成，看不出是什么特别的形制，但它高大宽敞，颇具规模。

我向其中一个守卫拼命恭维这栋房子；我知道这房子并不

是他的，但就是好奇他会说些什么。

结果他什么也没说，只是显得有些尴尬，啐了口痰，又用鞋尖擦了擦。

“今天下午你要在这里工作。”另一个守卫及时打断了我呼之欲出的各种问题。

我环顾了一圈，院子乱蓬蓬的，一片黯淡。

“什么工作？”我问。

“在这儿弄个花园，要弄得像营房旁边那个一样。”

我踢了踢这片乱糟糟的土地。这里可以弄出一片草坪和一些花圃，但远远那头的椴树投下的阴影几乎将整个花园都笼罩其中。“这根本办不到，”我说，“这里太暗了。那棵树把光全都挡住了。我最多也就是种点儿花的球茎过来，但又根本弄不到这种东西。”这是我到这里之后学会的处事方式：原则上，在工作时要坚守自己的立场。我并不想透露自己的真实感受，一份让我可以独处的工作近在咫尺，谁知道还有没有其他什么特权呢。

领头的守卫说另一个人会给我拿需要的东西，于是我让他给我拿一把耙子、一把铁锹，要是能找到的话，再带辆手推车来。

等了大约十五分钟，另一个守卫带回了一堆工具和一个代替手推车的麻袋，我便开始工作了。

从那时起，我过上了与从前截然不同的生活。早上我和其他犯人一起工作，但每周总有两三个下午，守卫会进来带我去花园里工作。两名守卫分别叫叶尼亚和阿贝尔曼，在我干活儿时他们会一直看着我。尽管我从不是完完全全一个人工作，但仍能尝到一丝独处的滋味。

叶尼亚是被差遣的初级守卫，时不时帮我把树根从土里挖出来，或是在阿贝尔曼监工时把砍下来的枝丫运走。他们在围栏里时都凶狠而冷漠，但出来之后却都对我态度不错，偶尔也会聊聊天气或是表扬一下我的工作。阿贝尔曼是个城里人，叶尼亚则是个乡下小伙，很了解我在做的工作。

我的新差事也意味着被囚禁时的小小自由。我说服阿贝尔曼，说我需要一把半月铲来修整草坪。起初他似乎觉得这里没有这样的东西，后来我给他画了张铲子的草图，他便给我带了一把来；但它的质量实在堪忧，才用一次就四分五裂了。我给他看了看劣质铲刃上的缝隙，说要是能进铁匠铺，我就能造一把更好的。

铁匠铺在围栏外，时刻有人看守，因为犯人们要是存了心思，可以从那里弄到不少东西。

等待了好些时日我才得到了答复——他回来告诉我可以。

从那时起，我就在必要时亲手制造工具。我很享受在铁匠铺里的工作，就像在花园里独自劳作时一样愉快。我想，自己锻造子弹多年所习得的技艺也一定令营房里负责铁匠工作的犯人们刮目相看，他们堪称我们当中的贵族阶级，对我的好评让我在营房的日子好过了不少。

我很清楚在冬天能做的事并不多，所以在工作时有所保留，好一直坚持到春天。我说服他们让我砍倒那棵椴树，清理掉了花园周围的灌木丛，又为种花的季节精心铸造了许多工具——反正就是想尽办法让自己离开营房，独自工作。在那个花园里耗费的心血让我神清气爽。

每每在花园里工作时，我总会时不时注意到有人往花园里窥探。我也能听到声音——女人的声音，以及房子里仓促而散乱的脚步声。但最奇怪的是，在某个秋日，我比平时待得久了些，正在半明半暗的天色里收拾工具时，我听到了哼唱的声音。我转过身去，房子的窗户被黄色的电灯灯光点亮了。

三月里，花园生机盎然，冬季仿佛终结于瞬息之间。对我来说这是好事，因为春天意味着我可以独自在花园里工作更久；不过，这也让我开始思索万物是如何起了变化。

花园里的花绽放得过早，树木抽芽也比原先快了许多，我震惊地发现，改变早在万物的肌理之中悄然发生。我想起了通古斯人，他们说世界在冬天时需要休眠，不然就会像冬眠中醒来的熊一样暴怒，将所到之处的一切撕得粉碎。

在整个春夏期间，每隔一天我就要用割草机修割草坪。老旧的割草机锈迹斑斑，用起来简直就是噩梦。在七月的高温天里，虫子们倾巢出动，工作变得更加艰巨，我不得不时刻停下来用破布擦脸。破布不会伤着我，但汗水里的盐分会让我脸上的疤痕火烧火燎地疼。

渐渐地，两个守卫不再一同前来，这种情形越发频繁。今天是我不太喜欢的阿贝尔曼，他靠在厨房外墙上，大腿上别着枪，正拿着一根细枝逗弄家猫。

我听到纱门砰的一声打开，阿贝尔曼连忙站好，满脸堆笑，友善得就像闻到了腊肠香味的狗。

站在那儿的是个十岁左右的小姑娘，她穿着蓝色格子裙，手里握着一杯水。

她把水杯递给了我。她很勇敢，看到我的脸时没有被吓一跳，只是举着杯子的手微微有些颤抖，杯子里有东西发出了碰撞声。

“我们有一台冰箱。”她说。

水冰得几乎喝不下去。碰撞声就是冰块撞在杯壁上发出的响动。

“你是男孩还是女孩？”她问。

我小口小口喝着水。她真是个漂亮的小家伙，完全不同于像我这样的假小子。“我是女孩。”我说。

“你的脸怎么了？”

“一直问问题难道不是很粗鲁的举止吗？”我说。

“你还想再来些冰块吗？”

“好的，谢谢。”

再从房子里出来时，她手里捧着满满一盘冰块。我不得不帮她一起把冰块从冰格里掰出来。金属盘上覆满了晶莹剔透的冰块碎屑，将我的双手也粘得湿漉漉的。把冰块全弄下来以后，她像分糖果一样把它们递给我和阿贝尔曼。阿贝尔曼一直把冰块捧在手心里，直到冰块融化，从他手心里滴出水来。

一个女人隔着纱门低声呼唤娜塔莎回屋去。娜塔莎拿上杯子和放冰的盘子蹦蹦跳跳地回屋去了。“再见，娜塔莎。”阿贝尔曼捏起嗓子甜腻腻地喊道。

在门终于关上后，我转向他问：“他们维持冰箱运作的能源是从哪儿来的？”但阿贝尔曼已经缩回去逗猫了。他收起声音里的甜腻，把我说过的话原样奉还：“一直问问题难道不是很粗鲁的举止吗？”

下一次再来花园时，我发现他们在花园里放了一条长凳，还装了一个秋千。这一次娜塔莎出来找我时，怀里抱着一个碗，碗里还装着什么东西。

“我给你留了这个。”她说。

是桃子罐头，有四片。我拿起一片来。果肉颤动着，像个赤身裸体的活物。

她看着我吃下去，如同带回家一只受伤的鸟儿，也会用同样的方式喂它、照顾它。

桃子像落日般金黄，比蜂蜜还甜。“谢谢你。”我说完，在裤腿上把手指擦干净。

她高兴地咯咯笑着跑回屋去。从那以后，她总会拿点儿小东西给我。

还有一次，我在高温下工作，阿贝尔曼不知不觉睡着了，还打起呼噜来。我脑海中闪现的第一件事就是逃跑。我放下耙子，走到房子后方，想看看路的两头是否畅通无阻。我按营房里通用的行动方式，不紧不慢地拖着步子走，但思绪早已信马由缰，计划着该怎样才能挣脱铁链；又或许我该去偷把刀，抓紧时间搜集足够的口粮，好开始向北而行的漫长旅程。想着想着我来到了房子后，听到一阵银铃般的孩童笑声。

我循着笑声来到窗口，往里瞟去：娜塔莎正坐在餐桌旁，头发湿漉漉的，肩上披着一张床单；她母亲拿着一把剪刀围着她转来转去，这里剪一点儿，那里剪一点儿，任由粉末一般的小小碎发掉落满地。她背对着我，我听不到她们在说什么，不过时不时地，她俩中就会有人抑制不住地哈哈大笑，仿佛是在说什么笑话。

这个地点没有任何特别之处。我是说，我有生以来少说也进过五十个不同的厨房，所有厨房看起来都是一个样子；然而这番景象里却隐隐带着什么东西，把我牢牢粘在原地，直到我惊觉阿尔贝曼正用枪顶着我的后背，让我回去工作。

接下来几次娜塔莎出来找我时，她母亲都缩在厨房里，只从门缝里探出头叫女儿回去，好让我专心工作。而在夏天来到尾声的八月末，大多数花都已盛开时，娜塔莎的母亲亲自到花园里来见我了。

她是个纤细高挑的漂亮女人，比我年轻一些。

“娜塔莎和我都非常感激你在这里所做的工作。”她说，“你把这里变得很美。”

我从不认为自己低人一等，但与她同在一处时，我内心的某些东西开始扭曲，并自觉有些卑躬屈膝。我留意到自己身上的气味，我那肮脏破旧的衣服，满手都是、还塞进指甲里的泥土——而她呢，干干净净，像一枝盛放的苹果花一样甜美。

“这个嘛，这都是花儿自己的功劳。”我说。

我们面面相觑地呆立了片刻，她有无数问题却不知从何问起，而我则急于回去修剪枝叶，只要别让我杵在这里，别让已沦落至此的我在另一种生活可能的魅影前深陷窘境，怎样都行。

我盯着地面，看到她光脚踩在草丛里，正在蜷起自己修长的棕色脚趾。

“总之，再次感谢你。”最终她如此说道，而后就回屋去了。

第二天的起床号吹响时，我拒绝起身，坚持躺在床上。缺勤的人会被鞭笞，但我告诉守卫自己来月经了，不知为何，他们也就随我去了。

吃完午饭我去了牛棚，阿贝尔曼来找我时，我告诉他我不在乎自己会被怎样，总之是决不会再去打理花园了。他试图说服我，但我什么都听不进去，因此他只好多叫了几个守卫来，把我押进了惩罚室。我砸了一会儿门，之后就睡着了。我不知道自己到底在发什么疯。

这里时不时会有人搭错神经，他们就会把这个人锁起来不停地打，直到他恢复正常为止。我几乎是在期待他们进来，但当门终于打开时，进来的竟不是别人，而是博斯韦特本人。

博斯韦特示意看守扶我站起来，随后让我跟他走。他迈着骑手特有的阔步，走起路来膝盖分得很开。

我跟着他来到了练兵场另一侧的一栋两层建筑旁，建筑的大部分窗户上都还有玻璃在。“这里曾经是个军事基地，”他说，“我觉得你应该知道。”

他的办公室在二楼。办公室的一头有一张大大的办公桌，他的椅子后挂着一张地图。我的目光根本无法从地图上挪开。那是一张很旧的地图，是我们在学校里会用的那种，右上角是阿拉斯加的西部边缘，下面是堪察加半岛和千岛群岛，面积辽阔的亚洲向西延伸至乌拉尔山脉，翻过山去就是欧洲。世界的面貌一定曾像是个虚构出来的人物般固定且无可改变。我能看见我们来时的路用蓝色墨水标记了出来。我早就猜到我们肯定不是第一批走过这条路的犯人了。地图上的其他地方还有一些墨水修改过的痕迹、一些极北之地的地名以及一些符号，但我站得太远，无法看清。

另几面墙上挂着高加索地毯和熊皮。博斯韦特的办公桌上有一柄匕首，是一把哥萨克骑兵刀。

他递给我一支烟，我说不要，他便自己点了一支。烟是雪松的味道，像是用烟斗抽出来的。我注意到他因为抽烟太多，手指上有棕色的印记。

“我妻子很喜欢花园现在的样子，”他说，“如果你不干了，她会非常遗憾。”

“那太糟糕了，”我说，“因为我已经没兴致干了。”

于是我又重新像往常一样和其他人一起干活儿。我很想念花园。在某些夜深人静的时候，当周遭陷入酣睡，只有虱子横行时，我就会在脑海中勾勒花园的样子，描绘出最后一次见它时的那些植物，那盖上了土准备施肥的黄色硬榅桲，还有雨后清凉湿润的草坪。其他犯人都笃定我是疯了才放弃那份工作，但我还是很高兴自己不用再回去了。

在那个女人面前，我觉得自己像个乞丐，只会扒着餐厅的门恳求几个便士的施舍并道谢。我痛恨这般场景——他们在我呕心沥血打造出来的花园中享受安逸与平静，我却在这里腐烂，平则在泥土里腐烂，正在倒腾冰块的他们对活得像营房粪堆里的甲虫的我们视若无睹。

现在，我开始认真计划起逃跑的事情来。

4

我计划在春天来临时逃跑。在十二月和一月间，我把大部分保暖的衣服都卖给了其他犯人。我一直等到寒风凛冽时才出手，这样就能卖得一个好价钱。他们付给我的是在这里被当作货币流通的小玩意儿——香烟，酒，几口吃的。这些小物品看似五花八门，但在买卖时都像是贴了价签般有着固定价格：一块地毯值两支烟，一副羊毛手套能换一小瓶私酿酒，诸如此类。

等攒足了这样的小玩意儿，我就去贿赂监狱铁匠铺的头儿，一个名叫潘克拉托夫的家伙，请他放我回铁匠铺一周。他们从未让我忘记自己资历最浅的事实，于是我只好去铲木炭、拉风箱；不过这样一来我就不会冻着，还能在清闲的时候用热铁丝做些小鸟和花朵便宜卖给那些守卫，让他们拿去送给自己的爱人。

一周变两周，两周变三周，我似乎还能在铁匠铺待上好一阵子，但是有几个铁匠很嫉妒我给守卫做的那些小玩意儿，为了安抚他们，潘克拉托夫告诉我时间到了。

我很想念铁匠铺里的温暖，不过我的计划已经完成。在做那些漂亮的铁丝小玩意儿时，我做好了一些可以组装成一个小小多爪钩的零件，在守卫们对精巧的猫头鹰和勿忘草赞叹不已时，我把这些零件藏在自己的鞋子里带走，埋在了公厕的墙缝里。

从守卫那里赚来的一点点报酬被我拿去向一个新来的家伙买了一双皮靴。那双靴子因为长途跋涉而有点儿破损，不过我又自掏腰包请另一个犯人给修好了。

几个老资历说我在这会儿花这么多钱在这双靴子上真是太蠢了，还说脚上就算裹再多东西也不可能暖和起来。

大家时时刻刻都在讨论这种事情。在如何让日子不那么难熬的小细节方面，人人都堪称“专家”。一到冬天，但凡能弄到毛毡靴的人都会穿它过冬。

但我准备皮靴并不是为了冬天穿。我需要能够在潮湿的春天里支撑过一千英里长途跋涉的鞋子。

就像大多数犯人那样，每天早晚我都会留下一半面包不吃。不过他们是为了用来交换东西或当作玩牌时的赌注，我则会在铺位上把面包弄干，等它变硬后再带到粮仓去，藏到我在屋檐下发现的各个角落，比如挂在钉子上或用电线拴起来，不让老鼠碰到。我以前从没亲手做过这种事，但听说过可以这样做面包干。我这里藏一点儿、那里藏一点儿，就算有一部分被发现了，也还能剩下一些来，我想我只需要带够干粮上路就好。

我卖掉了最厚的衣服，在冬天里衣衫单薄、吃得又少，人就虚弱起来，健康状况大不如前。作为这里曾最强悍的一员，现在只要营房里高烧病人不断，我就会跟着生病。

而真正的坏处是我不仅不能工作，还要被送到病房去。那地方实在是糟透了，全是肺病患者，我们大多觉得哪怕是顶着高烧去干苦力也比来这里强得多。

我们之间也有一些温暖友爱的时刻，比如大家会照顾一下生病的人，帮他完成当天的工作量。我自己就经常这么干。我们会把最轻的干草给病人搬运，如果是在室内干活儿，就会让他靠墙站着休息，只要能避开守卫的耳目，他想休息多久都行。

但所谓的友爱，其实是理智。我们都深知，这份友爱总有一天是要偿还的。

一月底时，最严重的一波病情席卷了营房。清晨挤奶时我几乎站都站不稳。和我一起干活儿的人们把我放在一张凳子上，高烧之下我开始了几乎让人有点儿愉悦的颤抖。

疾病令我神志不清。我眼前看到的似乎不是提着牛奶桶的比利·伊拉斯谟、钦吉兹和戈沙，而是我的母亲、夏洛和安娜，他们正在家中的厨房里做圣诞大餐。牛棚里的光线微弱而迷蒙，像黄色的火焰般明灭，一阵轰鸣声在我周身迸发。

戈沙冲着我笑："梅克皮斯在飞！她喝醉了。看她的眼睛啊！"

我一个字也说不出来，因为轰鸣声震耳欲聋，而我认出了那个声音——又一架飞机飞过来了。我站起来，告诉他们我们全都得救了；与此同时，黄色的灯光开始令人晕眩，我眼前的一切全都溶成了星星。

后来戈沙告诉我，我当时脸色惨白，一头栽倒在地，连墙都跟着晃了晃。可我只记得当时眼前一片漆黑，只顾着担心藏起来的面包。

我在病房里大汗淋漓地醒过来，鬼哭狼嚎地要他们放我走。病房里很黑，闻着有股屠夫身上的味道。这里没有守卫站岗，没人在这瘆人的地方工作，病人们被留在这里相互照料。刚一强撑着站起来，我就立刻爬下床要走。

这一次他们拿走了我的鞋让我没法走掉，但早上的起床号一吹，我就光着脚跌跌撞撞地走进了雪地里。

这次博斯韦特看见了我。他同一个守卫简单交代了两句，让我待在后面，并把我的鞋子还了回来。我烧得太厉害，甚至无法系鞋带。我的一根脚趾因为冻伤而发白。走路的时候，我感觉自己的四肢已无法正常活动，似乎只能间歇性地抽搐着向前，仿佛我身体里有个发条似的。

我跟在守卫身后，一路上都在向他们申辩我已经痊愈、可以工作了。但是他们并没有把我带回病房，而是把我带去了博斯韦特的办公室。

为了过冬，他新安置了一个大炉子，烟囱从一扇破窗户探出去。因为炉子的缘故，屋里热得令人窒息，但是我哆嗦得太厉害了，声音抖得像羔羊一样，牙齿仿佛正在脑袋里咯咯打战。

其中一个守卫和我们一起进了屋，一动不动地贴着桌子站在他身边。

“看起来你是打定主意要干活儿了。”博斯韦特说道。

“是的，长官。”我答道，眼前的房间在他头上打转，我只得努力让他在我的视线中保持水平。

“你病了。”他说。

“并不严重。”我的声音从打战的牙齿间挤出来，低得近乎耳语。

“你的冬衣怎么了？”

“赌牌输掉了。”

博斯韦特冲守卫眨了眨眼睛。“据我所知，你对打牌可一窍不通。”他的声音在我身边回荡，仿佛我是在井底听他说话似的，“我听说你在病房里对犯人们说你有了个计划。你打算从这里飞出去？”

我摇了摇头。

“你见过飞机吗，梅克皮斯？”

“没有，长官。我肯定是在胡言乱语。”

当时我想，我藏的面包很可能已经被发现了，要么就是我泄露了自己的逃跑计划。要真是如此，我肯定会没命的。

“你是从极北之地来的，不是吗？”

“原籍是美国。”

“移民家庭？”

我回答他是的。

“他们跟我说，极北之地的移民可比冻硬的猛犸象粪便还要结实。”博斯韦特说，而那个守卫则咯咯地笑起来。

我几乎无法直起脖子来，只说道：“我没听过这种说法。”

“我看似乎没说错。去休息吧。”他说罢对守卫点了点头。

我筋疲力尽，无力抗争，几乎没弄明白到底发生了什么。他们把我拖到铁匠铺，给我解开了锁链。

第三章

THREE

1

又过了几天，生活中的转变对我而言的意义才逐渐显露出来。

这是三年来头一回，我有了自己的房间。我的新住处有一张铺着肮脏床垫的小床，一张放着油灯的小小书桌，还有一扇可以俯瞰整个练兵场的窗。头顶的天花板上有五六道棕色印迹，每道印迹的尽头都是夏天里被拍扁的蚊子尸体。屋里没有暖气，不过我有一堆散发着卫生球臭味的军用毛毯。

有人会给我送一日三餐，我的发烧也好了。

有时我很想立刻从这扇门走出去，回到月光下泛着银光的公路上，由它把我带回我的来处。我的房子很可能还空空荡荡地伫立在原地，房子里是破到只剩外壳的自动钢琴，落满灰尘的书籍和床架。当时已在花园里种下的作物肯定已经开始杂乱而野蛮地疯长。我很想回到那里去，回到那个我熟悉的、充满了关于我所爱之人的回忆的地方去。

但是，即使撇开对季节和路上物资不足这类实际问题的担忧，我还有别的不能离开的理由。

屋外，犯人们正从院子穿过，朝营房走去。

暮色中，你恐怕会觉得我眼前是一个旧日的世界。在这扇脏兮兮的窗户外，有田地，有工人，他们三三两两地在晚间冰冷的室外无所事事。

沙姆斯丁就在其中。我是从他走路的姿势认出他来的。没有哪个犯人走起路来匆匆忙忙，但这些日子以来，沙姆斯丁走起路来尤其慢，而且也渐渐开始有点儿驼背了。如今他是基地里年纪最大的人之一。这是我们在这里度过的第四个冬天，第五个夏天就要来临。我们有超过一年时间没跟彼此说过哪怕只言片语。

基地里的艰苦生活催促他老去。在过去几个月里，我一直注意着在田里干活儿的他，发现他频繁地靠在铲子上休息并大口喘气。有些年轻人在工作时会挑衅似的放慢动作，就好像是在故意惹着守卫去催他们。但像沙姆斯丁这种老人之所以动作慢，是因为他们太过虚弱，而且还得瞒住这一点。他们走起路来有一种看似漫不经心的感觉，但这实则源于他们深深的疲惫。有时旁人会吓到他们，因为他们会躲在本以为没人能看见的墙后，贴着墙坐在地上，双腿在身前摊开，脸上一派疲惫、松弛之色，如同行尸走肉。

基地里没有人能活过五十岁太久。疾病和恶劣的气候更爱纠缠过了五十岁的人。即便是在守卫当中，也少有人鬓间斑白。

年纪最大的犯人们只有两个愿望。一是能成为一名守卫，但随着年纪增大，这愿望越发不可能实现，如果是个穆斯林就绝不可能；二是在特区得到一份相对轻松的工作。

每当听说马上就要召集选人时，他们所表现出的努力，让人看着可怜。他们会在前一晚刮胡子，梳头发。一次，一个名叫图维克的老人穿上了他想方设法保存下来的新衣服，还在上面别了一串勋章。当守卫的目光落在他身上时，他便探出枯瘦的下巴。但守卫们走了过去，没有选他，他的喉结滑动了一两下。

回营房的路上，一个有一半通古斯血统的犯人拿这事取笑他。“图维克你这个惯偷，你是从哪儿偷来那些勋章的？”

图维克受伤的骄傲不堪其辱。“我在太平洋战争中打了两年的仗，住过潜水艇，还赤手空拳地杀过像你一样可恶的日本人！”

通古斯男孩还在嘲笑他，并在他准备攻击自己时挡开了他骨瘦如柴的小臂。图维克的手在男孩厚实的棕色拳头面前活像一对鸟爪。

那天晚上，通古斯男孩偷走了那些勋章，第二天打牌时输掉了。一个星期后，图维克在睡梦中离开了人世。

正是那些守卫灌输着大家对特区的憧憬。当我还是个犯人时，他们便会撂下一些只言片语，谈到一些那里的东西。他们说，守卫村里的电冰箱、发电机、我们的武器——所有东西都是在那里制造的。甚至有人说他们还有个电影院。

我很好奇，很想亲眼看一看，不过最重要的是，我觉得沙姆斯丁能去那里应该不错。

他身上的挫败感越来越强烈。在屋顶上的那天，我似乎隐约瞥见了他曾经的模样。有些落入基地生活的犯人仿佛压根儿不知道还有别的生活方式——要么是他们别无选择，要么是他们原本的生活比这里还糟——可沙姆斯丁仍保留着某些自尊，那仿佛是他离开的那个世界里还残留着的一丝香气。

我忽然想到，像沙姆斯丁这样的人在特区应该很受欢迎。一开始他可能不得不做一些卑贱的工作，但任何一个略有追求的地方很快就会看出他的价值——一个阅历丰富的男人，精通多种语言，知道人体内每一块肌肉的名称。在这个地方，像我这样的人多得是——意志坚强，善于实践，在苔原上也知道怎样掘地三尺找到食物让自己活下去。然而沙姆斯丁却拥有只能从书本上得到的知识，虽然我不能一一说出这些知识的用途。有时，我也知道这种想法似乎又蠢又奇怪，就像在犯人脖子上打了个丝绸领带一样不合时宜；但他所了解的那些东西，在那些比我们懂得更多的人看来必定价值连城。他脑袋里的知识是几个世纪累积起来的成果，它们弥足珍贵，足以让我们为之抛洒热血。他所掌握的知识耗费了千年才得以产生——那是千年累积的科学与实践，人们为了说出地球围绕太阳旋转而非反之的事实，甚至可以为之赴死。一旦这些知识丢失了，就要再耗费千年才能重新习回。

他虚弱不堪的样子令我倍感沮丧。他似乎越来越频繁地独处，和其他穆斯林待在一起的时间越来越少。我真希望能想个办法把他带离这里。他让我想起了自己从前藏在兵工厂里的那些书。一个人总比一本书要强。

所以在内心深处，我一直思索着自己能为他做点儿什么。要是能通过某种方式让他和飞机上的人有所联系的话，就算是好事一桩了。

就目前的情况来看，他至多只能再活两年，或许两年都不到。或迟或早，他会长眠于那块空地中——他们就是在那里安置图维克的。

每到秋天，在霜冻来临之前，守卫们会派五六个犯人到树林里挖一个大洞。等到冰雪消融时，他们会再把这些犯人派出去，将整个冬天的十五到二十具尸体扔到坑里，再把土盖回去。埋葬的过程没有任何仪式。几个守卫会把尸体塞进麻袋，用手推车拉出去，扔进洞里，再撒上石灰粉。尸体就这么晾在那里，直到下一具尸体丢进来。

我权衡再三，觉得自己有责任为沙姆斯丁做点儿什么。理由无穷无尽，当然，要是你太过执着于真正的理由，就会把自己绕晕。如今回头去看，我想自己对他是有些好感的，因为他是在平之后第一个对我表达了些许善意的人。而且他的某些作风让我想起自己的父亲，并怀疑自己是不是想回到过去，去救他。但要是我深究起背后的原因，就总是不得要领。在平死后，我觉得自己似乎丧失了独处的诀窍。

在我小时候，树林里有个离群索居的老人，我们都被警告不要去看他。他名叫潘科夫，是个俄罗斯人，刻了些很大的木雕放在自己院中。我们会偷偷溜过去窥探他，要是他发现了我们，就会冲我们大喊大叫，追在我们身后赶我们走。这对我们小孩子来说是项好玩的运动。父亲形容他“比厕所里的老鼠还疯”，当夏洛不小心说出我们去过那里时，他就用拖鞋打我们。

在我十二岁时，潘科夫去世了，镇子里的长老们把他埋在了他的院中。他的小屋一年年垮塌，最终塌成平地，好像有什么庞然大物一屁股坐在了上面。

之后的几年间，我去过那里一两次。潘科夫在整棵树干上都雕满了巨大而繁复的图案，有蛇、恶魔和胸部丰满、扭动身体的女人，长老们过来埋葬他时礼貌地无视了这些雕刻。

让屋子垮塌的东西——或许是雪，或许是虫蛀——还让屋子里的一切散落满院。在所有意料之内的物品当中——碎裂的床板、烛台、破旧的鞋子、碎玻璃——还有成堆的乐谱，一页页乐谱上有着漂亮的线条和黑色的小点儿。对他而言，这些乐谱肯定意义重大，所以他才会费这么大劲把它们全部带到这里来保管；一年又一年过去，在这里，没有能同他分享的人，没有一件乐器，有的只是寂静，只是他的身体一点一滴垮掉时所发出的细微声响。

我不愿重蹈潘科夫的覆辙，像个坐在等候室里的人一样枯坐多年，消磨时光，直到我死去的那个秋天或是一场让我无法再自食其力的事故降临。但是我已经能够预见自己或许也会像那样死去。在我年少时的世界和我如今身处的世界之间隔着一条巨大的鸿沟，我发现即便在想象之中，想要跨越鸿沟也正变得越来越困难。

我有没有梦想过这样一个世界，人们会飞，食物丰足，我们这些北方的移民被看作原始人？

基地里的生活为人的兽性一面提供了充足的佐证。然而，回顾我走过的漫长人生路，最难理解的却不是兽性，而是人类身上的孤独。

2

等身体恢复到足够强壮时，我就开始在守卫食堂里吃饭了，他们把肉和某种近似咖啡的东西放在给犯人的饭旁边。对于博斯韦特提拔了我这件事，我本人比其他守卫还要吃惊。

这并不是犯人们想象中的天堂，不过我们吃得好些，还有单独的房间。奇怪的是，守卫们之间存在着我无法理解的戒心。他们拥有一些东西：一间桑拿房，一个可以用纸票买东西的小商店，也确实有个妓院。我自然不需要它，即便是在大白天看见门廊上那些聊着天、理着头发的女人，我都会想起平来。

我们全都生活在基地里，不过有些更高级的守卫则住在村子里。有些人娶了妻子，定居下来。

我要在春天逃出这里的想法并没有改变。事实上，现在反而更容易了一些。他们给了我一把油腻腻的旧手枪，里面有几发子弹。而我也知道去哪儿能偷到一匹马。但在此之前，我还有事要做。

二月份时，博斯韦特召集了我们一小部分人，说他要派一队人去特区工作，要找十个守卫送过去，而我将是其中之一。带队的是基地里作为博斯韦特副手的那个俄国人托利亚，他已经去过特区很多次了。而其他九个人中，有包括我在内的四个人从没去过特区，但即便是在守卫之间，也没有对事情太好奇或问太多问题的风气。我们表现得就好像这是世上最寻常不过的事情，我们只不过是在做别人都会做的事罢了。

早上集合时，我们每个人都要从练兵场上的犯人里挑选两个人。有经验的守卫费尽心思挑选那些强壮的人，会隔着衣服感受一下对方的肌肉怎么样，检查眼睛看看人是不是清醒明白。

轮到我的时候，我沿队伍缓缓地走着，让自己不要陷入眼前这些人渴望的面孔中，尽量表现得像是在掂量他们一般。如今我在他们面前有了点儿权力，他们看我的神情就截然不同了，这感觉很奇怪。我磨蹭了一会儿，装出再三权衡的模样，而后朝沙姆斯丁和祖伏加点了点头，让他们出列。

被选中的犯人可以出列，有两分钟时间回营房收拾东西。随后他们在练兵场上重新整编，我们四个守卫将他们二十人带出基地的中心大门，穿过环绕基地的空地，进入守卫村边上一栋低矮的两层建筑。一楼有两个大房间，其中一间是食堂，他们在那里得到了和守卫一样的食物，只不过凉了点儿，因为得从守卫食堂端过来。旁边的房间是卧室，里面都是弹簧床，比基地里的床舒服得多。

在接下来的两个小时里，他们吃了饭，还可以在外面的空地上活动活动筋骨。这是他们已不太习惯的自由，也是仅次于成为守卫的、犯人们所能期求的最好待遇。大部分人无意掩饰自己被选中的那份喜悦。

天气很反常，格外温暖明媚。有那么一瞬间，我们当中有些人是犯人而有些人是守卫这种概念几乎消失了。我心中充满了淡淡的希望。从这里到特区似乎只是简单的一步。我对未来没有什么固定概念，但能感觉到它的形状，在这一刻，它似乎并不那么可怕。

沙姆斯丁独自站着，闭着眼睛，面朝太阳，双肩随着呼吸上下起伏。在空地边缘，阳光融化了覆盖在树下的那层薄薄积雪。祖伏加在一堆掉落的橡树叶上蹲下，拿着一根棍子在挖着什么。

他抬起头来，发现我在看他，便用他空闲的那只手招呼我过去。我一到他身边，他就从地里拽出了什么东西来。

他手里是一团黑乎乎的瘤状物，有胡桃大小。他把它递给了我。

我从他手里接过来。那东西硬硬的，摸起来有点儿像肉豆蔻。祖伏加让我闻闻看。“Al-kamat，”他说，“先知说这个东西对眼睛好。”他笑起来时，金牙闪闪发亮。

突然间背后有人吼了一声，有什么东西猛地打了一下我的胳膊。一个守卫从我身边冲了过去，把祖伏加撞倒在地。祖伏加仰面躺在落叶上，一脸惊愕。另两个守卫用枪口抵住他，吼道："他弄到了什么？"

"是个蘑菇。"我说，"闻起来还真是不错。"

"没错。"祖伏加说，"蘑菇。"

守卫们放开他，他慢吞吞地站了起来，拂掉了裤子上潮湿的落叶。

"送给你，梅克皮斯。"他摇摇晃晃地回到了其他犯人之中。

上午晚些时候，我们让犯人们重新排好队列，把他们带到了楼上的房间。博斯韦特正在等我们。犯人们像学童般盘腿坐在地板上。

"他们都是第一次去吗？"他问托利亚。托利亚点了点头。

"现在都听好了。正如你们所知，被选去特区是你们的荣幸。我猜你们当中有些人已经有所了解。你们要分享自己的产出——把你们挑选出来的人有权分享你们一半的劳动所得。"

一些守卫轻声笑了出来，明白他是在挖苦那个差点儿让祖伏加丢了性命的蘑菇。

我开始明白他们当中的某些人为什么过得那么好，能够在基地外有自己的房子，还能娶妻成家。如果在特区有足够的劳工，你就能成为一个富人。这和博斯韦特正在做的事情很相似，只不过规模要小得多。

"不开玩笑，这工作并不简单。"博斯韦特继续说道，"我不打算骗你们。在特区的工作量不大、不繁重而且报酬不菲，但却有其他方面的危险。把你们挑出来的人之所以选择你们，是因为他们认为你们有足够的聪明才智来运用常识，来完成我们吩咐的事情，而且不会生病。

“你们要连续工作十天，之后会获准回到这里休息一阵子。工作得越努力，就能休息越久。那些干得最好的工人，还会有特别奖励。

“我会让阿普法贾图先生来解释任务的细节。”

阿普法贾图先生头发乌黑，那副厚厚的眼镜像电焊工的护目镜一样在他的脑袋上套了一圈。我无法判断出他的口音，但可以听出他绝不是在说英语的地方长大的。“特区很大，”阿普法贾图边说边拍着墙上的地图，“差不多四百平方公里。这里，不是特区。特区，河那边很远的地方开始。不过没有全被污染。你们的任务——我的目标。什么目标？这些。”他打开一张手绘图纸，把它钉在了原先的地图上。上面标出了十多个不同的物品，全都用不同颜色的墨水仔细地画了出来，周围还标着粗略的尺寸。有些物品在我看来非常熟悉，比如电池组，有些看起来像是无线电，不过其他物品和我见过的任何东西都不像。

房间里的守卫分发了坐标纸和铅笔。

“照着画图。”阿普法贾图说。

他们便按要求画了。大部分人并不擅长艺术工作，阿普法贾图先生过来检查时，对他们的画作发出嘘声，并对他们说：“写序号。序号重要。”

沙姆斯丁用他外科医生的手将画临摹得很像样，还用交叉线绘制了阴影部分，获得了阿普法贾图先生赞许的笑声。

抄本画好之后，我们收走了铅笔，阿普法贾图先生打开了一张小一点儿的城市地图。

“特区里，很多部分。这里，你们的部分。开采这些地点。好吧？现在临摹地图。抄下地点。”

等他们完成后，他又仔仔细细检查了他们的地图，随后把手伸进裤子口袋，掏出一堆塑料圆盘。“现在，很重要。这些放射量测定器。很重要，知道你们的剂量。从特区回来，交测定器，我们计算剂量，如果剂量高可以给药。你们的健康很重要，对我们。你们是有价值的人。”他的最后一句话伴随着古怪的大笑，说话间同时把塑料圆盘分发下去，监督犯人们把它别在自己脏兮兮的领子上，“有什么问题吗？”

“我们有什么特别奖励？”有个犯人问道。

博斯韦特站了起来：“你们会有工分，可以拿来换额外的食物和酒。”

沙姆斯丁举起手来：“这些放射量测定器是怎么工作的？”

“反应膜。”阿普法贾图先生答道。

沙姆斯丁再次举手：“如果你知道我们要找的东西，也知道它在哪儿，为什么不自己去拿呢？”

阿普法贾图先生在回答这个问题时，脸上浮现出灿烂的笑容：“这不是我的义务。”

“阿普法贾图先生在这里从事很有价值的工作。”博斯韦特说道，“现在，带上你们的笔记和测定器，到食堂去。今天其他时间都可以自由活动。明天破晓时，你们就要出发去特区。”

我感觉沙姆斯丁和祖伏加看上去有点儿不安，不过其他人纷纷用大块大块的面包蘸着盘子里的酱汁，要求再来一份炖肉，并指着自己像徽章般的蓝色测定器说：“我是有价值的人。”

3

黎明时分我们在大门边集合。那里有十多匹马，还有到时用于带回我们找到之物的雪橇。他们给了我一把旧来复枪，一顶大小正合适的皮帽和一套衣服。那是一套军队制式的服装，没人穿过，硬邦邦的，有股土豆般的陈腐味道。枪没什么好说的，也一样旧，但在必要时可以用枪杆子来打人。

有个犯人名叫费利克斯，有一副好歌喉。天刚破晓，我们走在熹微晨光之中，他唱出的高音如铃声般悦耳。

我的马是队伍里最慢的，所以我负责殿后，和沙姆斯丁、祖伏加走在一起。

尽管好吃好喝，其他犯人之中也弥漫着充满希冀的氛围，可他俩看上去还是闷闷不乐的。

在一个饮水点，我把他们拉到一边，问他们在烦恼什么。祖伏加什么也不肯说。

“他打开了自己的圆盘，”沙姆斯丁说，“里面什么也没有。它只是个塑料。所有关于特别奖励和休息的说法只不过是让我们饮鸩止渴的谎言。”

我问祖伏加是不是真的。他一言不发地扯掉徽章，用脚后跟踩碎，里面就像一个坏掉的坚果一样空。

我们压低了声音交谈。我猜此刻我们都在想，如果他揭穿了这个骗局，很可能会因此被枪杀。

“我再给你拿一个过来吧。”我说完，朝托利亚喊道有个犯人弄丢了自己的“神奇徽章”。

他的反应证实了他们的担忧。他骑马过来，没打祖伏加的头，也没因此惩罚他，只是从自己的包裹里又取了一个圆盘出来，非常夸张地别在祖伏加的领子上。这就像是在看一个你已经一清二楚的戏法——你死死盯住他藏在手中的纸牌或者帽子夹层里抽搐的兔子，无论魔术师怎样误导，都无法动摇你的目光。

祖伏加谢了他，但就在我们离开时，他责备地看了我一眼，朝雪地里吐了口痰。

我很恐惧这个谎言，想知道我们究竟是要去哪里。我很担心沙姆斯丁和祖伏加。不过，走在路上这件事本身却让我感觉还不错。

去往特区的路是一条原先通往雅库茨克[①]的旧公路，一路向北延伸至勒拿河，逐渐变为一片有车辙痕迹的砾石路。从砾石路开始，就是冬季道路的模样了。在过去的日子里，当寒潮降

① 俄罗斯联邦萨哈（雅库特）共和国的首府。

临，冬季道路就已经铺得十分光滑，但如今，我们只能就着这番路况行进。这些路走起来让人提心吊胆，有些地方的冰并不结实——许是因为炎热的春季近在咫尺，许是因为大范围的气候变暖，又或许是因为某些地方河道变窄，水流速度太快，根本来不及冻成结实的冰。

我们只得离开勒拿河，一连好几天在针叶林中穿行。我们在积雪上开辟道路，缓慢行进，直到河面上的冰足够结实了才回到冰面上行走。

在越来越接近北极圈时，河上的冰又一次变薄了，我们不得不回到针叶林里，走完最后一段朝北的路。

我们和犯人们分享食物，放缓步调。那是我进基地以来见过的最接近兄弟情义的情形了。但随着一天天向北行进，犯人之间的氛围开始渐渐变得沉重且不再愉快了。

以往犯人们的闲聊很难打断，但现在却总有数小时的沉默。打破沉默的只有铁链的碰撞声，马蹄声，以及踩在雪地上嘎吱嘎吱的脚步声。

每次停下来安营扎寨时，托利亚都会从马鞍囊里拿出一个测量仪，拿着它指向周围。他带了两个这样的仪器，有那么一两次，他在生火前给了我一个，让我测定柴火是不是足够干净。

我以前从来没拿过那种东西。它和手枪差不多大，但要沉得多，头重脚轻，上端有个表盘，背面则固定着几条线路。能使用它让我兴奋不已，但它吓到了犯人们，尤其是在发出噪声的时候。

大部分树木都是干净的，可以安全使用，但也有一些枯木让测量仪唧唧直响。这儿的情况与布特哥恰克如出一辙：毒素已经渗入事物的肌理之中。放射线侵袭了整片大陆。树木通过土壤浸染了毒素。毒素被锁入树木当中，要是吸入用这种木材生火冒出的烟，人就会被灼伤喉咙，肺部会被灼烧成粉末状。只要吃了从土壤里长出来的东西，无论是什么都会让人受到伤害。一切靠这个地方养活的生物也全都是有毒的。总有一天，这里会干净如初，但那将是我死后很久很久以后的事了。

在离开勒拿河的第二个晚上，我们被烟味和木头燃烧的爆裂声惊醒。那一晚，我们是在一片树林的背风处扎营的。

那晚扎营时，托利亚和另一个名叫维克托的守卫讨论了很久。他们当中似乎有人对这个地方不是很满意。但无论如何我们还是在这里扎营了，只是从更远些的地方收集了木柴。

当托利亚看见黑暗中的火焰时，他惊慌失措。烟雾让他的测量仪几乎爆表，他变得像落入陷阱的野兽一样不停咆哮哀号。

囚徒们全都惊慌失措地爬起来，嚷嚷着自己中毒了。

我们连忙收了帐篷，在伸手不见五指的黑夜里逃出烟雾，一直往北走。直到黎明时分，燃烧的森林已经被我们甩开，蜷曲的黑色烟雾在我们身后形成了一团巨大的云，云的顶部像砧板一样扁平。

因为睡不好、又疲劳，天刚擦亮时，犯人们都面无血色，筋疲力尽，于是我们停了下来，整个白天都在休整。

那天晚上，营地里的氛围如同苦艾草一般。

破晓时，托利亚把守卫分为两队，带了一半人骑回去查看到底是什么引起了火灾。他们绕了很远的路，避开毒烟形成的那面灰色烟墙。

我和犯人们一起留在后方。托利亚留了一个测量仪给我，让我用来寻找木柴。我和沙姆斯丁、祖伏加一起去找柴火。

我把他们带到了离营地很远的地方，以便于私下交流。

看着他们在锯木头时汗流浃背，把木头装进雪橇时又出了一身汗的模样，我心里有点儿不好受。因为我，他们被一个谎言拖出了温柔乡，未来要面对的还不知为何物。

我从马背上跳下来。马正掘着树下的一丛草吃。我把缰绳系在一根树枝上，这样马就不会到别处去吃脏东西了。

祖伏加已走到稍远处，正从一棵枯死的桦木上掰下树枝准备烧火。我则走到沙姆斯丁身边同他说话。

他正挥着一柄斧头在劈木柴，劈开的木柴更容易装进雪橇。我捡起他身边的几根木柴，告诉他我很抱歉他被欺骗了，其实我所知道的并不比他更多，同时向他保证不会让任何坏事落到他头上。

“那并不在你的掌控之中。”他说。

我没提出异议，但也在暗自盘算，只要能再弄到两匹马，我们三人就能在托利亚和其他守卫回来之前，不留痕迹地逃走。

守卫们的特权将他们和犯人区分开来，而基地里的生活正建立在这个基础上。我想告诉沙姆斯丁，博斯韦特是不可能用妓院和蒲公英根做的咖啡收买我的忠诚的。

他把一堆木头哗啦啦地倒在雪橇上。“祖伏加说，从这儿往北有个瘟疫之城。他说我们就像盗墓贼一样被派去从死人那里偷东西。”“他怎么会知道那种事情？”我问。这听起来很像那么回事，但也很像是人们乐此不疲地用来吓唬彼此的谣言。以最阴暗的想法揣度博斯韦特的动机一向颇有说服力。

我弯腰拾起一根散落的树枝，发现自己的双脚在向后滑。皮靴底的纹路里满是雪，皮靴周围已裹上了一层薄薄的冰，很不抓地。我前倾着摔倒在雪地里，几乎要自嘲起来，因为这一跤摔得太滑稽了。

沙姆斯丁向我靠近，我以为他是要扶我从深深的积雪里站起来，却瞧见了在他身侧闪着寒光的斧头；他的眼里没有笑意，而是一种毋庸置疑的严肃。

我不会因此而恨他。他看上去像一条饿犬，衡量着铁链的长度与美味骨头之间的距离，犹豫着是要喂饱自己还是克制自己。

他往前跨了一步。我摔得很难看，枪被压在我的身下，得挪动身子才能拿出枪来——即便如此，枪也可能会走火打爆我的头。我疑惑是什么让他迟疑了这么几秒钟。我愿意相信，那是他对我的感情，他的正派，又或者是他的信仰，或者是作为医生的本能——“第一要务，不伤害人。”他们总这样说。或许他在脑海中预演了一切，三思之后理智占据了上风——他们只有两个人，一匹马，要打破镣铐并不容易。又或者，他只是缺乏勇气。

沙姆斯丁是那种旧世界里多到不胜枚举的人。他们聪明，迷人，但和土地之间的联系却极淡。他脑袋里的东西远比一本书要多，如果你留心倾听，在我们是怎样终结于这个世界的问题上，他比大多数人都更有见地；然而，仍只有像汉瑟姆那样的野兽才能在这样的世界里更好地生存。那双柔软的手迟疑了太久，而后，祖伏加气喘吁吁地拉着他那堆树枝回来了，沙姆斯丁则像个罪犯一样看向了别处。那一瞬间我打了个滚，拿到了我的枪。

沙姆斯丁双手举过头顶。我冲他们两人晃着枪，说："把东西都装好。"他们交换了一个眼神。空气中游离着危险的余味。

我们回去了，一路无话。

到了下午，托利亚骑着马回到了营地，一个通古斯男孩跌跌撞撞地跟在他身后，绑住男孩手腕的绳子另一头则绑在托利亚的马鞍上。男孩肿着的那只眼睛闭上了，鼻孔里有干掉的血迹。他看起来还不到十四岁。

"这就是放火的家伙。"托利亚说。

守卫们把男孩团团围住。在他们的注视下男孩抖个不停，眉目低垂，看着自己用生皮绳绑起来的破毛皮靴。他衣衫褴褛，浑身散发着烟熏木头的味道，脸上也有烟熏过的污渍。他让我想到了某种小老鼠，它会在被抓住时因为害怕而死在你手里。

托利亚把男孩的双手铐在脑袋两侧，其他人便纷纷开始对他拳打脚踢。

男孩任由别人暴打，只是面无表情、软弱无力地立在那里——我看不出他究竟是真的丧失了希望，还是足够聪明，懂得在被暴打时不加顽抗。被重重揍了几下后，他一屁股跌坐在雪地上，油腻腻的裘皮帽子掉在了稍远处。

这些人又打了他一会儿。这样一具一动不动的躯体到底有什么魔力，竟让这些人如此凶残？幸运的是，他跌倒的地方积雪很厚，他们的毛毡靴踩下去时的力量也稍有减弱。而且，和犯人们不同，守卫们都又胖又懒，在深深的积雪里蹚来蹚去、踢来踢去的，没过一两分钟就累了。

他们丢下他，站在原地骂骂咧咧地调整呼吸。托利亚说男孩当时正在自己位于森林中的小营地里熏肉，结果一下全烧起来，看他的样子，至少在那片森林里已经待了好几个月。

我用枪筒挑起他的帽子，丢到了离他稍近的地方。在那些守卫们面前表现出善意并没有什么好处，但我还是为这个可怜的小家伙感到遗憾。我蹲下来，用我知道的为数不多的通古斯语同他说话。他躺在地上，蜷成一团，甚至没有抬起头来迎接我的目光。他很茫然，鼻子似乎破了，血从鼻子里喷出来，在嘴巴上糊了一圈。我无法遏制地想到了平。似乎我每碰到一个陌生人，就会给对方带来死亡和伤害。

托利亚和一个叫斯捷潘的守卫走到我身后，问我在同他说什么。

我对他们说，你们把他打傻了完全就是愚蠢至极，现在我们再也没法从他那里问出什么信息了。斯捷潘说他会让他明白过来的，便摇晃着他，大呼小叫地问道：“你从哪儿来？你的同伴们都藏哪儿去了？你是替谁来侦察的？”

这个斯捷潘并没有什么坏心肠，但像其他人一样，他很害怕。在基地之外，他们对自己所居住的大陆一无所知，在他们的想象中，这里遍布怪兽。这里距他们居住的地方不过区区几百英里，他们却觉得自己已远远地离开了家，仿佛像在月球上一样心神不宁。

一个守卫说要多加小心，因为他可能是个野人，而有些野人不会说话、吃生肉，还有些则用四肢走路，要是他们有心，光用牙齿就能咬断你的喉咙。

我几乎要对着他哈哈大笑起来。我曾到过整个极北之地，如果那里有什么野人，我怎么也该见过至少一个。

这男孩应该很淳朴，所以我告诉他们他是个白痴，要是伤害他就会招致厄运。他们敬畏的东西不多，但任何涉及迷信的事，对他们而言就相当有力量。他们很容易相信各种关于吉祥物、预兆和黑魔法的胡说八道。

他们捆着他，但也就一直不管了。

夜幕降临，由于担心猎物体内的放射性物质，我们吃了自己随身带来的肉干和面包。守卫们把剩饭丢给男孩，他蹲坐在地上，一边吃一边微微抖动。

傍晚时分，他蜷缩在篝火旁的驼鹿皮下睡着了。

那天晚上，星辉格外明亮。树顶上环绕着一缕缕银色的烟雾，仍有烟雾从燃烧的森林里冉冉升腾。

我看着自己呼出的白气升向清朗的夜空。星辰曾经都有名字——每一颗星都有，也都曾像城市里熟悉的灯光一样洒下光辉，但日复一日地，它们渐渐古怪起来。我知道在旅行时要依靠北极星和北斗七星辨识方向，在过去的几年里，也有人将其他星斗讲给我听，不过那是大熊座还是大角星？是仙女座还是猎户座星系？在一月，能在这么靠北的地方看见金星吗？

天空逐渐成为写满失落语言的一页篇章。我们曾亲眼见证并为之命名的万事万物，它们的存在正被抹杀干净。

曾经，这些河流都有名字，山丘也都有名字，或许连更微不足道的起伏地貌也都有名字。

这里曾经是某个地方，我想。

我们曾经手握人类这个种族来之不易的知识，却挥霍无度。所有微小的真理都是积铢累寸而来。植物的名字，金属和岩石的名字，走兽和飞鸟的名字，还有那星球与洋流的运动——所有这些都消失了，如同重要信件上的字句，被笨蛋拿去和裤子一起洗掉，拿出来时已面目全非。

如今我们来到这里，距离特区只有一天的路程，正准备从被污染的大地上偷来那些我们已无法去制造的东西。等特区被掏空之后，如果我们能和这个男孩一样，在森林里围捕我们再也叫不出名字的剧毒动物，就已算是三生有幸。他就是我们最好的未来。

我躺下身准备入睡，发觉自己是如此思念已经逝去的一切。

或许此刻便是最好的结局——让这个世界休眠数百年甚至更久，让雨水将它涤荡干净。我们会成为她的又一层历史，位于比罗马人和金字塔建造者更靠上的地层。是的，梅克皮斯，或许有一天你的下颌骨会在某个博物馆的玻璃下展出。欧洲人种，女性。注解上标着坏掉的门牙，还有因为食物贫乏、饮食结构单一而导致矿物质不足的迹象。好战，野蛮。旁边还有些陶器的碎片。

岁月如此漫长，洪水终将退去，随后太阳升起，植被生长。我从不怀疑会有事物幸存。当然，那一定不是我。我猜，我保存的那些书终将变成护土和鸟窝。

但总有事物会生生不息。想象着终有一天洪水退去，曾经属于人类的晦暗狡诈之物都在方舟里等着重新破壳而出，我始终无法得到安慰。

4

天一亮我们就动身出发，头顶是一团团的红黑色的云。

不知是因为那天早上弥漫在我们当中的气氛，还是因为那片剧毒大陆的死寂，我对我们将要去往的地方感到深深的不安。

我很怕托利亚嫌男孩是个拖累而杀了他，于是便负责照顾他，让他跟在我身后慢慢走。他像一只温驯的家畜，似乎除了跟在我的马后一路小跑、分我的水喝之外，什么也不想要。

天色大亮时我们已经走了两个小时，也走了很远，缓缓爬上了一座低矮山丘的山肩。男孩和我是最后抵达的。我们发现其他人都停了下来，全在远远眺望下一个山谷里的景象。

那是一座城市的废墟——它不像我家乡的小镇，平平无奇的房屋在水塔的映衬下更显矮小——那是一座由玻璃与混凝土铸造的城市，建筑物高耸入云，一座大桥横跨于宽阔湍急的河段之上。整座城市死气沉沉、灰头土脸，鸟儿在寂静的街道上空盘旋。

有些犯人抓住机会大口喝水，狼吞虎咽地吃下发给他们的面包，但他们也无一例外全在看那座城市。托利亚有个小望远镜，他让我们传着用。

通过托利亚的望远镜，那城市看上去如同一口烂牙，建筑和窗户全被掏空，毫无生气，但规模却大得可怕。城市后方的斜坡上耸立着一座高塔，至少有一百码高。高塔显得如此纤长，却稳稳当当地屹立不倒，塔顶环绕着一圈满是窗户的圆盘，似乎它高高盘踞在此，目中全无自然法则。

越过最东边的河湾，有三个漆着红白相间条纹的烟囱，从一个巨大方盒中拔地而起。那栋建筑就盘踞在河边，许多线路从里面蜿蜒而出、织就成网，由钢铁支架拉到遥远的河对岸，再延向更遥远的地方。

休息过后，我们下山来到河边，沿河朝大桥走去。

我们花了约四十五分钟抵达大桥。离它越近，我们的速度也越慢。这并非因为我们害怕，而是因为有太多东西需要消化。所有人都探着脑袋东张西望，沉浸在数不尽的细节之中。即将去往这座城市腹地的犯人们看上去近乎兴奋。

河岸边筑起了混凝土板，收窄了河面宽度，改变了河水原先的流速。正因如此，即便是在二月，河面上的冰也不够结实。

在河对岸的远端，高楼林立。这景象让人不禁去想，当这里还充满生机时，有多少人曾住在这里；同样地，在已然终结的那个世界里，人类曾缔造出了多少形同此地的城市。在过去的日子里，飞机上的人一定能从高空看到如它一般的城市，明亮的街灯与点灯的窗户描画出了城市的轮廓。

我突然意识到，我所见的飞机是从一个酷似这座城市的地方飞出来的——或许它甚至比这座城市还要大——一个仍旧保有知识与传统的地方，那里的人们每天早晨醒来后，就会为所有亘古延续至今的智慧文明添砖加瓦，而不是每天一眨眼就要像亚当一样，在花园里给自己觅食，穿衣蔽体，绞尽脑汁给树木取名字。

我们只走到了桥中间，在那里有个空置的信号控制站隔在道路中间。一圈圈裸露的电线全都锈迹斑斑，从信号控制站周围穿过积雪向四处延伸。这就是我们要分开的地方——犯人们要离开我们继续前进。他们像小孩子一样交头接耳。其中有个人为图一时新鲜而在桥边尿尿，他尿出了弧形，尿液在抵达下方的混凝土桥墩之前就已散作了雾气。

我们站在原地看着他们，他们则继续前进，跨过桥中心从容不迫地往前走着，宛如一群在葬礼上落座的来宾。想到他们将要找到的东西，我竟有些嫉妒。

眼前的一切使我叹为观止。譬如说，我会为光惊叹，但我知道那是大自然的杰作；而站在桥上，眺望这座空荡荡的城市，目之所及皆由人类之手建立。不知以何种方式，电线串联起电塔，高楼大厦拔地而起，屋顶铺就，还有足以供给上百万人的饮食储备。我从不轻易流泪，然而目睹我们曾经的一切毁于一旦，眼睁睁看着那群衣衫褴褛的人像啄食巨人遗骸的鸟儿般深入其间，我模糊了视线。

他们已经进入桥那头的一片荒地，道路在那里一分为三——两条路分别朝不同方向沿河边延伸，第三条路径直通往城市中心，正是一条林荫大道，道路两旁是高大却已枯萎的栗树。

有几个人干脆直接坐下来，思索接下来该做什么。此刻那种陌生的感觉——无人监视，四周又如此广阔——势必给了他们一种自由的暗示。

守卫们朝他们吹起口哨，托利亚挥了挥枪，大声敦促他们继续前进，并告诉他们我们会在原地等他们二十四小时。

渐渐地，他们沿着马路中央往前走，很快走出了我们的视线，只有些许呼出并已凝结的水汽飘荡在空中，表明曾经有人走过那条路。

托利亚站在原地看着他们。他几乎一动不动，只有下巴两侧随着咬紧又松开的牙关而出现小小的鼓包。

犯人们一从视线中消失，他就对我们格外友善起来。他从一个包里拿出几盒肉罐头，几瓶从基地蒸馏室里带出来的酒，还有一条面包。罐头一共有十个，而我们只有八个人，于是他给了那个通古斯男孩一个罐头。有两个守卫对这种封存太久的食物毫无兴趣，但看到我们吃得如此尽兴，又闻到食物并没有坏掉，便把他们那份也吃掉了。通古斯男孩只凑合着吃了一点儿。

那是某种做成了冻状的肉，同样不合我的口味，但现在不是过于讲究的时候。

托利亚倒了一点儿酒在雪地上，随后便把剩下的酒倒进了每个人随身带来的锡质杯子里。“敬特区。”他说。他们全将酒一饮而尽，然后闻了闻面包，去除那种酒精味。

我没喝酒便放下了杯子，这让几个人不太高兴。这也会招致厄运——正如拿空酒杯干杯、把空瓶子正放、对着镜子吃饭，以及数不胜数的种种事情一样。

斯捷潘责备了我，要求我把杯子斟满。他的脸颊因为过多脂肪的堆积而油腻肥大，双眼则因为喝了酒而神采奕奕。

我用手盖住杯子，不让他们再倒太多，但为了表示兄弟情义，我还是喝掉了杯子里已有的酒。这是多年以来我第一次碰酒。

不过他们没有给那个男孩酒喝。酒太珍贵，不值得浪费在他身上。

当托利亚掏出第二瓶酒时，我决定不在此地逗留，因为我既不想喝酒，也不想看他们喝醉。我站起身，掸了掸裤子上的雪。

“你要去哪儿？”托利亚问。

我说我想过桥去四处看看。

托利亚和我一起离开人群走了一小段，并告诉我不要走过那头的五十码外。他声音里的某些东西让我瞬间警觉起来。我真希望自己刚刚没喝那口酒。

天空中出现了第一丝入夜的迹象——我们头顶上的灰色愈发深沉，影子也拉得更长。我们已经走出其他人能够听见动静的范围。

托利亚伸手揽住我的肩膀，把我转向桥的另一边——他的动作并不粗鲁却绝对强硬，我明白他是认真的。他指向通往城市中心的大道上分立在路两旁的一对路灯。“要是你越过那里，我就不能带你跟我们一起回去了。明白了吗？”

挤在一起喝酒的男人们正爆发出一阵哄笑。

托利亚压低了声音，手指紧紧箍住我的胳膊。“这个城市已经中毒了。”他说，“没人能离开特区。”

我说，这对我们派进去的那些人来说，可真是太残忍了。

他什么也没说。旧日生活似乎在他身上留下了许多印记，让他对这件事感到愧疚。看得出来他并不喜欢自己被委派的任务，但他仍然足够幸运，还能决定自己的命运，不必像那些犯人一般。

斯捷潘叫嚷着让我们回去一起吃喝。

我猛地将头扭向身后那场桥边的小小饮酒派对。“他们知道你们的计划吗？”

“之前参与过的人知道。其他人还不知道。”

我猜我脸上的神情泄露了自己内心的想法。

“有些人得死，有些人得救。”他说，“高兴点儿吧，你是得救的人之一。”

说罢他放开我的手臂，转身回到了那群人中。他用俄语唱了一首粗俗的民谣，表现得轻松自在，好不影响聚在一起的家伙们的情绪。他们的玩笑和咒骂跟在我身后穿桥而过。

我跨过了混凝土分界线。风轻轻扫过桥梁顶端，吹散了积雪，风过之处雪花四下飞舞，卷作各式各样的形状。犯人们的脚印在地上四处散落，留下的痕迹更像动物的蹄印而非人类的足迹。

高兴点儿吧，你是得救的人之一。

我得救了，就是为了看到眼前的一切。我想，这是一座生计已逝、却因为扩散其中的毒素之力而保存完好的城市；这是一个已然死去的地方，一个由人类创造，但其规模和繁荣之盛都如同出自上帝之手的城市；这是一个嘲弄着我们打满补丁的衣衫和从垃圾中翻拣出的吃食的地方。这究竟算是什么救赎？

我一路走到了桥的另一边。我本以为犯人们刚才是在那里休息，却发现他们其实是在那里排泄。我猜他们被警告辐射可能到处都是之后，并没有勇气去搜寻更能提供遮蔽的地方了；与此同时，这个城市的广阔之中也蕴含了什么让胃里翻江倒海的东西。在当初那几桩我不得不去调查的抢劫案中——当抢劫还是需要被在意的大事时——抢劫犯们会在自己盗窃的房子里排便并留下大开的房门。这仿佛是一种蔑视的姿态，但其实是犯罪所带来的恐惧和兴奋让他们必须宣泄一下自己。我们派出去的“强盗”也一样。

他们的足迹沿着中央大街一直去往阿普法贾图的地图所指引的地方。路旁的树和巨大砖块搭建的宅邸挤在一起，挡住了阳光，而在五十码之外建筑物间的空隙处，街道再度明亮起来。我只能依稀辨认出家具的模样——椅子，桌子，没了抽屉的梳妆台——它们从某幢房子里像被宰动物的内脏般被扔出来，就躺在路边的雪地上。就在街角离我更近些的地方，有个圆形报刊亭，上面贴着一些海报之类的东西，因为太过模糊、距离又远，我看不清上面的内容。我真希望自己带了托利亚的望远镜。正如那平整的道路和高大的建筑一般，那些细枝末节处——比如海报和海报背后的投入（纸张、墨水、印刷机和胶水刷）——也在讲述如蚂蚁般辛勤劳作着的，充实、发达且坚持不懈的社会工业。

等我回到其他人跟前时，他们已经喝高了。

他们想知道我都看见了什么，于是我给他们讲述了城市的规模。从他们的好奇和纯粹的嬉笑上看，托利亚还没向他们宣布我们要杀掉犯人的事。

在听说了林荫大道、人行道上的家具以及海报后，他们变得心事重重。有一两个人表达了也想去亲眼看看的愿望，但托利亚说现在天色已经很暗，同时又拿出了一瓶酒来。

这瓶酒让他们喋喋不休起来，干起了一件人们在基地里除非与某人相当熟识、否则几乎不会做的事。他们谈起了自己来自何方，谈起了自己的家庭，以及从前的生活。

说话间可以知道，他们全都见证过太多战争和骚乱。事实上，他们中有一半人曾是某个军种的军人。事情通常都是这样，似乎军人生活的那一套特别适用于在基地里的生活。

有个叫奥西普的人说，他父亲曾是个工程师，他曾跟父亲一起去过一次巴黎。这一下就俘获了我们所有人的想象。巴黎听起来就像是最具异域风情的地方，其他守卫有一百万个关于食物和天气的问题要问，当然还有女人。但当他们催促他继续讲时，他似乎并不比我们这些对巴黎一无所知或只是通过书本稍有了解的人更懂那个地方。他用一种自称是法语的语言说话，但在我们听来，那可能是任何语言。

斯捷潘说他还是个小孩子时曾坐过飞机，到过黑海。他说黑海的水就像浴缸中的水一样温暖，还说那里有一眼望不到边际的葡萄田。关于飞行，除了让耳朵难受之外，他记不起任何细节。

托利亚曾作为一名牧师接受过培训。他曾去过西部的一个东正教神学院，而后被派往了自己位于布里亚特地区的教堂。

他说他的教区居民们已经太久没有神父了，因此为他代劳了烹饪、清洁的一应杂活儿。他过得如同上帝一般，绝大部分的空闲时间都花在了画画上。他把手伸进外套里，摸出一个皮革袋子，里面有一副很小的肖像画，他说那是自己的成果。画作如击鼓传花般在人群里传看了一圈。

画上是圣母玛利亚和圣子，画小得不能再小。奥西普举着画看了很久，在传给我看之前，他亲吻了那个锡质的边框。

这幅画本身还不到两平方英寸大。画框带着托利亚的体温，暖暖的。我不能评判这种技艺，但能用笔刷画出这么小的画作来，必定需要相当稳定的手。

托利亚说，当大饥荒时代到来时，他村子里的生活安稳如旧。村民们的食物充足——炎热的天气把干旱带到了南方，也不过是让庄稼的生长期延长了而已。

村庄离乌兰乌德大约一百公里，商人们开始从城里过来，高价收购粮食。很快，村民们就不再出售粮食。价格上涨太快，人们认为最好囤积居奇，直至价格飙升到最高点。托利亚自称他已提醒了村民，但没起到任何作用。接下来涌现的人们带着满腔正义的愤怒，指责村民们欺骗他们，让他们的孩子挨饿。随后暴徒来了，抢走了粮食，屠杀了反抗的人。

费利克斯问我们当中有多少人是在像这座城市一样真正的城市里长大的。没有一个人是。而且除了我之外，他们甚至连父母都不是城市居民。这一点儿也不意外。没有电力或干净的水源，痢疾和口渴会比任何毒药更快结果他们。

“你呢，梅克皮斯？”奥西普问道，话里完全没有不友好的意思。我是唯一一个对自己的过往只字未提的人。“你是怎么变成这样的呢？”

“有人往我脸上泼了碱液。”我说道。随后出现了短暂的沉默，他们仿佛期待我继续说下去，但我并不想告诉他们埃本·卡拉尔以及发生在我身上的那些坏事。

托利亚在破旧的灯笼里放了一盏蜡烛。我们得凑合着度过一段没有火的时间，因为搜集来的所有木头都被污染了。他把灯笼立在自己边上，灯笼的光给他和他的皮毛大衣都镀上了一层铜黄的轮廓。

突然间，这一切在我眼里都像是他一步步安排好的——喝酒，讲故事，而现在的灯笼就像是祭坛上的灯，正如在过去的日子里他为自己的教区居民安排布道仪式一样。他说他知道我们有多想念过往的岁月，但在我们的有生之年是不可能重返旧日生活了。万事万物的规律就是如此：文明崛起，陨灭，自有因果。随后他又说我们足够幸运，能够成为某项计划的一部分，让一切事物都回到正轨。

画作已经在守卫当中传了一圈，回到了他手中。他手持画像，说起自己在神学院的生活。他说僧侣们前赴后继抄写经典，让知识延续下来，不然它们终将失落。

我想他是这样的人：有动听而深沉的嗓音，身上还有一种僧侣似的平和。而那些人早就醉得如坠云雾，很容易被说动。

他一旦开始袒露自己的故事，就已经让我们上了钩，因为我们所听到的正是我们想听的内容。

很久以前，他说，特区的真实模样和从桥这边所看见的别无二致——一个巨大的工业城市，承载着超过十万人口，名为波利。

远远坐落在河对岸的那部分区域至少有三百年历史。它最初是作为河上交通港口被建立的。来自极北之地的皮毛、木材和黄金从这里运走，运向南方的陆路或铁道彼端。一年中的部分时期，货物靠驳船装载运输；而到了冬季，在沿河筑起堤坝之前，河面冻得非常严实，货物就直接在冰上运送。

但白天站在桥上眺望的视线范围之外，则坐落着一座更为崭新的城市。那里几乎是另一个独立的城市，在我们这个时代之前，它才刚刚建立至多半个世纪。它曾是全世界最先进的城市，之所以被建在这里是因为在其中进行的工作属于机密。

这座城市不能与其他城市有过于紧密的联系，而一个正处于荒野之中的地方同样会引起人们不该有的兴趣，因此这个地方的建立者打算让它看起来如同波利的分支，此外再无特别之处。那座新城市从不曾有自己的名字，在它建立了十几二十年之后，政府都不曾承认过它。这座秘密城市以“波利 66”之名为人们所知，这个称呼源自它所在的纬度。

政府吸引当时最顶尖的人才来到“波利 66”——博士、教授、科学家——让他们在工厂和高等院校里工作。要有特别通行证才能获准进入“波利 66”的辖区。比如，波利的普通居民是不允许进去的，如果被发现没有正当许可而擅入，他们会受到多种惩罚。

这里比大多数科学家曾待惯的地方都要冷，不过除此之外，这座城市提供的生活相当舒适，有宽敞的公寓，高薪和美食，有些非应季食材可以空运过来。

城里没有铁路，也没有通向城外的道路。在那个时候，唯一能进城的途径就是航空。针叶林环绕着城市的三面，如同护城之林，波利就坐落在它和勒拿河之间。

在全盛时期，“波利 66”是一个真正的索多玛[1]之城。除非你真的疯狂热爱打猎和冰钓，否则在极北之地的闲暇时间真的没什么娱乐可言。他们有戏院、歌剧院等诸如此类的去处，但大多数人会选择将自由时间花在饮酒作乐、交换配偶之上。

不过，他们的真正特殊之处在于他们的工作。他们就像是人类的大脑，苦思冥想着要解决那些我们自学会燧石取火之后就一直为之困扰的难题。没有一个活着的人能够揣测他们的成就已经达到了怎样的高度，但可以不失公允地说，人类知识的每一个分支都有他们的添砖加瓦。他们制造出更高效的燃料、更致命的武器、更高产的作物；他们通过望远镜遥望星辰，计划把我们送入太空；他们工作的领域给了他们某种不同于普通人的思维；他们日日夜夜都在同星辰、文明的诞生与死亡角力；

①《圣经》中记载，索多玛是一个淫乱、不忌讳同性性行为的性开放城市。

他们将《创世记》和《启示录》作为思考的依据——怎样毁灭这颗星球上的生命，怎样在浩劫之后全盘重启。

或许他们处理的都是我们根本没资格去理解的问题：怎样让逝者起死回生，怎样将人类的寿命延长两倍，怎样不通过性行为繁衍后代。

托利亚说，由于这座城市的重要性，政府从不曾放弃过它。它的食物供应或多或少都在维持。当战争和资源匮乏造成的混乱冲击它时，它的居民仍可以安全活动。他们被送上飞机飞往西部，而城市被留在原地，土崩瓦解。

多年以来的累累硕果就这样留在了城中。

"你们都记得《创世记》吧，"托利亚说，"亚当和夏娃被逐出伊甸园后，上帝派了个拥有火焰利剑的天使来守护伊甸园？

"伊甸园里有两棵禁忌之树：生命之树和善恶智慧之树。上帝不想让亚当和夏娃吃任何一棵树上的果子，否则他们就会成为神明，于是他封锁了他们的路途，将他们放逐。

"政府也做了同样的决定。知识和权力够让人成为神。留在波利的那些东西，如果使用得当，几乎可以让人成为上帝。所以，他们在这座城市之上悬了一把火焰利剑。"

当他说出这个名字时，有些囚徒画起了十字。从这些人在营地里的言行举止中，完全推测不出他们心中竟有如此根深蒂固的信仰。他们将上帝藏在心中，就像在饥荒中埋起食物，再向饥饿的邻居伸出空空的双手。

有一个词深深烙印在我的脑海中，它是那么陌生，又那么好听。炭疽。我以前从没听说过这个词，在我听来它就像是一个古老的神明，一个通古斯人可能会崇拜的神明，或是个有着清真寺塔和马赛克拱门的古老亚洲名城。

但这个词对人类的所作所为却跟美好毫无关系。托利亚告诉我们，这种细菌的孢子是如何潜伏在残垣断壁之中的，顽固而长久地留存。它会杀人，也会杀死自己寄生的寄主。它会让人浑身溃烂，并侵蚀肺部。它本身也是一种活物，只不过比我们的构成简单得多，嗜杀的欲望难以遏制。真是让人疑惑，充满仁爱的上帝是在哪一天创造出了这种东西。

托利亚说，多亏了阿普法贾图，我们才知道这些东西。阿普法贾图是个科学家，来自原本住在波利的某个家庭。他很清楚城市的布局，因此博斯韦特才把他带到了基地。根据指令，犯人们此刻正在挖掘我们所需要的东西，用以恢复生活中的舒适与安全。

守卫们想为此举杯庆祝，但就在此时，托利亚的面色开始变得沉重，终于来到他这番布道的重点。我们虽然很需要犯人们找到的那些东西，但却无法让他们活着离开特区。他比他们更不愿如此，但他别无选择。这地方已经被污染了，毒素必须被封锁起来。

在他说话时，守卫们认真倾听，等他讲完，他们便纷纷提问。他们想知道特区里的毒素是怎么回事，被带出来的东西是什么，如何肯定从特区里带出来的东西染毒与否。

托利亚回答了他们的问题，并夸赞他们说这是在做好事，还用诸如“奉献”和“牺牲”等辞藻来形容他们的工作，让我不禁想到在家默默祈祷时脑海中突然迸发的来自上帝的古怪信息。

我不相信那些辞藻，也不信任使用这些辞藻的人。或许是我头脑简单，不过在我听来，这些话和一颗石子砸上一个空咖啡罐时发出的沉闷声响并无二致。

这个世界已经缩小为简单的事实，人们越是单纯就越容易应对。我的父亲会讲六种语言，却钉不直一根钉子。如有必要，他还可以跟总统和政府谈论法律事宜。他是负责签订了对那块土地的使用许可、让它变成我们家园的人之一。他有满腹的话用以描绘在他眼中我们未来生活的模样，但当需要保卫生活的时刻来临，他却不能握拳挺身而出。他滔滔不绝地说要为这个世界带来善，但我觉得他带来的善一文不值。行善无须言语的宣告。

托利亚所说的东西让我想起了父亲常说的话。父亲眼中是上帝鬼斧神工造就的东西，在我看来不过是冰上的阳光，或是鸟巢里两颗蓝色的蛋。托利亚口中那些保存人类文明瑰宝的伟大之人，在我眼中不过是即将射杀同伙的窃贼。

午夜过后，喝过的那点儿酒让我口干舌燥，从睡梦中醒来。月亮像鸭蛋般大而苍白，去拿水瓶的我感到目眩，差点儿绊了一跤。瓶里的水已经冻成坚冰，我只好抓起一把雪解渴。我看着在黑暗中沉睡的众人，暗自决定，这就是我们分开的地方了。没有我你们也可以建立你们的新世界，我想。我会想方设法在八月之前赶回湖边的小屋里。我会给自己弄一条猎犬。我可以摘云莓，种蚕豆。毕竟，比离群索居更糟的事比比皆是。

我把通古斯男孩摇醒。他醒来时悄无声息，活像个听话的乡下人。我递给他一片带锯齿的罐头盖用来割断绳索。

奥西普的卡宾枪就在他身边。我用自己的枪换走了他的枪。我的枪生了锈又老旧，我可不想将自己的性命寄托其上。奥西普在窸窸窣窣的动静中喃喃了几句，但早已醉得不省人事。

在我换枪时，男孩已经割断了绳索。我把自己的马缰递给他，给他指了指我们的来路。要是他够聪明，就会尽量沿着来时路上踏出的痕迹走，以隐藏起自己的行踪。

他翻身上马，头也不回地离开了。

我把小望远镜装进外套，迅速收拾好东西，随后解开了托利亚那匹马的缰绳——那匹马最快。

混凝土河堤上传来一连串声响。我本希望男孩能有意识地走积雪较深的路好掩盖咣当咣当的马蹄声，但是他太过急切了。

这声音还没吵醒任何人，却刺激到了马，它不肯让我骑它。我试图在黑暗中把它拉向正确的那条路，暗自恳求它能安静一点儿。结果它彻底受惊，发出嘶鸣声，几个满腹牢骚的家伙嘟囔着醒了过来。

等到终于骑上马时，我已经不占先机。我听见托利亚在摸索他的枪，却没有想好我下一步要怎么做。电光火石间，仿佛日常的苦练接管了大脑，我还没反应过来便下意识拔出了枪，随后枪口冒出烟来。如果还有理智残存，可能就是大脑告诉我要么就冒个险走一条他们比我更熟悉的线路逃跑，要么就去一个他们绝不想跟上来的地方。

我策马奔向信号控制站，越过了生锈的铁丝线，我踢了踢马的侧腹，它双耳向后一贴，我们就这样径直进入了特区。

月光明亮，他们完全可以朝我精准地开枪，所以我尽可能放平身体贴紧马脖子。

我没让它往书报亭跑，而是夹紧双腿，沿着那条空荡荡的大街策马驰骋，全力以赴冲出几百码远。马的步幅似乎变大了，我们势如腾空，像某种飞行物飞驰过冰冷的夜幕，越过积雪下的碎石、丢弃的家具、电车轨道、炭疽，还有其他天知道是什么的东西。城市的面目在我们眼前徐徐展开：街道错综复杂，房屋鳞次栉比，正好包围着、拥抱着、隐蔽着我们——这座肮脏、死去、有毒的老城。这么多年以来，这是第一次，我品尝到了自由的滋味。

5

天刚蒙蒙亮时，我发现自己置身于波利的主广场上，这里有一座巨大的青铜头像，正瞪着怒目远眺广阔的雪原。

这个人像是个光头，蓄着胡子，长着亚洲人的眉眼，雪一直堆到他的脸颊上，像是上了浆的领子。虽然这个雕像只铸造了脸部，但仍有十五英尺高。我绕着雕像骑了两圈，留下了一圈印记。

如果这是他的坟墓，我就欠他一个道歉，因为我做的下一件事就是爬上他的鼻子，一屁股坐在他光秃秃的头顶上，看着太阳升起，普照全城。

最初几缕晨光并无温暖可言，但它们在青铜头像上闪闪发光的模样却带着一种凛冽之美，照亮了红色大理石底座，在环抱我们的巨大正方形建筑的窗户上闪耀出灿烂光芒。

头像立在一个凸起的底座上，坐落于广场一侧，正朝东方，沐浴着朝阳，其后则是古老的城市。随着太阳一点点升高，广场愈发明亮炫目——那三四英亩几乎让人失明的积雪是那样洁白无瑕，难怪这个青铜头像眯着眼睛。

通过犯人们的足迹，我发现他们是靠广场来指明方向。这里想必是他们所带的地图上最清楚的地标了。在广场的四面中，有两面的道路上留着不同时刻进入广场的脚印，但是所有脚印都从同一条路离开——它们往西穿过两个信号控制站，那是分隔新城和旧城的标志。

旧城里最高的建筑不超过十层，通过望远镜我却能看到，信号控制站另一边的高层建筑有老城的两倍甚至三倍高。那些建筑的造型透露着无情与锋利：它们简洁，笔直，像花岗岩般发灰，没有任何细节修饰——没有任何迹象显示这是由人类建造起来的。但就连其中最高大的建筑，与旁边那宛如一只巨大无头鸟的蓝色金属吊车一比，也顿时相形见绌。

你或许会以为，一座城市或多或少总会想念自己的居民；

又或者再怎么说，没有一两条晾衣绳，没有人在街角徘徊，没有孩子匆匆忙忙往学校跑，城市看上去都不完整。但是“波利66”却形同墓园般并不因缺人而违和。在这个巨大头像的统领下，城市就那么带着满身的混凝土和直角伫立在原地，完美无瑕。

说实话，我觉得这个城市里如果有人，反而会稍显变质。人会一瘸一拐，会游手好闲，还会无精打采、走不成一条直线，甚至朝人行道上随口吐痰。而我从望远镜里看见的城市，却是一副永远屹立不倒的模样。

雪几乎覆盖了所有地方，但还是会有零星冒出的一簇簇棕黄色枯草诱惑着马儿。我不能让它吃哪怕一口这种东西，以防这些草从泥土里汲取了毒素，于是我用一个喂料袋当口罩给马挂上，以免它吃草。

我有一袋给马吃的粗粮，这同时也能帮我顶点儿饿，但我并不愿去想干粮吃完以后该怎样喂饱我们两个。等到迫不得已时，我还可以吃马肉——反正也不是第一次了——不过这样一来我就得走很长的路回家了。

在踏遍全城寻找能用来盛雪水的东西时，我震惊于这座城市竟是这般秩序井然地遭到遗弃。窗户大部分完好无损，前门都紧闭着，还上了锁。

在回到大桥的路上有一栋巨大的黄色宅邸，大门已经从铰链上脱落，饱经风霜，变形膨胀。敞开的走廊上堆积着破旧的衣服和损毁的家具。那些年里我在伊万杰琳已经目睹过太多相似的情景，所以一看就知道哪里曾被人闯入寻找东西生火。

那是一幢气势恢宏的旧宅，两对柱子支撑起门廊，下方的瓷砖上写着“1897”几个数字。我发现了一个浴帘，一对生锈的滑雪杖，在楼梯井底部还有生过火的痕迹。

我的第一想法是有个犯人打算违抗命令，自寻生路。我顺着楼梯往上走，有些期待能够撞见他。但当在二楼的公寓里发现他时，我发现他并不是我们中的一员。

他趴在一张巨大的土耳其地毯上，脚上和我们一样挂着镣铐。我不敢碰他，便用一把在客厅柜子里发现的雨伞勾住他的胳膊把他翻转过来。

我永远也忘不了他有多轻，轻得像是没有蜗牛的空壳。我只能把他部分翻转过来，因为他另一边的手臂上已经溃烂，并死死地粘在了那块地毯上；他的脸上已经没有肉了，从外表看，他已经死去一两年左右。

在浴室里，我发现了一头死猪的残骸。那头猪很可能就是造成他死亡的原因。在有毒的地方，蘑菇是最糟糕的食物，因为它们的根系颇深，分布又广，但猪也没比蘑菇好多少，因为蘑菇就是它们的美餐。

楼梯再往上五层之后，出现了一段狭窄的楼梯，它通往屋顶。从昏暗的室内走出，雪地反射的光芒格外刺眼。

我跪在地上，舔着屋顶石板瓦上融化的雪水。

从屋顶上可以俯瞰整条河。从这里看出去，我可以清楚地看到桥上的信号控制站，还有在河那边走来走去的人。通过望远镜，我看得出那些人在各自行动，并能看见他们在营地附近打转。他们燃起了小小的火堆，肯定是在什么地方找到了干净的木头。看他们拖着脚慢吞吞地走来走去，就知道他们肯定很头痛。

接近十一点时，第一批犯人开始出现在通往大桥方向的路上。我没看见他们抵达营地，因为我正忙着把屋顶上的雪装入一只桶中融化。特区里的食物匮乏并不让我困扰，但是没有水，我和马不出几天就会死去。

在第二次、第三次来到屋顶上时，我发现守卫们都已换上白色的长袍，戴上了头巾和面罩。

很难数清人数，因为他们看上去一模一样，犯人们则被要求在靠近我的桥这一头坐成一排。

他们一个接一个被叫过去上缴自己找到的东西。他们站起来，放下手中的东西，最后走到桥的另一端去。

等物品全部交接完毕后，一个守卫走上前来，用他捆在背后的消毒器冲洗那堆被放下的物品。消毒器的外形显得相当古怪，像是农药喷洒器和我们过去常用来迷晕蜜蜂的烟雾机的合体。

第一波枪声响起时我正好瞧见了。紧接着，有几个犯人冲了出去，试图逃回桥这边来，可是因为镣铐，他们只能一跳、一跳慢慢地跑。

枪声齐鸣，其中一个犯人倒下了，另一个挣扎着又走了十码到十五码。他并没有平躺下去，而是滑倒在地、身体直挺挺地死去了，跪着的姿势就像是个正在祈祷的人。我此前从未见过有人像这样死去，很难想象地心引力下会出现这种死亡姿势。

随着夜幕降临，气温又开始回落。屋檐上的积雪不再滴滴答答地融化，路上的稀泥也都结成了冰。

我把马关在楼梯井里，决定在外面过夜，因为外面的空气干净一点儿，同时还能留意到守卫的举动。

从屋顶上看过去，他们的篝火在黑暗中如同一点微黄的星光。城市一片死寂，模糊不清的咕哝声和笑声偶尔会一路跨河而来。

在日落前的最后一个小时，我闯进较高层的一间公寓，找到了一条毯子。

这地方被遗弃时仍旧井井有条：屋子里有一瓶干花，一对套着防尘罩的沙发，玻璃书柜里摆着俄语书，还有一台落满灰尘的电视和一个落地灯，灯丝已经老化。

主卧室里的床没铺床罩，床上有两个拉链袋，里面装着床单和毯子。床头柜上放着一张照片，一个闹钟和一本《圣经》。

第二间卧房只有第一间的一半大小，里面有一张单人床。

梳妆台旁的软木板上放满了一个黑头发小姑娘的照片，约莫十几岁的样子。有些照片里她在冰钓，有些照片里则在吃棉花糖，还有张照片里她站在一个摩天轮的玻璃舱中，我认不出那个摩天轮所在的城市。

即便已经空置多年，这个房间里仍有一丝甜蜜的气息：在发霉的气味和墙脚四周平躺的老鼠、蟑螂尸体之下，仍有玫瑰干花隐隐的香气。

我在梳妆台的第二个抽屉里发现了女孩的日记。日记是用俄语写的，但不用看也知道里面都写了什么。我敢说里面写有警告偷窥者的威胁和咒语，有对班上信誓旦旦说要做她爱人的男孩的评价，有月经周期记录表的描画——那是成年女性的第一份证明，还有对早已化作尘埃的未来的迫切期待。我知道，因为我也有过一个这样的日记本。

在《金凤花姑娘和三只熊》的故事里，小姑娘溜进了熊之家，吃了它们的食物，还找到了睡觉的地方。那天晚上，我觉得自己正好是这个故事的反面：一只浑身恶臭、疤痕累累的熊，通身散发着血腥和火枪味，却出现在一个有着干净床单和花朵的世界里。

坐在那张床上，我觉得有一部分的自己像蜗牛般探出了身，柔软而畏缩，将软绵绵的触角高高伸向阳光。

我的人生当中鲜有几分人性——至少，不是曾经住在这里的那个女孩能够理解的那种人类的行为方式。

我想到了平，也想到要是她的孩子还活着，或许我可以给她布置一个像这样的房间；我会沉溺于那年复一年的岁月，会耕种自己的土地，修补自己的房子，爱自己爱的人。

广场上的青铜头像讲述着一个具有远大抱负的民族，但是我敢打赌，绝大部分人想要的也不过如此而已。

放日记的那个抽屉里还放着一罐润肤膏，里面的膏体由于时间太久已经冻得形同蜡状。我用手指蘸了些涂在我被风吹伤的嘴唇上。这东西的味道像肥皂一样，让我的舌头有些麻木。

我把罐子和日记放回去，合上了抽屉。抽屉卡住了，我便放手随它去；就在这时，我听见抽屉后发出了嘎吱嘎吱的声响。我把抽屉又拉了出来，随即出现了一个完美的椭圆形物体，它是扁平的，很重，躺在我的手心里像一只火鸡蛋。这东西在我手上显得相当沉重，一开始我以为它是个镇纸，直到逐渐隐去的阳光照出它上面雕刻的图案，我才知道，这是一块记忆石。

那天凌晨三点左右又开始下雪了。唤醒我的绝不是声音，因为这里万籁俱寂。或许是房间里的光线变化。雪片从空中倾泻而下，如同羽毛从裂开的枕头里飘撒而出——是大片大片温暖时节里的雪花。

当雪花打着转在卧室的窗外飘落时，星光被映衬得加倍明亮。我在那个女孩的床上醒来，看着雪花落下，内心一片平静。这破败的旧世界里仍有那么多美好，这让我开心。

我一定又迷迷糊糊地睡着了。我意识到的下一件事是马在嘶鸣，而我沿着楼梯往下走，冲那个逃跑的家伙大声吼叫；我的枪是歪的，眼睛也还睁不开。

玄关处有一堆积雪，有人试图解开马的缰绳，却被我的吼叫声吓跑。

我翻身上马去追赶他们。

结果那不是一群人，只有一个人。我追着他戴着镣铐吃力穿过雪地时留下的痕迹。过去我也曾追捕过一些人，但抓这一个却不费吹灰之力。他已经被恶劣的天气和食物的匮乏击垮，最好的出路就是蜷缩在阴暗的小巷子里，祈祷我在黑暗中把他误认为是别的什么东西。

他等了又等，希望我从他身旁经过。想到公寓里的瘟疫和尸骸，我并不想靠他太近，但也并不打算放任他存在，因为那会带来更多麻烦。

经过了仿佛长到可笑的一段时间后，我冲他喊，要是他还不露面，我会像杀个陌生人一样把他杀了，而且决不会良心不安。随后我还猛地给枪上了膛，确保自己的意思不会被误解。

他拖着镣铐，从阴暗中跪着挪上前来，乞求我不要开枪。当他抬起头看我时，我身后天空中的第一道黎明微光照亮了他的脸。是沙姆斯丁。

他眯起眼睛抬头看我，像问问题似的说出了我的名字。因为口渴，他的声音十分嘶哑。

我让他等在原地，随后拿了一桶自己的水给他。他把桶紧紧抱在怀里，把脸埋进桶里大口狂饮。在大口喘息间他抬起头来，双眼紧闭着坐在那里，脸上写满疲乏和宽慰。水从他的胡须上滴下，落回桶中。当他把桶还给我时，我让他把桶留下。

我想我很高兴看见他活下来，虽然并不希望他靠近我。哪怕落到这般田地的人是夏洛或者父亲，我还是会站在他的上风处，并同他保持十码的距离。我相信那些守卫绝不会无缘无故杀掉那些人，也不会仅凭喜好就大费周章地戴上面具、换上衣服。比起我，托利亚对特区更为了解，他能保持健康并非全凭运气。

沙姆斯丁向我询问其他人的情况。

我说守卫们就等在河对岸，据我所知，除他之外的所有犯人都被杀掉了。

他对此事的震惊程度比我预期的要小，没过多久，我发现他已经睡着了。他的面容看起来是那样的苍老而空洞，脸上的皱褶松松垮垮。

我把他从睡梦中唤醒。这里太冷了，要是他就这么睡着，或许永远也醒不过来了。

他跌跌撞撞地走在我身后，身子东倒西歪。我把他带到楼梯井，给他盖上了几层公寓里的被子。

黎明时分，我爬上屋顶，看着太阳一跃而出，照耀在城市的上空，也照亮了远方另一座城市楼宇的窗户——它们反射出金色与青铜色的光，也有些冰面反射出蓝绿色光芒。

我把记忆石一起带了上来，并把它放在地上，让它吸收上几个小时的日光，而后苏醒过来。日光里的记忆石看上去更漂亮了，如刀锋般明亮而闪耀。它带有一块乌黑的屏幕，正面有用俄文写成的细小文字，还有一排按钮，上面标记着我认不出的符号。即便只轻轻地碰一下，它们也会带着细微的咔嗒声颤抖起来。屏的背面写着我唯一认识的文字：中国制造。

日出后一个小时左右，守卫们拔营出发，沿着河流东岸缓缓前进。我匍匐下来，用望远镜一路追着他们。归途上，他们的马匹数量刚刚好，雪橇上堆满了从特区里带出来的东西。

所有尸体都被遗弃在最初倒下的地方。跪着死去的那人已经在夜里倒伏下去。其他人就躺在新落的积雪里，只是他们离得太远，即便我有望远镜也无法数清人数。

我往一个枕套里装了些粗粮，让沙姆斯丁醒来之后可以吃上一些。

把沙姆斯丁用这种半吊子的方法隔离开实在有点儿麻烦，可我别无他法。我不确定他对我来说是不是威胁，但我不能冒险。我觉得最好还是别碰他，别碰任何他摸过或吃过的东西，也不要和他呼吸同一片空气。

接近晌午时他醒了过来。在他津津有味地吃着我留给他的食物时，我在楼梯井的较高处看着他。

睡眠和饮水似乎让他好转了些。他看起来已没那么要死不活，依稀可见几分往日的姿态。

我告诉他，守卫们已经走了，我们可以自由离开了。

“自由离开了去哪儿？”他问。

我耸了耸肩，说他想去哪儿都行。至于我，我要回家。

他怀疑地看了我一眼。我感觉到他还在为树林里的那件事耿耿于怀。我说，我无意只因他想杀我就以牙还牙，原谅他其实很容易，毕竟我也可能做出同样的事情，因此我想最好还是既往不咎。

听了这话，他向我靠近，想要同我握手言和。

我告诉他别误解我的意思，我已经在精神上同他握手了，可是特区里有疾病和剧毒，我们都有可能已经染上。直到确定我们都很健康之前，我们最好还是保持安全距离。

沙姆斯丁突然放声大哭，吓了我一跳，他说一想到自己经历的一切就痛苦万分。

我让他别太在意，通常更好的人都会经历更深重的苦难。

在离开前我收回了放在屋顶上的记忆石。记忆石摸上去很温热，却只是一个死物。我按了每一个按钮，甚至试着摇晃它，但它依旧没有反应。

就在我挥起手臂，要把它扔进河里时，屏幕接触到的阳光反射进了我的眼中。屏幕是那么明亮，让我不由得想避开。我把它抓在手里，在阳光下转来转去。上面的玻璃是那么真实，如同镜面一般。

我已经很多年没有这样近距离看过自己的脸了，说实话，这张脸比我记忆中的脸要好看得多。

二十年的光阴似乎带走了伤疤里的愤怒。我看上去老了一些，但面容本身却更显自信，尽管并不漂亮——离漂亮还差十万八千里，但也不再丑得惊世骇俗。又或者，是我自己把这张脸想得比原本糟糕太多。

我打算暂时留着这面镜子。我要把它用绳子挂在播种的土地上驱赶乌鸦，让它作为惊鸟器获得二次生命——这点子真棒！我把它和引火器、打火石一起揣进了外套口袋。

经过一番搜寻，我给沙姆斯丁找来一把可以打破铁链的锤子。他费尽周折敲掉了手上的铁链，却没办法打破脚镣。

将近中午时，我们离开了特区。在我们和大桥之间有约四百码距离的烂泥地。我骑着马走在沙姆斯丁前面十码远处，只要他咯吱咯吱的脚步声靠得太近，我就会骑得快一点儿。

才刚刚踏上大桥，我立刻感觉到了不同。我这才意识到，自己在城里时一直不敢用力呼吸。

我们碰到的第一具尸体就躺在离信号控制站一两码远的地方，那是祖伏加的尸体。我并没有在那里逗留。他们用的子弹肯定是软头的，因为他的内脏喷射在身后的雪地上，宛如孔雀的尾巴。

我继续向前走到大桥彼端的露营点。守卫们回去的路上少了一匹马，因此我期盼托利亚或许会抛下一些补给；但在这里，我能找到的一切就是空空的罐头和瓶子，还有冷掉的营火。我用脚尖翻动着余烬，以防他们漏掉了什么吃的。

沙姆斯丁在桥上徘徊。我抬起头来，看见他跪在尸体旁，正低着头为逝者祷告。我冲他大喊，让他别离尸体太近。

他用嘶哑而哽咽的声音吼着，回了我一句咒骂。

我掏出枪，回身朝他跑去，一边努力在烂泥地上稳住脚步，一边告诉他别碰死尸，否则我就向他开枪。跑到他跟前时我已经气喘吁吁，但仍用瞄准器稳稳地对准了他的额头。

他眼中燃着熊熊怒火，冲我扬起下巴，仿佛在说他想靠多近就靠多近。随后他转过身去，抓住祖伏加的袖子让他坐起来，抄起他的胳肢窝把尸体撑了起来。

他支起尸体的动作相当笨拙，站起来时整个人都在摇晃。

我不知道他是否认为我会开枪，却知道他那时候根本就不在乎。

他把尸体埋在河边的泥板岩中。我在小路上，看着他用双手和石头挖出了一个坑。那个坑还没有一英尺深，他花了不少时间才把尸体埋好。

日光将影子渐渐拉长，我们缓缓地朝南走，整片天空交织着蓝色和金色。直到日落前，我和沙姆斯丁都没有再说一句话。

当我们停下脚时，我砍了些树枝给自己和他垫着睡。他想帮忙，我却说他应当保持安全距离。他的外套上仍残留着从尸体上沾来的血污。他埋葬了自己的朋友，也如同是埋葬了自己，但他不会埋葬我。

我把他的床做得比较容易发出声音，以便能听见他的动静。在早春三月里，这样的天气已经很暖和了，但没有火仍旧很冷、很不舒服，更何况我饥肠辘辘，难以入睡。我时刻观察着我们两人可能生病的迹象。我现在还不想死，更不想死在这里，死在彻底自由的咫尺之外。

沙姆斯丁翻身的时候，垫在他身下的细枝沙沙作响。

我告诉他，不出一两天我们就能打到野味，还能找到生火用的木柴，而南边的河里就有鱼。这时节要抓鲑鱼是有些迟，但还有梭鲈和茴鱼可抓。我们可以把鱼放在冰上冰冻切片，制成生鱼片。此外，我们还可以吃树叶和苔藓。要是迫不得已，我可以用松树皮做成“饥荒面包”。我问沙姆斯丁有没有吃过马肉。他说：“应该没有。”我告诉他，他肯定会喜欢的。马肉可以用来做上好的香肠，肉质又甜又软。雅库特人会生吃冰冻的内脏——吃上去就像是肉类冰淇淋。

沙姆斯丁说有一回在中国的哈尔滨，他吃过一顿有四十道菜的宴席，其中有超过十道菜是用羊肉做的。

我问他还去过什么地方，他脱口而出一串城市的名字，随后问我都去过哪里。

我只得告诉他波利是我去过的第一个真正意义上的城市，不过我去过极北之地的大部分区域。

“梅克皮斯，”他说，“你是个野蛮人。”

他这样说并无恶意，但这个真相仍让人有些刺痛。我对那番评价很敏感。我行事粗鲁，做过残忍的事情，我的内心为自己的无知、为我和父母之间的鸿沟而感到羞耻。

“文明和城市是一体的。”沙姆斯丁说，“那个地方不是一个城市，而是一座坟墓。”

我问他看见了多少东西。

“远比我该看见的多。”他回答。

沙姆斯丁告诉我，犯人们刚一过桥就三三两两地结了伴。

起初大家还很兴奋。他们都带着一些吃的，并感受到了自由。像我这样从没到过城市里的人对一切充满敬畏，而像沙姆斯丁那样的人，却感到了些许沮丧，有种一切都不可能再失而复得的感觉——那是一种在睡梦中见到死去朋友面容时的感觉。

说到这里时他停顿了一下，我知道他是想到了祖伏加。

有些犯人完全无视地图，自顾自地寻找食物和工具。其他人则一路穿过城市，走的就是我走过的那条路。

他们临摹下来的地图将他们引至竖立着巨大青铜头像的广场，并越过广场去到了城市的工业区，就是被托利亚称为“波利 66”的那个地方。

一到那里，一切瞬间就显得不同了。这里不再有洋葱顶的教堂或小木屋，建筑物都更高、更新。坦克和军队用车被弃置在大街上。祖伏加开始紧张起来，觉得这条路上有地雷。

沙姆斯丁的看法和我相同，我们这些人应该是最晚造访特区的。他去小巷子里撒尿时，无意中发现了一堆黏糊糊的破衣服，一些大腿骨和一根铁链。

其他结伴的犯人们渐渐消失在城市中。人类天性如此，有些人只要捡到了废旧物品就心满意足，拿着就往回走。沙姆斯丁回想起他们找到的东西时笑出了声——废旧汽车电池，蓄水池浮球木塞，缝纫机里的齿轮。而有些人则带着坚定的决心一头扎进废墟之中。他们靠着撬棍闯进旧储藏室，在临时搭好的雪橇上堆满找到的东西，与其说是信任守卫，倒不如说是希望能得到托利亚的公平对待。

沙姆斯丁和祖伏加也进入了这片区域，寻找地图上标记的其中一处。

找到那里时，他们发现那是个游乐场，四处散落着鞋子和罐头，有一座锈迹斑斑的旋转木马，一个铁制摇摆木马，还有已经腐坏的秋千。

夜幕降临，沙姆斯丁准备回程，而祖伏加却认定地图错了。曾经身为军人的他遇到过一些微调过的地图，上面会把重要地点隐匿起来以瞒过粗心之人，他指出真正的目的地要再往前走两百码左右。

他们几经周折爬过了游乐场的外墙，祖伏加还划破了手。他用破布包扎伤口，把沙姆斯丁拉进一扇窗户。

室内地面比他想象的要低很多，下落时他浑身僵硬，一头撞在地上。他毫无知觉地躺了一会儿，却说不出到底昏迷了多久。等到醒过来时，他抬头看去，发现窗户实在太高，根本不可能原路爬回去。他感觉到手心里有一些温暖的液体，原来是下落时撞伤了鼻子。

他说，一想到自己要孤零零地死在这里，恐慌感便攫住了他。他扯着嘶哑的嗓子朝祖伏加大声呼喊。这个基地极深，里面一片漆黑。过了片刻，他的眼睛开始适应这种黑暗，摔下来的疼痛也减轻了。

他站起身，开始沿着建筑物的墙体摸索出路。他感觉到地面朝某个方向微微升高，便朝那个方向走去，希望能重回地面。

这个地堡非常广阔。沙姆斯丁说他有时觉得自己疯了，有时又害怕自己其实已经死去，只是在笨拙地沿着来世的通道摸索。

似乎徘徊了好几个小时，他一脚踩到碎玻璃上，抬头一看发现了自己掉下来的窗户，才意识到自己是在原地绕了个圈。

就在这一刻，他放弃了逃离这座迷宫的希望。他诅咒神明，往墙上撞，想把脑子撞出来，但面前的黑暗竟突然退散。他发现自己磕磕绊绊地穿过了一扇姑且可以称作是门的东西，进入了内室，并注意到一扇铁门下透出淡蓝色的微光。

令他震惊的是，他伸手一推，门就开了。这扇门通向一个大大的储藏室，里面排列着二十英尺高的铁架。

更奇怪的是，蓝光并非来自窗外，而是来自一个铁架上正发出轻微爆裂声、闪闪发光的蓝色烧瓶。

沙姆斯丁是一个具备科学常识的人，却说自己从未见过那样的东西，又或是蕴藏在那其中的能量。他想摸出自己在基地时画的图，却发现在摔下来时已经把画和地图都弄丢了。

就在他告诉我这一切时，我听到他身下的树枝沙沙作响。他正在自己的外套里摸索着什么，我便把手放在了枪托上。行动间我肯定还深吸了一口气，因为他抬起头来看了我一眼。他离我有好几码远，但我能清楚地看见他的面庞，他的眼窝里有深深的阴影，金牙闪亮，就像映着烛光一般。

他从怀里掏出的是一个他发现的烧瓶。在我的想象中，那应该是个像灯泡般的东西，但是盛在其中的光线显得既不真实、又不稳定，微弱的光线摇曳着、闪烁着。这怎么看都像是有人捕捉了一部分光，将其放入了玻璃罐。

他把烧瓶放在了我和他之间的雪地上。

离烧瓶越近，就越觉得它奇怪。它有着如火焰般引人注目的力量，哪怕是其中的细枝末节也能让人留意到。这光线自有纹理与深度，一如火焰，一如远处“波利 66”的高塔，但同时也具有水的质地：它流动，交叠，闭合，释放出一簇簇小小的蓝色火焰，而后又蜷缩回去，仿佛要再一次聚集能量。我始终能听见烧瓶里发出微弱的嘶嘶声，就像是活物正在呼吸。

沙姆斯丁从架子上拿下两个烧瓶，靠着它的光穿过地下室。

光线实在过于微弱、分散，因此他看不了太远，但还是能辨认出自己身处的这个空间是圆形的；又经过一个小时的胡乱摸索，他发现了钉在内墙上的梯子，顺着这架梯子爬到了屋顶上的活板门。

那是一扇很沉的铁门，装着门闩，即便他已经打开门闩，却仍无法将门板抬起。落叶在铰链里腐烂，卡住了门。门和出口之间能看到一丝天光，也能嗅到新鲜的空气。求自由心切的他挥拳砸门，门开了一点儿，但其中一个烧瓶掉落了。

沙姆斯丁说他当时缩了缩身子，闭上眼等着玻璃碎裂，火花四溅，又或是烈焰熊熊燃起，又或是更糟糕的情况。结果烧瓶坠落了十到二十英尺，而后像是铁瓶般在地上弹了几下。他便留它躺在那里默默发着微弱的蓝光，如同井底的一盏灯笼。

他想，自己在地下待了这么久，祖伏加肯定以为他已经死了，并已弃他而去，结果祖伏加不仅等在他们分开的地方护理自己手上的伤口，还替沙姆斯丁保管着一份口粮。

沙姆斯丁吃着东西，告诉他自己去了哪里，祖伏加则脱掉破烂不堪的手套，伸手去摸那个烧瓶，惊奇不已。

这时已经接近集合时间，祖伏加说他们必须出发，不然就有迟到的风险。他率先起身，又伸出一只手将沙姆斯丁拉起来。

沙姆斯丁惊讶地看着他，问他另一只手怎么了。祖伏加给他看了看那只手的手心、手背，上面的伤口已然痊愈，连疤痕都没有留下。

祖伏加用力抓住他的外套，对他说："真主太伟大了。"

我问沙姆斯丁是否肯定那确实是烧瓶的作用。他连发五誓肯定，还说这个烧瓶愈合了他自己身上的一些小伤口。

祖伏加问他有没有把握找到回那间储藏室的路。

沙姆斯丁说，要是带着绳索和灯笼就能更顺利地回去，但事实上，他害怕回到那里。

祖伏加改了主意。他研究着自己的地图并发现了一个数字，正好和烧瓶上的数字匹配。他的愉快变成了紧张，像一个玩牌新手，拿了一手绝对制胜的好牌，一想到自己将旗开得胜便汗流浃背、焦虑不安。祖伏加盘算着用烧瓶来交换他们俩的自由。

他说要是他们俩一起回到桥上，守卫们肯定会毫不犹豫地用暴力手段夺走烧瓶。相反，他告诉沙姆斯丁，他们两人中应派一个人回去，另一个则留在特区里守着烧瓶。

他的提议是让沙姆斯丁两手空空地回去，并告诉托利亚自己的发现。作为带守卫们去那里的交换条件，他会要求拿到一个星期的补给和一匹马。

时间分秒流逝，沙姆斯丁对这个计划感到忧虑。他本性胆怯，在此驱使下只想交出烧瓶、相信守卫。

但祖伏加既不胆怯，也不信任守卫。他在雪地上来回踱步，就像传说故事中渔夫的妻子一样不断增加自己的要求：从两周的补给到一个月的补给，每人一匹马，还要一把枪。

最后一刻，祖伏加决定让沙姆斯丁留在这里。或许他并不信任自己的同伴，但更可能的原因是，他觉得自己更善于讨价还价。

祖伏加这个计划的问题出在过于相信守卫们的智商。我不相信除了阿普法贾图之外，还有谁知道我们被派到特区来究竟是为了找什么。你可以临摹图画直到手抽筋，也可以写下你喜欢的所有编号，但在亲眼看到那个烧瓶、看到光线在其中跳动之前，你不会相信真有这样一个东西存在。

这烧瓶就在我眼前，我看得真切，却仍难以置信。

何况，托利亚对特区的那套说辞让所有守卫都很紧张。即便只通过望远镜观察他们，我也看得出他们巴不得赶快完成任务，越快越好。

祖伏加和其他犯人一起等在桥上时，一定感觉到了自己判断错误。他们没有被放到桥的另一边，而是被围聚在一起，像随时等着冲出猪圈的猪。

他掉头逃跑。或许他觉得，自己可以冒险挨上一发子弹，但只要能回到烧瓶旁边就会没事。

接下来的事情我在屋顶上都看见了。烧瓶或许可以治愈被擦伤或划伤的手，却无法愈合他们在祖伏加身上打出的洞。

尽管缺少食物，我们接下来的两天过得还算不错。没了铁链，沙姆斯丁走得快了些。我们的脚程太快，要格外留意别追上那伙守卫。

最初的两天我还不敢打猎或生火——并不是担心疾病或辐射，而是怕暴露我们的位置。

第三天晚上，我设陷阱抓了一对兔子，而后生了个小火堆烤兔子肉。

那天晚上，沙姆斯丁发烧了。天气一点儿也不暖和，可他却抱怨说太热了。尽管月色朦胧，我也能看见他满脸是汗。

他满脑子全想着他的烧瓶可以像治好割伤一样治愈疾病，于是每当我们停下来融化雪水或者喂马时，他就把烧瓶放到自己身上。

我为此笑话他，并告诉他那东西又不是药，彻头彻尾不过是迷信罢了。但他已经准备了一大堆关于烧瓶如何运作的原理，甚至还建议我也试试看。

“我宁愿染上自己身上的细菌碰碰运气，”我说，“也不想沾到你身上的东西。”

无论如何，他仍旧时时刻刻和自己的魔法瓶待在一起，把那东西在他那汗津津的额头上滚来滚去，也在他嚷着疼的手臂上上下下滚动。

这让我感觉很不好，事实上我的身体也不太舒服。与此同时，马也狂躁不安，粮草也吃完了。

我心想，此刻我们染疾反而是种扭曲的正义。

我将手伸进口袋摸索打火石，却摸到了记忆石。我想都没想就把它拿了出来。三天前被我放在一边的它还是死物，而现在它的表面却蚀刻着绿火，灯也闪烁着复苏过来。

我脑中忽然划过一个念头，认为它是从那个“瓶装闪电”里汲取了能量，又或是里面原本坏掉的某个部件因为靠近烧瓶而被修复了。但我很快抛开了这个念头，觉得根本就是无稽之谈。

沙姆斯丁注意到我停顿了片刻，问我那是什么。

我把记忆石给他看，他转而告诉我怎样启动。在我的触碰下，它活了过来，屏幕被色彩点亮，播放出画面，是这个城市以前的样子，城里的街道也都活了过来，熙熙攘攘、车水马龙。

起初看不到那个女孩，却能听到女孩的声音在讲述着这些画面。她说的是俄语，我听不懂，但沙姆斯丁可以翻译。

她说，这是我的学校，这是我住的地方，这是我的朋友达里娅——是个女孩，正咯咯咯地笑着、用手蒙着脸，这是我的爸爸，正在收拾行李准备离开。

显而易见，城里一片喧嚣是因为所有人都已准备离开。

我明白她为什么要录下这些。我也经常希望自己能拥有一个类似的纪念品。这是一个采样器，撷取了过往生活的片段。它本应同她一起去向她要去的那个城市，可她却把它遗忘在抽屉里，有些遗憾。

随后的画面里出现了坐在床上的她，同时画面开始摇晃起来，能听到有个女孩在哈哈大笑。

Lyudi budushchevo[1]，她如是说，又或是说了其他读音相近的话。

沙姆斯丁站起来，说她根本就不是遗忘了这个东西——她本就打算把它留下。

未来的人们，她说道，看到这个视频的人，我出生的城市是俄罗斯波利。我今年十八岁。我过的是这样的生活。这就是我。

我过的是这样的生活。这就是我。

当沙姆斯丁说出这些话时，我浑身发冷。我看见了被抽离掉生命的城市的骨骸。

我想起公路旁那堆积如山的硬币和缎带，也想起了布特哥恰克囚室墙壁上的痕迹，还有那守护着空荡荡广场的青铜头像。

你只是从未想过自己有朝一日会来到一切的尽头，博斯韦特这样说过。只不过当时他和他弟弟一样自大。尽头就是你最后所站的地方。你总要在某样事物的终结之处迎来尽头。所以，是什么让你在零下六十度时蹒跚着走向马厩，用冻僵的手指紧攀着马鞍，又或是在烟尘漫天、令人窒息的夏日骑马出行？

我曾见过许多被书写于纸面，却未听人说出口的词语。有这样一个词语，我不知该如何确切描述，却深知它存在于每一种恐惧的背后。

---

①“未来的人们”的俄语发音。

恐惧它并没有道理，因为当它发生时，你已经不在了。恐惧、饥饿、寒冷或者病痛都好理解——但是这一个呢？然而，这就是紧紧攫住了我的恐惧。听到她说出那些话来，我在黑暗之中迎头撞上了这种恐惧。

我害怕的，是人类灭绝。

博斯韦特想说什么都行。神志清醒的人都知道他们正走向终结。但想到万事万物还会继续，想到他们的葬礼上会有溢美之词，又哪怕仅仅是自己的血脉在某个人身上或某个地方延续，无声地追忆起他们曾在这里——这都多少有些意义。一个神志清醒之人所期待的正是如此。

这个女孩把她的讯息投进了时间的海洋，任其漂流，并在看到这段讯息的人的脑海中短暂地复活。或许她自己并没有这样的想法，但事实正是如此。

人人都知道自己会到达某处尽头，却没有人能想到自己有朝一日会来到一切的尽头。

早上我醒来时，身上积了六英寸厚的雪。我有点儿发烧，沙姆斯丁则病得很重。他皮肤发灰，呼吸困难。他不停地说自己没事，并且坚持正常赶路，但才勉强走出十码就摔倒在地。

他让我不要靠近，但是我已经向他走去。我很清楚要是他死了，我也会死，又或者形同死去。

我扶着他从跌倒的地方站起来，让他仰面躺在自己的床上，把所有的毯子都盖到他身上。随后我用兔子煮了点儿汤给他喝，一勺接一勺喂给他，而他就那样躺着，抖个不停。

在发汗的间隙他睡着了，我让他的脑袋枕在我的膝头。他就像个孩子似的。我想到了平，脑海中浮现出她的面容时，我对沙姆斯丁说我爱他。

他在睡梦中呢喃。

他的脸因为发烧而泛起红光，看上去仿佛重获了青春。

一两个小时后他醒了过来，问我是否对来生抱有希望。

我说没有，但要是有人配得上拥有来生，那一定是他。

“我曾去过安达卢斯。”他说，“我想天堂的味道闻起来会像苦橙花。”

我说我也曾总怀有相似的想法。

这时，他疲累得说不出话，只能紧紧抓住我，我们两人终于渐入狂热的亲密之中，在孤独和对死亡的恐惧中紧紧相拥。

病情再度恶化时，沙姆斯丁开始胡言乱语，并让我对他开枪。神志清醒时，他就想聊自己的童年。他说他母亲一直都视他为骄傲。我说我毫不怀疑。就像那个波利的女孩一样，他想要一个见证者。

日出时，我解开他的外套，想让他的身体接触到新鲜空气。他瘦削的脸颊像火一般滚烫。

那天下午，他的脸上开始出现炎症，肺部已被感染，他只能坐着睡觉。马也生病了，但我没时间去照料。

我煮了一桶草药，让他把蒸气吸进去。这似乎起了作用，那天晚上他睡得舒服了些。

天一亮我便起身去采集草药，并采到了一大堆。采药时我看见了一头鹿，而身上正带着枪。我想，不管了，就算要么被疾病击垮，要么被托利亚的手下抓到，至少开了枪，我们就不会饿死了。

我因发烧而头昏眼花，开了三枪才打死鹿，又花了半个小时把它拖回我们的驻地。

那是只年轻的小母鹿，肯定是和鹿群走散了。

沙姆斯丁坐起身来，稍有些摇晃，而我高喊着我们有新鲜的肉了。

我坚信吃肝脏对他有好处，所以先把内脏掏了出来。但就在我准备烹煮时，能听到他的呼吸又变得急促起来。

我走到他跟前。他目光呆滞，艰难喘息着抓住我的胳膊，像是在赛跑中奋力挣扎。然而无论给他灌下多少水，他的舌头仍像一块干软的海绵。

或许一发子弹能让他死得舒服些，可我不能这么做。

大约正午时分，沙姆斯丁死了，紧接着马也死了。而我活了下来。好吧，我向来都有这样的运气。

第四章

FOUR

1

马死了之后，我只得徒步赶路。我费了些时间埋葬沙姆斯丁，随后便往东南方向去了。我想穿过针叶林就能抵达公路的起点，那条路能带我回家。

这真是个最不适合赶路的季节。融化的冰雪使原本的涓涓细流也变得不可逾越。要是把自己弄湿了，又碰上气温骤降，裤子就会裹上一层厚厚的冰。

我向来身体结实、任劳任怨，只要睡上四个小时就能从一整天工作的劳累中恢复过来。可现在，我浑身疼痛，上气不接下气。我每个小时都要停下来歇一次，接着变成每半小时歇一次，再接着变成每十五分钟。最终，我每走上一百码就得休息五分钟。我把自己带着的东西都放在一个桦木筐子里，挂在手臂上。

很快我就筋疲力尽，根本无力打猎。地面湿透了，我凭着最后一口气，砍了些落叶松枝，铺了张床，接着就爬上去等死。

我恶疾缠身，想必是在那堆树枝上躺了好几天。昼夜在空中交替。在似乎第三或是第四个早晨，我坐起身来，从小溪里掬起一捧水喝了下去。

关于自己得以保住性命的缘由，我百思不得其解。

后来我听到过一个传说，说波利的瘟疫是人为的，目的是杀掉男人，留下女人。这并非出于骑士精神，只是很现实地杀掉男兵，留下女人等待军队凯旋，为他们生孩子。这听起来不太真实，但仍与我所知的其他真事同样可信。

刚恢复到能站起身，我便捡起自己的包裹，继续跌跌撞撞地上路了。我边走边挖蕨菜吃。有些蕨菜上有毛毛虫，我连它们一起嚼了下去，因为实在太饿了。我正打算数数自己的子弹，看能不能匀出一些用来打猎时，就在风中闻到了一阵可怕的甜味。

在前面约两百码远的地方，我发现了一堆像原木般叠起的尸体。有些尸体半裸着，但是大部分都被脱光了，赤裸的肢体在阳光下惨白如蜡。我嘴里没嚼完的毛毛虫变得有些苦涩。

他们是死在刀下的，有些尸体只剩下躯干。托利亚的头摆在最上面，嘴巴向下，下垂的眼睑里，他的目光已经熄灭。

尸体软绵绵的，已经开始腐坏，蚂蚁在他们的嘴巴和眼睛里忙忙碌碌。我猜他们已经死了两三天。

袭击者的踪迹已被大雪掩盖，但周围仍散落着各种物品——一只靴子，一个马鞍包，几个炖锅，我由此判断搏斗发生在夜晚。守卫们装备精良，我不认为这一带有能与之匹敌的武器，而若想靠暴力制服他们，就需要很多人。不过，从特区生还的宽慰和枪支的力量或许让他们掉以轻心了。他们可能早就酩酊大醉或精疲力竭，要是有人趁半夜三更潜伏而来、悄悄下手，他们根本无力自卫。

我用泥把脸涂黑，把所有子弹装进卡宾枪里。我绕开小路前行，直到夜幕降临。

这是自秋天以来最温和的一个夜晚，大地正在抖去冬装，就像湿漉漉的小狗甩干自己一样。时不时有大块潮湿的积雪从枝头坠落，发出脚步般的声响，每次都听得我胆战心惊。

天亮之前，我坐在一棵树下打了几个小时盹，再睁眼时眼前依旧一片漆黑。四周静悄悄的，我随即发觉有刀片正抵在我的喉咙上，一只手捂住了我的嘴。这只手带有泥土和驯鹿肉的味道。

抵在我脖子上的刀逼我站起身来。我恐惧而不自知，却尿了出来，就像在湖里那次一样。天空中透出一丝亮光，却没带给我丝毫安慰。我仰着头斜眼向下瞥，看见抓住我的这个人戴着托利亚的手表。

他把我带上小路，低低地吹了声口哨，马匹和人群从树林里钻了出来。那堆尸体在我们身后还不到两英里的地方。他们用一种带着喉音的语言轻声交谈，我猜是雅库特语。我和雅库特人没打过什么交道，但我知道他们是坚忍不拔的牧马人。他们有着像哈萨克人一样扁平而黝黑的脸庞，穿着破破烂烂的衣服。没记错的话，他们穿戴的部分衣帽曾属于那些守卫。最让我惊讶的是，即便他们裹得这么严实，我还是发觉他们当中有女人。

我跪在泥沼地里听他们交谈。他们的交谈就像在市场里无意中听到的那种讨价还价，唯一不同的是被讨论的对象是我。有个女人的声音比较尖锐，但和其他人一样强势有力。我都能猜到他们在说什么：放不放她一条生路？在这里杀她，还是在那里杀她？谁能拿到她的东西？

我的双手刺痛而潮湿。从树林里踉跄着被推出来的时候，我丢了一只手套，但现在看来已无关要紧。

那个拿刀抵着我脖子的人也不时加入讨论。我很怕他那粗粝刺耳的声音在我耳边响起，因为他只要一开口，就会把刀压得更用力一些，我就得把头往后仰，好让刀别割伤我。

在稀薄的蓝色雾霭中，东方的天空开始泛出光亮。那是属于北极圈的蓝色，完美无瑕。我很肯定，在这片蓝色之外，没有任何东西在等待我。没有别的世界。没有父亲，没有母亲，没有夏洛，没有沙姆斯丁，没有平。但我发觉自己一遍遍呢喃着“我们的父啊”，仿佛是为了咬紧牙关，不让自己失声痛哭。

有人来到我身边。有一只手粗暴地擦掉了我脸上的泥。一个新的声音响起，说了一会儿什么。小刀不再抵着我的喉咙，我往前栽倒在地。

大地散发着菌类那种潮湿的土腥味。当他们还在为我争来争去时，我面朝下趴了片刻。

我站起来的时候，并没有人阻止我。我身边站着那个从特区逃走的男孩，那个通古斯男孩。同他争吵的那个男人一脸厌恶地走开了。

一个面色发红、脸颊皲裂的女人正给婴儿喂奶。女人身边，一个十岁左右的小女孩正骑在一匹小马上，面色苍白。女孩的眼睛颜色极浅，她不可能是原住民；她还有一头金色卷发，从毛茸茸的狐狸皮帽子下探出来。我几乎惊叫出声，她则用那种持枪瞄准猎物时的冷酷眼神直勾勾地盯着我。托利亚的那幅小画就别在她的大衣翻领上。

雅库特人一个接一个回到马上，最后只剩下那个男孩站在我身边。他一直没有同我对视，也没流露出一丁点儿他认识我的样子。

我看着他们骑马掉头回到树林中。抱婴儿的女人跟在那个穿托利亚外套的男人后面，那个白人女孩也没有回头看上一眼。

很快，他们中只剩两人牵着马留在这块林中空地上，是通古斯男孩和那个持刀的男人。男孩拍了拍马腹，却没有跳上马鞍，他把缰绳递给我，自己则翻身上了同伴身后的另一匹马。

他面无表情地回过头来，迅速看了我一眼。他的脸上既没有善意，也没有体恤。我不知道他在想什么。

往好处想他对我的好意是为了偿还我曾救了他的善意，但没有任何迹象表明这是恩惠。我甚至不知道雅库特语里究竟有没有“恩惠”这个词。

他调转马头，而他那双空洞的眼睛仍在我脑海中挥之不去。他们骑马经过一棵树下，枝头的积雪撒落到男孩背上，他低了低头。又走了十码远，他们便消失了，积雪融化的滴答声淹没了他们的马蹄声。

我想起那天在河边仓促地放了他，也想起自己外出打猎时心血来潮没有开枪、把捕到太小的鱼扔回水里的那些事。我从没细想过自己如此做的动机。

万事万物在冥冥中都遵循公正的法则，念及此便令人欣慰。但已经目睹过太多事的我可以肯定，现实并不是这样。我父亲会说，男孩的这一举动正说明他的人性尚可补救。尽管可能性微乎其微，但或许确实如此。可要是我为取肉和皮毛杀了十头驯鹿，却放走一只落入陷阱的兔子——仅仅是因为想看它毛茸茸的屁股消失在凤尾草里，这会让我成为圣方济各①吗？要真这么想，就是自欺欺人了。

马舔着我没戴手套的那只手。我在自己醒来时的那棵树下找到了我的包裹和手套，把自己僵硬的身躯甩上马背，策马向日出的方向走去。

2

我仍旧避开来时走的那条小路，谨防博斯韦特派人来查探我的踪迹。虽然这样会减慢行程，但好在我有一整个夏天的时

① 基督教圣人，天主教方济各会和方济女修会的创始人。

间回家去。

到了晚上，我可以靠天空中星辰的排列认清自己回家的线路。勒拿河转了个大弯向西流去，但最终流至波利的最南端，那里靠近基地。我打算完全不理会那道河湾，径直往东南方向走，直至回到那条俄罗斯建造的公路上。我基本保持着正确的方向，所以不可能错过那条公路。那是一条横贯东西的直线。只要回到公路上，我和伊万杰琳之间的距离就不到一千英里了。我可以在六周之内回到家。

在夜里，我有时会拿出沙姆斯丁的蓝瓶子来。它在我的包裹里撞来撞去，上面却没有留下一丝刮擦的痕迹。有一次我握着它睡着了，那晚我做了噩梦，第二天额头和脸颊生疼，就像是在太阳下暴晒太久一样。

一天晚上，我停下来钓鱼，钓起了一条梭鲈，又在一个隐蔽的地方找到了四个鸭蛋。我生了火，用鱼和一个蛋烧了菜。

头顶上有在南方过冬后飞回的鹤，它们修长洁白的身体在逐渐隐去的日光下透着粉红色。在通古斯人心目中，它们是圣鸟。他们把这些鹤的骨头用作日历，在上面刻画出月亮的相位。萨满说他们骑着鹤翱翔在九重天上，神灵在那里居住，拿人类的灵魂恶作剧。

在我看来这些全是神话传说，不过我确实见过有个萨满治好了一个女病人。那是个流产的通古斯女人，结果有些不该留下的东西留在了她的子宫里。

萨满穿着厚重的皮毛外套，上面缀着排成星斗图案、叮当作响的金属珠子。在书籍出现之前，这些外套就是天空的示意图。他围着女人的身体跳了一个小时的舞，直到他的鼓面上出现了一张像是血液组成的奇怪的网。

我不能亲自同萨满说话，但在治疗结束之后，我通过有一半通古斯血统的向导问了他一些问题。

那个萨满说，他在击鼓时感觉自己升入了空中，周围的空气变得稠密而潮湿。他声称那感觉如同迷失在大雾中，迷雾间或变得稀薄，他便发现自己是在地狱中喘息。紧接着他又飘起来，穿过最后一团密云，降落在一片林中空地上。

他沿着山腰上的一段小路往前走，经过了一具骷髅——他说那是自己的父亲——最后抵达一顶亮着灯光的帐篷。

女病人的身体就在帐篷里，呈一堆石头的形态，里面长出了藤蔓。萨满扯掉藤蔓上的卷须。他越是靠近植物中心，藤蔓就越茂密，到了中心，这些卷须抱成了好几英寸厚的球状，毛茸茸、热乎乎的，就像春天刚露头的鹿角，充满新鲜的血液。这株植物的中心是一个皱巴巴的东西——那个流掉的孩子的灵魂在离开地面时迷路了。

我不知道他是编了这个故事来愚弄我，还是他自己完全相信这一切。不过真假于我无关紧要。只是听说在那段舞蹈之后，那个女人又可以怀孕了。

好像无论碰到什么情况，我的思绪总会回到死去孩子的身上。那个通古斯女人的。平的。还有我的。

在三天的难产之后，我生下了一个已死去的孩子。那是我经历过最大的痛苦。在大骚乱涌入之后，城里就没有医生了。

他们把孩子带走，埋在了某个地方。我们再也没有提起过他。那时我十六岁。从那之后我再也没有靠近过男人，尽管我觉得这不应该。可事情本就不应该如此。

我绕远路去往公路，穿过了一个村庄，里面有座旧教堂。教堂周围的房屋全已腐坏，杂草丛生，但教堂依然坚挺，带有巨大的木质圆顶，里面仍旧悬着钟。

门开着，里面隐隐带有一丝焚香和刚粉刷过的味道。

有人在地窖里用俄语冲上面喊。我吃惊得只想到了“bog[①]”这个词——不可思议的是，他们就是用这个词来称呼“上帝”的。随后一个怀里抱满了书的男人爬上了梯子。看到我时他吓了一跳。

就算是看到丘丘纳[②]，我也不会比现在更吃惊；但说到这个，他倒是有点儿像个丘丘纳，因为个子很高，还有着长长的白胡子。

我们语言不通，说不出什么字句，但可以用某种手势来沟通。

---

① 在英语中有沼泽、厕所的意思。

② 俄罗斯雅库特地区的一种神秘生物，一般被描述为六至七英尺高，类似野人。

他是村子里的神父，还有个助手，是个比较年轻的牧师，名字叫尤里。尤里也有胡子，但胡子是乌黑的，他身上还散发着强烈的洋葱味。我猜他五十岁左右，神父则有七十五岁。

他们是怎样活下来的？他们只有两个人，一边是博斯韦特，另一边是通古斯人，他们还能将教堂维护良好，我真想不明白。我想，他们就像一对恪尽职守的员工，在这里坚守岗位。

他们住在教堂旁一个小院中的一幢小房子里。我把马牵进牲口棚的空畜栏里，他们给了我吃的。

我们喝了用腌卷心菜煮的汤，还吃了些香肠，我在桌面上给他们画出了我到这儿来的路线。

在我告诉他们我要去哪儿时，他们转了转眼睛。

我们无法交流更多，这真是糟糕。我还有一肚子的问题想问。

吃完饭，他们把我带到地窖，向我展示了他们贮存在这里的所有书籍。老神父一直往我手里塞东西，嘴里也说个不停，还凑得很近看着我，像是在看我有没有听懂。我当然听不懂，然而他不管在说什么，都一副骄傲的模样。

尤里看出我面露难色，就试图打岔，但老神父根本不听劝。他拂去一本书或一卷纸上的灰尘。“在这里，”他仿佛在说，“我已经全部准备停当了。这是我的果酱，那是我的果冻。”

过了大约一个小时，他们锁上教堂，我们便回那幢小房子去了。尤里熬了某种汤药。

我们无法进行任何交流，但坐在他们中间的我却感受到了久违的快乐。我真希望自己能够回馈给他们一些什么。随后我突然意识到，我确实拥有一些带有他们语言的东西。

我从包裹里拿出了记忆石，放到我们之间的桌子上，给他们看了那个来自波利的女孩。他们足足看了五六次才开心起来。

他们很喜欢这个。尤其是那个老神父，每次看的时候都要拍助手的后背。“Lyudi budushchevo！”他笑起来，仿佛这是全世界最好笑的笑话。

看到他如此轻松我很高兴，但紧接着一阵恐惧感就传遍了全身。我明白他把这些画面当成了目前的情况。他们以为这是那座城市眼下的样子。要是没有亲眼看到记忆石被遗落的地方，我肯定也会产生同样的想法。

他们身处偏远的村落，守卫着来之不易的神圣书籍，等待着外部世界的消息，而我似乎给他们带来了好消息。

这份误解让我内心沉重无比。我对他们说：“你们想错了。这是过去的画面。这个女孩已经死了。那个城市面目全非。我去过那里。”

但我说的话对他们而言不过是噪音。他们只相信他们愿意相信的。我是带来好消息的先驱。人们随时都会回来。街道上会晾晒出潮湿的被褥；在闲置已久的花园里，铲子将被用来翻动土壤；塔楼上安静的钟将被敲响，召集人们前来礼拜，有人会在老神父的胸前别上一枚勋章，表彰他对档案看护有加。

他们在铺了瓷砖的壁炉架上给我铺了张床。我表示睡在地上我会更开心，但他们坚决不同意。壁炉架对我来说实在太热太软，很难睡好，而且欺骗他们的事也让我很难受。眼看虚无的希望降临到他们身上，我就更加精神萎靡了。

第二天早上他们仍旧很愉快。他们用碎荞麦片给我做了早饭，并要求再看一次记忆石。

我把石头交给老神父，告诉他可以留下来。他试图强行塞给我一本旧书作为回礼，但我拒绝了。

他们俩陪我一起走到空空荡荡的村庄边缘，亲吻我三次作为道别。

一路上我回头了五六次，他们仍在原地，目送我离开。

春天已经降临，雪的踪迹都已消失不见。在炎热的正午时分，我决定洗个澡。我拴住马，在一条小溪边脱光衣服。我双脚惨白，看上去近乎蓝色。

尽管小河很浅，但是河水远比看起来更深，水流也更快。蹚进去时我差点儿摔了一跤。水流在我膝边打旋，我把腿靠在石头上作为支撑，而后蹲下来，让水流从我身上冲刷过去。小河的冷冽使我的脑袋一阵嗡鸣。

洗好了澡，我又在一块岩石上洗了衣服，再把它们放在太阳下晾晒。

我躺在河边，像只蜥蜴般吸收热量，强压着想要睡着的渴望，可水声还是让我平静地入睡了。我肯定睡了一个小时甚至更久，因为醒来时我昏昏沉沉，视线也因阳光而模糊不清。

过了好一会儿我才清醒过来，看到马在原地，正吃着一棵树上的嫩芽，我潮湿的衣服还在，而我在这里，干燥的泥土裹到脚踝，看上去像是一双袜子。

突然间，在流水奔腾的声音之上，我听到了一阵轰鸣，它起初非常轻微，但逐渐剧烈起来。在东方天际也许是四分之一英里高的地方，出现了来自飞机的银色闪光。

我赤身裸体地站着，在飞机从我头顶飞过时扯着嘶哑的嗓子大声呼喊，并挥舞我的衣衫。

从飞行角度判断，这架飞机似乎是从极北之地飞出来的，或许是从阿拉斯加。

我想到了鸣枪的办法，此时飞机在天空的西南方。

我放了四五枪作为信号，但似乎并没有被听到。在引擎声的掩盖下，子弹的声音顶多就是轻微的一声“砰”。

飞机一头扎进深蓝的天际，像一条小小的银鱼溜走了。但随着飞机消失在我背后的树林上方，我很确定它要飞往哪里。

3

我像个疯子一样快马加鞭，花了两天时间抵达基地。我甚至想不起自己到底有没有吃东西。有时我会下马牵着它走，让它休息一会儿。这一路上，我都能听到心脏在胸腔里满怀希望地跳动。

第一次在湖边看到那架飞机，我就燃起了此前从未有过的希望。我是一个被遗弃的漂流者，而飞机是颠簸的帆船，折向全新的航线找到了我。我漂亮的双脚走在帆船温暖的甲板上，船上盛满丝绸和丁香，还有椰子和橙子。我想是这希望让我胡言乱语起来。我也会幻想，我是个女人啊。

第二架飞机带给我截然不同的愉快。这一次它是骑士，是身披铠甲的律法。我想象着它如旋风般在基地着陆，把操场上的小屋连根拔起，并砍倒那些守卫。我想象犯人们重获自由，决心报仇——他们会像宰一条狗那样宰了博斯韦特，把他的营地烧个精光。

正午时分我靠近基地，在树木变得稀疏的地方下了马。围墙边的地面光秃秃的。之前这里为了开辟空地而大举伐木，既可以得到木材，又可以清理掉基地附近的路面障碍。我退到一排树后，藏匿行踪。

我先通过望远镜看向基地。我能看到围栏后屋顶上不服帖的毛毡，还有从铁匠铺和厨房里升起的烟雾。

夹杂着粪坑恶臭的风，吹过平旷的土地。这里的一切都比我记忆中更小、更肮脏。这或许因为我的眼睛已见识过波利的惊人规模，但同样也因为积雪消失了。原先的积雪掩蔽了粗劣、掩盖了肮脏，让扭曲之地显得充满奇趣，让事物不再腐烂发臭。

我紧紧贴在树丛后，环绕基地巡视了一圈。我没看见一个人影，然而就在大门旁距离院墙不到二十码的地方，停着那架飞机。

它是那么美，如同肌肉，又如同利刃——它无所不能。

它的上翼冒着股股热气，看上去就好像仍在飞行。

我尽力回忆，感觉这架飞机同在湖边坠毁的飞机一模一样。它的外壳颜色红白相间，尾部有个门，就像我那次在山坡上打破的门一样。

飞机看上去饱受日晒雨淋。机翼上的凹痕和斑驳记录着人们为了能让它继续飞行所下的功夫。但我还是无法相信，制造出这个东西来的竟然是人类。

基地里的一切都有手工制作的痕迹。每样东西的大小都取决于人的体格和他一天的工作量。光是看一眼，我就能判断要竖起围墙或填平基地周围的道路需要多久，甚至还能说出他们用来做那些工作的每一样工具的名字。

但是要做出那架飞机，需要六个月还是一个世纪？它的发动机里有什么神秘的东西在工作？

飞机就这样停在发白的草地上，看上去是那么不协调，就像一块手表戴在了牧羊人的手腕上。

我很叹服那架自动钢琴，还有那为它装好铜弦并配上读谱用的小锤子和尖鼓的无名匠人。我抢救了一大堆书，就为了蕴藏其中的知识。我看过波利。我在每天早晨骑马巡逻时为我们死去的城市那精美的遗骸赞叹不已。然而把文字和数字变成金属，并让它们飞起来——还有什么比这更了不起的奇迹呢？

虽然这很像异端邪说，但我觉得，我们的族人曾经造出过比眼前这一切更美好的生活，这该有多么伟大。有时候，上帝的手工制品反而是粗糙的：再没有什么比龙虾更丑的东西了；驯鹿也不怎么好看，走起路来很笨拙，而且一套上挽具，它就自动开始排便。在我们画下第一条直线前，地球上有直线存在吗？

这架飞机飞行时并不需要像大鸟一样扇动翅膀、摇摆不定。它飞得平稳，高度一定，比我见过的任何鸟都飞得更快。

事实上，我有点儿希望飞机上的人都是神明。

关于我们，他们都知道些什么？他们从天上都看到了什么？像他们那样的人，如何理解我们基地生活的野蛮现实呢？

我想，他们对我的看法应该就像我对通古斯人的看法一样简单吧——通古斯人有萨满、灵魂和丘丘纳。

我骑马回到灌木丛中，边等待夜幕降临边思考。我天生就是个急性子，在一怒之下通常发挥最佳，如果有太多时间思考，反而会徘徊不前。

我生了一堆小小的火不为别的，只为有火做伴。我往火中添了长长的细枝，紧紧抓住细枝的末端，直到它们全部被火焰吞噬。

一阵干爽的风吹来，把余烬扇作橙色。

从我见到第一架飞机起，飞机就成了我这些年来心中的北极星。仅仅是知道飞机的存在就令我安慰。我亲手摸过它的外壳，我埋葬了机上成员的遗骸，我将全部的希望倾注其中——它是个容器，容纳了所有我的世界容纳不了的东西。

而现在，终于要和这架新飞机上活生生的、在呼吸的人打交道，我反而怯懦起来。混乱的情绪在我体内冲撞。一部分的我想要了解更多，另一部分的我却吵着说最好现在离开，既然知道第一架飞机没有善终，那就别再深究，否则将被引向丑陋和失望。

这架飞机在我眼中如此庞大，可希望对它来说却是个难以承载的重荷。

我仍怀疑飞机上是否真的能有什么东西，能让我经历的千难万险显得值得。

现在去想飞机上可能有什么，比去想飞机到底是什么要困难多了。

此刻发生的一切，就像坦克履带般碾过了所有脆弱的关于“可能是什么”的猜测。

我曾千百次思索过。我看见自己在树林里，往孤独的篝火里添枝丫。我看见空荡荡的飞机在基地的大门边睡觉。我像记忆石上的画面般移动，向后倒回波利，倒回在路上给沙姆斯丁做人工呼吸的片段，再倒回和托利亚还有其他犯人一起在基地经历一年又一年的监禁、一月又一月的劳作，看见博斯韦特的花园变回荒地。我回溯再回溯，回到平死去之前，回到整座城市充满生机之时，回到糟糕的岁月未来之际，一直回溯到我和父亲一起站在白令海边，看楚科奇人把内脏包回海象体内，放它们回到海中畅游。每时每刻我都想着，是这里还是那里？是这一个选择决定了之后的一切吗?

无论我做何选择，结局都是一样。坏事依旧发生。城市焚毁。我爱的人死去。飞机坠毁。我寻找其他飞机。当我终于找到了一架，飞机上却是埃本·卡拉尔。

4

他老了很多，这是当然，但我还是吃了一惊。即便在和他共处片刻后，我发现自己还是会把花很多时间回忆的那张年轻面庞叠加在他的脸上。

“我也曾认识一个梅克皮斯。”他说着打了个响指，叫人来给他倒酒。盲人有着自己的跋扈之道。我撒了谎，告诉他我是从别的城市来的。

他坐在博斯韦特那张锡质桌子后面的椅子上，穿着深色的绒面西装，那双布满白翳的眼睛直直地越过我向前看去。

“你的口音很耳熟，肯定是移民。”他没有表达出一点儿他可能认出了我的暗示，“博斯韦特对你评价很高。”

骑马长途跋涉后的我满身尘土。他有六个手下守在屋子里，全都装备着武器，其中两人还背着子弹带。我进来时他们卸下了我的武器。

天刚破晓，我便骑马来到大门边，想要了解更多的渴望压过了我对自身安危的考量。要是有丝毫线索得知飞机上是谁，我想都不想就会直接回家去。可我从未把那架飞机同我过去生活中的任何东西联系起来。在我的概念里，它是从属于我爸妈的那个秩序井然的世界飞来的，带着如同鸽子衔在口中的嫩枝般翠绿正直的希望：陆地在这边，把你的船转向这里吧。

警卫认出了我。他身边还有另一个站岗的人，后来我才知道那是埃本·卡拉尔的手下。

他们从警卫室里叫出人把我的马牵走。我不认识那个男孩，他的发间夹杂着稻草，脸上还有睡觉时压出的痕迹。

看着马儿离开，我有些难过。如果没有马，想从这里离开谈何容易。但我想要了解飞机的决心已经压倒了其他一切忧虑。

不妙的前兆少得可怜。

警卫拉开门时不安地暗暗看了我一眼。远在练兵场的另一边，一个粗糙的木头十字架插在泥土中，上面悬着一具尸体。

风猛地刮过，吹得那具尸体像船帆一般摇动，晃得十字架的接口处嘎吱作响。

即便那张脸暗淡肿胀，我也能从其身形看出来是博斯韦特。他的身体和头部都有伤口，双臂从手腕处被钉住，腹部鼓鼓的全是胀气。

从他的死亡方式来看，我猜是犯人们自己做的选择。

他看上去死了至少两天。犯人们一定是在飞机降落后不久就向他发动了复仇的反击。

必须承认我吓了一跳。我不是暴民正义的拥趸。制定私法是件极其丑恶的事情——这不是我对飞机上的人的期待。

沙姆斯丁说过，文明意味着城市生活。对此我并不确定。对我来说，文明意味着街灯、水管、学校以及由理性掌控的一切。我在蓄意的残暴中看不到任何理性，那是我们对内心最卑劣部分的盲目崇拜。

但我又必须相信飞机上的人足够明智，知道自己要做什么。因为这里没有其他人死去，墙壁完好无损，这地方也没有被夷为平地。或许十字架上的那具尸体是保全这一切的价码。

无论发生了怎样翻天覆地的变化，我仍保留了过去的守卫头衔。我的房间仍如我离开时一样破旧。玻璃窗上的尘埃在阳光下像是一层金粉。

我透过窗，看着这个地方苏醒过来。先是起床号，随后是困乏的犯人们拖着铁链从营房出来。他们真是衣衫褴褛。

十五分钟后，有个新守卫进来，说卡拉尔先生要见我。来到办公室时，我已经很清楚自己会见到谁。

在去办公室的路上，他的手下告诉我他为保护一名女子的名誉而失去了双眼。这话让我笑了。

第一次见面很短暂。他想知道我去哪儿了，是怎么活下来的。我尽可能简短地向他说了经过。他们让我回到房间清洗打理。

有人拿来食物和水，还有替换的衣服。他们给了我一块硬邦邦的毛巾和一小片绿色的肥皂。我在浴室里用肥皂擦洗身体，还洗了头发。我只能想到这东西是从飞机上来的。我已经很久没有见过肥皂了。在伊万杰琳时我们曾经自己做肥皂。做肥皂要用到油脂和碱液。荡妇。

这块肥皂有淡淡的香味。它似乎捋顺了我的头发。我边洗边想该怎样逃跑。第一要务是再弄一匹马。我得弄两匹。

泪水模糊了我的双眼——因为失望。历经艰难险阻，结果我才是那个紧握错误讯息的人。我以为自己是个看门人，支撑着极少数可以对抗毁灭的东西，想要尽力守卫祖先留下的传统。一直以来，我都为自己生活在这个世界而自豪。然而我其实和父亲一样，需要另一个世界来拯救眼前的现实。

我回望自己过往的篇章，找到了我所写下的：我并不需要事情有别的可能。

最笨拙而固执的单身汉坠入爱河时会是什么样子？他会把所剩无几的头发染色，他会心碎。又或者，在教堂里侍弄花草、滴酒不沾的女士会是什么样子？她会在六十岁时才喝下第一口雪莉酒，最终却死于酒精。

我像在冰上行走的猫一样走在自己的人生路上，每迈出一步前都要试探半天。但最终，我却踮着脚走进了一个捕兽夹。

当灾难从敞开的窗户步入，事情就非同小可。可你又能做什么呢？每个人的生命中都有这样的时刻。然而当你把自己锁在一个保险箱里，自恃高枕无忧，一年年不厌其烦地告诉别人你有多安全时，才是真正的麻烦。每个人都能看到灾难来临——除了你。这就是盲点。

过去这些年的时光像一条冰封的冬季道路般在我面前铺展开来。我赖以生存的、像一堆藏起来的金币般的希望，就这样消失了。

在平和飞机出现前，我意识不到除我生活之外其他的生活方式，也想不到别处有孩子正去上学、有死者正被埋葬、有自动钢琴正弹奏着准确的音调——那时的我过着怎样的生活？整个冬天枯坐在黑暗之中，等着蜡烛燃烧殆尽。试图捕捉曾经存在的生命的回响。行走在黑暗之中。在夜晚清洁枪支。在肩上扛着马鞍，嘎吱嘎吱地朝马厩走去。

我的人生甚至不算是受苦。它只是烈风在雪地上写下的一个漫长而残忍的玩笑。

5

空气中有一股奇怪的气味。接近正午，我对来接我的守卫提起这件事。他们说那是因为蒸馏器在全速赶工，好为飞机提供燃料。这就意味着厨房人手不足，大部分犯人只能吃个半饱。

我对此做法是否明智抱有疑虑。尽管博斯韦特缺点重重、手段残酷，可他从没让犯人饿过肚子。食物虽然不怎么样，但很充足。他和我一样清楚，吃得饱的人才更听话。

他们送我穿过练兵场。我同样熟悉路线，但他们应该已被告知要盯紧我一点儿。

在远处的田地上，犯人们像往常一样慢吞吞地工作，除草，修补藩篱，嘟囔着赶牲口。

一切都显得和往常一样。但在我不在的日子里，还是有一些奇怪的变化悄然发生了。博斯韦特和托利亚死后，基地的运营交到了一个名叫普里福伊的男人手里。他也是移民的后代，性格怯懦。我总觉得博斯韦特之所以信任他，就是因为他不具备天生适合做领导人的那种冲劲儿和耀武扬威的自信，也镇不住其他守卫。

腹中空空，旧日头领也不在了——空气里弥漫的远不止蒸馏器里冒出来的难闻气味。我沮丧得几乎没有闻出来，但可以确定的是，在这蒸馏器、泥土、粪坑散发出的臭味之中，还混合着暴乱的刺鼻气息。

他们在博斯韦特的房间里摆上宴席。我一点儿也不想吃。普里福伊和六个高级守卫都在。他们都刮了胡须，穿上了最好的衣服，其中三四个人还带着妻子同来。从这些人对埃本·卡拉尔和他手下点头哈腰的样子可以看出，他们都觉得自己是乡下来的穷亲戚。

女人们都坐在另一桌上，身穿过时的正装。我不禁想知道博斯韦特的妻女现状如何。

他们在主桌上给我安排了一个位置。埃本·卡拉尔坐在主位，约十四个人分坐在他左右。大部分食物都是基地里的，但还有相当一部分食物肯定是随他们搭飞机远道而来，因为那都是些在我们这里不可能种出来或做出来的食物。有给女人喝的甜酒，一小堆橙色的鲑鱼卵，好几碗方糖，糖果，蟹肉罐头，以及几瓶带商标的白兰地。

其中一个守卫示意后，我们纷纷坐了下来。

这是一次紧张而压迫的聚会，没人知道坐下是否意味着可以开始用餐。

埃本·卡拉尔用指尖转着一杯白兰地。“我们不经常来。”他说，“我们不想留下什么坏印象。事情必须解决，必须要做艰难的决定。但我现在不想去说那些。”他指的是博斯韦特。直到现在，他的尸体还挂在院子里，被曝尸在阳光下。我很好奇他们给他定的罪名究竟是什么。他肯定是按照他们的吩咐来管理基地的：把伤痕累累的犯人们变成农人，把他们一队队地派去特区，从波利搜刮物品。或许他的做法没有达到他们所期待的严苛？他没有从基地带回足够的物品来？又或者，他的命运已由某些我无从得知却潜藏已久的政治因素导致，就像之前博斯韦特的哥哥把我囚禁起来那样？

我想，无论这里发生了什么，对埃本乘机飞出的那个世界而言都是次要的。或许，站在这里不过是他北方冒险之旅的一环。现在我很清楚，在海峡的另一边，有些事情正在缓慢推进。那边的世界并没有放弃我们——事实上，他们似乎指望着我们的搭救。

当他提到特区的时候，我的思绪立刻被拉回到眼前的房间里。

他那苍白、失明的双眼定在桌子最末端的我身上。“最近一次去特区的旅程，我们弄到了一些很有希望的东西。我们希望在离开前对它们有更多了解。”

他提议干杯，把酒杯放到唇边。他杯子里的酒几乎没有变化，但桌上所有的守卫都干了。普里福伊提议回敬。大家开始吃饭，喝酒越发频繁，房间里的气氛也得到了缓和。

坐在我旁边的守卫从盘子里给我拿了些烤肉。我记得他是个混蛋。他面色发红，吹嘘着自己年轻的妻子，轻率地对我低声说起我错过的好戏。

“一年前他们就给了他最后一次机会。那时他们从阿拉斯加派了那个日本人来。”他向远远坐在桌子另一边的阿普法贾图点了点头。

他亲自去过特区，他说。问题是，博斯韦特太过心慈手软。一年派十多个犯人去那里什么用也没有。他们要的是整个基地倾巢出动，所有人全到特区去。

当他说“心慈手软”时，我想起了大桥融雪里那堆尸体。

“不打破鸡蛋，你怎么可能做出蛋卷来呢。”他说。

下午过得尤为漫长，酒一直在上，但我没喝，埃本·卡拉尔也没喝。下午三点左右，房间里的嘈杂变成了高声喧哗，男人们轮流为奇怪的理由碰杯，守卫的妻子们也都喝红了脸，咯咯笑个不停。

突然间，埃本·卡拉尔的声音穿透了醉汉们嗡嗡不休的笑闹声。“我们还没听梅克皮斯说话呢。”他说。

我说我无意冒犯，但已经敞开喝了很多。

整个房间安静下来。他说他想听的并不是祝酒词，他是想听我说说基地，还有我们在那儿都发现了些什么。

于是我就把自己的所见所闻多多少少告诉了他们，不过没提我自己对那个城市的看法。我跟他们说了关于那个通古斯男孩，毒素，以及我们怎样在桥上射杀了犯人的事。

坐在我旁边那人用的“心慈手软”一词在我脑海中挥之不去。我跟他们说起祖伏加，还说软头子弹像打穿过一颗苹果那样打穿了他的身体。

我想让他们所有人——包括那些女人——都知道一切，因为这都是以他们的名义来做的。我也告诉他们，我们是空手而归的。

他们很礼貌地听我说完，并没有太多兴趣，就好像这些事都是我们心照不宣的。

等我说完，埃本·卡拉尔感谢我对这次旅途做的报告。“你确定对我们毫无保留吗？”他问。

我告诉他是的。

“因为我的一些手下顺着你的行踪进了灌木丛，挖掘了一番。”

他示意后，有人将一个麻袋拿进屋里。我知道那是什么。前一天晚上我把它埋在了火堆附近。

埃本·卡拉尔把手伸了进去，拿出一个梅森罐，里面光芒闪动。他双手捧住它，就像要赞美它似的。房间里顿时鸦雀无声，甚至能听见瓶中光线浮动时隐约的嗡嗡声。

“我真希望能看见它，”他说，“因为我听说这东西很漂亮。”

6

埃本·卡拉尔为什么要演一出戏来证明我是个骗子，我不得而知。但在此之后，他就让手下把我带到院子里的一个房间。他们把我牢牢捆住，让我在那儿待了一会儿，之后才把我拖出去审问。

他们把我带到另一间屋子里，窗户上带有窗帘。尽管天气已经转暖，他们还是在房间里生了炉子，并时不时用铁棒拨弄炉火，意图很明显，就是想让我以为他们会用火烙我。他们说想知道我为什么要说谎，这东西是从哪里来的，我为什么要藏起来。但事实上，我觉得他们想要从我口中盘问出那个地点。

其中一个人拿着一卷纸上前一步，把它在我面前打开来。

“我希望你仔细看看这些图，然后告诉我，这图里有没有犯人们找到的东西。”

共有六张薄薄的蜡纸，上面有用淡蓝色墨水画的物品。这些画全都出自非常精确的手绘，旁边还印着尺寸和数字。纸上还有俄文，但我看不懂。有些图案我能认出来——守卫穿戴的那种长袍和面具，还有类似来复枪的东西——但是其他图案真的太奇怪了，我完全摸不着头脑。

我疲惫地摇摇头，告诉他们我们找到的只有那个烧瓶，而他们已经拿到了。

他们把我单独留下睡觉。第二天中午时分响起了敲门声，而后有人推进来一盘吃的。午饭有香肠、不新鲜的面包和甜菜根汤。我认出这些香肠是宴会上剩的，它们变硬了，切口处凝结着油滴。

就在我吃饭的时候，门又开了，两个守卫将埃本·卡拉尔引到屋子里空着的椅子上。

“把她的手绑上。”他说。

于是守卫们把我的胳膊绑到椅子上，并把绳子拉紧。得到卡拉尔示意后，他们离开了房间。和随之而来的寂静相比，关门声显得格外巨大。

时隔多年后和他独处一室，并没有想象中那么奇怪。

“你是什么样子的，梅克皮斯？他们说你脸上有疤。”

“我看起来还是那样。”我说，“你眼睛怎么了？”

“你想听长的答案还是短的？”

我说答案长短我都无所谓。

他沉稳地把手探到桌子上，摸索到汤勺的手柄。随后他的另一只手找到了汤碗，便将汤搅拌起来，直到它变得像他失明的双目一样浑浊。

“你知道，在伊万杰琳之前，我们在埃索城外有很大一片产业。我们离开美国就是去了那里。那里真的很棒。土壤是肥沃的火山土，城市之下就有温泉，只要扎下去一根管子就能弄到热水。我们有加热的温室，一年到头都有番茄吃。我们旁边就有一座可以滑雪的高山，离彼得堡只有几百英里。”追忆至此，他叹了口气，“我打赌你肯定觉得伊万杰琳的生活已经够好了。

“然后一切都变了。我们被入侵了。一开始是俄国人、鄂温克人和一些朝鲜人。他们建立了民兵组织，把其他人全都赶走了。他们根本不在乎我们在这片土地上是否享有正当权利。接下来的五年就像在玩根本没有梯子的蛇梯棋[1]。我们先是逃离埃索，接着又被詹姆斯·哈特菲尔德的手下赶出伊万杰琳。

“你知道我们是两手空空离开那里的吗？有一群拿着火把的人来到我们家。他们说有人强暴了詹姆斯·哈特菲尔德的女儿，他们认为是我干的。

“我想到外面去同他们谈一谈，但我的父母阻止了我。那时正是半夜。和他们待在一起是不明智的，他们肯定会当场把我绑起来。就在我们为到底该怎么做而争执不休时，他们点燃了屋顶。我们只得抓上一切能带的东西，从后门逃走了。

“那一天是我十九岁的生日。那本该让我痛苦，但事实并非如此，因为那是好事降临的开端。”

---

① 源自古印度的游戏。游戏棋盘绘有多条长短不一的蛇和梯子，参与游戏者轮流掷骰子，得到多少点数就走几步，遇到梯子可以一下子前进很多步，遇到蛇头表示遭蛇吻，需退回到蛇尾那格。胜负由谁先走到终点决定。

他继续沉默地把碗里的东西搅得七上八下，随后丢下勺子。

“我们只得徒步前往马加丹[①]。那时候是夏天。我真不知道我们是怎么在那条公路上活下来的。路上我的所见所闻让伊万杰琳显得像主日学校那样美好。好几次我们跳下公路在针叶林间穿行，被昆虫活活咬伤。

“其中一段路我们搭上了一个商人的便车——他是一个来自敖德萨[②]的犹太人，名叫叶利·罗森包姆，刚从波利回来。遇上他是我们的运气。他开车带我们驶过了最难走的一段路。你知道什么是装甲车吗？他就有一辆，还在驾驶室里堆了好多武器——有很多枪，还有我以前从没见过的东西。那些天路上都有路障，不过路障是用来阻止徒步穿行的。叶利夜间开车，每当遇到路障，他都会把它撞倒在地，直接碾过去。

“他帮我们上了开往普罗维登斯[③]的船，却警告我们最好不要去那里。我们告诉他，我们打算付钱找一些楚科奇人，让他们带我们跨过海峡到诺姆[④]去。我母亲有家人在巴罗[⑤]——要是我们能去到那里的话。临走前他给了我父亲一把枪用来防身。

“这趟旅途花了两个星期。你去过普罗维登斯吗？那里简直

---

① 俄罗斯马加丹州首府、科累马地区的中心城市，位于俄罗斯的东部，濒临鄂霍次克海。

② 乌克兰敖德萨州首府，黑海沿岸最大的港口城市和重要工业、科学、交通、文化教育及旅游中心。

③ 俄罗斯小城普罗维杰尼亚，与美国阿拉斯加州隔着白令海相望。

④ 美国阿拉斯加州苏厄德半岛南部白令海岸的小港市。

⑤ 美国阿拉斯加州北坡自治区村镇。

就像地狱。那里曾经有一个舰队，但已经全部解散了。整座城里挤满了饥饿的水手，他们寻找金钱，寻找回西方的办法。有个装满了冻干土豆的仓库，它曾经为舰队供粮。有一伙水手把这些土豆全给卖了。我们用几对金耳环跟他们换了足够我们吃的土豆。

“我们那么做确实很愚蠢，但真的是走投无路了。我们成了他们眼中理想的打劫对象。那天晚上，我们在一个废弃公寓里落脚。当那些水手闯进来时，我们正在熟睡，他们就开始痛打我的父亲。

“在争斗中，手枪从他口袋里掉出来，我冲他们开了三枪，用的都是自己做的子弹。前两发子弹杀了一个水手，第三颗在枪膛里爆炸了，金属碎片炸飞了我的一只眼睛。

“枪声震耳欲聋，把他们吓跑了。我们以最快的速度离开了城里，全凭脚力赶往白令海边的楚科奇村庄。

“我父亲坚持了几天就不行了。我母亲把全部家当都给了楚科奇人，让他们带我们渡海去代奥米德[1]。你知道代奥米德上有楚科奇人吗，就像我们，不是俄国人，也不是美国佬。

“我们把父亲葬在大海里——也仅仅是把他的遗体送入水中。我们觉得这种方式比较好。我们不希望他长眠于异乡的土地。而我又能有什么办法将他安葬在美国呢。我们已经很靠近阿拉斯加，我都能闻到它的气息了，却没有办法抵达。

① 位于白令海峡的一个群岛。

“代奥米德的楚科奇人给了我们一个窝棚，我母亲在他们的学校里教了一阵子书。但那段日子很难挨。失去了父亲，失去了家，困在野蛮人当中——这么说并非不尊重他们，他们对我们仁至义尽，但我们不是要去那个地方过那种生活的，到处都脏兮兮的，人人都醉醺醺的。你知道土著人都是什么样的。

“在冬天，海峡有时还会结冰。我还记得自己在海滩上第一眼看见海冰，那时我正在远眺阿拉斯加。我用仅剩的那只眼睛望去，一切是那么不真实，迷雾、沙滩和灰色的海水都平坦如画。我向上帝发誓，要是他能帮我们到达那里，我会全心全意成为他的奴仆。也就是那一天，一切都改变了。

“我回到窝棚，发现叶利·罗森包姆竟出现在那里。他碰上了一些楚科奇渔人，得知了我们的事情，便过来帮忙。

“他用黄金支付了我们去诺姆的路费，并在那里找到了一条可以带我们去巴罗的船。

“在巴罗醒来的第一个晚上，像是从一个噩梦中挣脱出来。我的意思是，巴罗虽然并不是从前的样子，但和我们沿途所见相比……早餐有华夫饼和水果，我长这么大还没有尝过那么美味的食物。姨妈说她的酵母头有一百年历史了。听她这么说，我目瞪口呆地看着我的母亲。真不可思议，他们不是总觉得东西留太久就不好吗，竟然还保留了这么久……

“那个冬天，叶利每两个月就来看望我们一次。他往返于这里和楚科奇[1]，给我们带来新的消息。但是很快，即便在我看来也很明显，他并非仅仅出于邻里关怀才来看望我们。他对我母亲有好感，并向她求爱了。

“我们的亲戚对此并不热心，因为他是个犹太人，完全不讨他们喜欢，可我母亲是个寡妇，没有其他更好的选择了。

“她完全不听反对意见，还想告诉他们，这也不是上帝第一次派犹太人来救我们了。

“他们在春天结了婚，我便和叶利一起去工作了。

“叶利在那儿的生意很有起色。他会带上私酿酒、子弹等诸如此类的东西，以此雇通古斯人进入特区，为他弄来武器和工具。他会把这些东西带回阿拉斯加售卖。商人们从世界各地搭私人飞机来找他。他们对那些东西的来头大概也心里有数，频频抱怨价格，但却没人能做他做的那些事。

“我开始同他一起外出远行。我和你一样了解极北之地。我明白通古斯人脑子里在想什么。叶利开始倚重我。我们有能力掏空波利，把东西都弄回美国去，但随着次数的增加，要找到劳动力变得越来越困难。通古斯人开始生病，死亡，他们拒绝前往那里。每一次，我们都得去发掘一个新的村庄。通古斯人现在仍在为这些往事痛恨着我们。

“于是我们就开始想，一定有更简单的方式来做这件事。有

---

① 楚科奇半岛，位于俄罗斯的远东地区，是欧亚大陆最东端的半岛，隔着白令海峡与美国阿拉斯加州相对。

那么多人因饥饿而死，而我们正在寻找工人。就在那时，我们无意中发现了这个地方。这是一个旧的驻防区，于是我们就在这里储备人力，一年派他们出去两次，让他们以此讨生活。

“一开始都是我亲自带他们去。我从没进过特区，但很喜欢待在那附近。辐射什么的我根本就不在意，困扰我的是另一种凶险异常的东西。我们不能冒险把那种东西带出基地。一开始我们把它带回过基地好几次，结果太多人病倒，我们不得不把所有人都杀了，然后重新开始。

“我们并不喜欢这么做。这么做也并不轻松。但是没有从特区弄来的那些物资，我们根本无法度日。就是这么简单，我们做的事并不光彩，但我不能让我的妻子和家人去过通古斯人那样的生活。

“而且平心而论，大部分犯人永远也不可能见到特区。要是没有基地的话，一些老家伙几年前就已经死了。如果从他们失去的岁月里减去他们在这里获得的年岁，我猜肯定是扯平的。”

他沉默了一会儿。

“你的另一只眼睛是怎么瞎的？”我问他。

他在椅子里转了个身。“这只是白内障。盯着太阳看得太多了。但我用这只眼睛还是足以看清你是谁。

“至于特区，在过去几年里，容易拿到的东西都拿完了。想找到我们要的东西变得越来越困难，但最好的东西应该还在里面。它们远远胜过你找到的那个烧瓶。还有药品，细胞样本，丹尼尔之火。这就是我为什么要派阿普法贾图去。可是博斯韦特却偏偏在这种时候心慈手软起来。”

我很怀疑究竟是不是这样，因为我是来自他过去的人，所以他觉得有必要在我面前做无罪辩白。我保持沉默，让他对着寂静的房间作自我剖白。

“他想要结束这一切。结婚生子让我更像个战士。我必须从这里离开，把那些不成器的蠢驴留在这里，过他们该过的生活。结果这却让博斯韦特心慈手软起来。婚姻对他来说意味着和妻女一起坐在花园里，吃冰淇淋。”

过了片刻，埃本似乎听见自己的脑海中有个声音在指责他的残忍——像是他的良心发现——对此他表现出了愤怒。“我没说我喜欢这么干，但我确实干了，而我回到家，我的妻子一无所知，我的孩子也不会知道。因为我这么干了，所以他们才不需要也去这么干。这并不是关乎善恶的选择。这是关乎你生活方式的选择。

“做聪明的事很简单，做好事却没那么容易。你只能活在当下。这些犯人之所以有饭吃，全都是因为我。在海峡另一边的城市之所以还有希望，也都拜我所赐。”

这番话似乎是为了让自己良心过得去。我对他变化无常的情绪仍记忆犹新。突然间，他就变得深沉起来。

“你会疑惑时间都去哪儿了，好像突然之间你就老了，但岁月仍一往无前。多么残忍。

“我无法假装我们现在所拥有的这个世界比过去的更好。我们过得很简单。别因为有飞机就抱有错误的想法。

“多的是我们一无所知的事。多的是我们并不拥有的东西，我们造不出来的东西。我们的移民父母，他们做的事情很简单。可是因为他们留下的烂摊子，我开始努力创造一些什么。这是一种可怕的责任感，你明白吗，对未来的责任。谁能想到这份责任会落在我头上？”

“别这么没自信。”我对他说，“我想不出比你更好的人选了。这个世界到处都有你的印记。”

我一直在安安静静地听他说。我们之间所有久远的历史对我来说都毫无意义。我知道成千上万比他更悲惨的人和故事。

不过他也不蠢，听得出我语气里的敌意。

“我连一根手指头都没碰过你，梅克皮斯。我确实干过一些坏事——我是第一个会这么承认的人。但在你的事情上，我是无辜的。”他那两只突出的眼球死死盯住我，“不是我干的。但你坚信是我，我不怪你，因为真相比你想象的还要肮脏。”

突然间，我这副老旧的身躯因为饱经磨难而疼痛难忍，我真希望喝点儿比汤更带劲的东西。

“你还记得鲁迪·贝拉斯克斯吗？”埃本接着说，“大概五年前，他出现在阿拉斯加，到我的办公室里来见我。我已经很多年没有他的消息了，但我认出了他的名字，就让人把他领进来了。中间有一些这样那样的细节，但我很忙，所以直接问他为什么想见我。他告诉我，他病了。其实我一听见他的声音就已经知道了。他的声音苍老，单薄，跟他握手就像在晃一把杆子。巧的是，我在巴罗认识一个不错的医生，我也挺高兴他来找我是为了这事，因为通常情况下，人们都是想找我借钱或是让我帮他们找工作。我告诉他我很乐意帮忙，并准备送他出去，但他却说这并不是他来的目的，他想和我单独谈一谈。

“要知道，我极少和人单独谈话。虽然我的身手依旧敏捷，也能在格斗中扛住任何人，但失去了视力的我总归处于劣势。所以我得像经商一样小心翼翼。我又搜了一次他的身，才让我的贴身保镖出了屋子。

“然后就是长久的沉默。我告诉他我时间很紧，但他还是不说话。最终，他一股脑儿地全说了出来。他说希望我原谅他，说我替他承受了他本应背负的谴责。我告诉他别在意，过去对我来说都没那么沉重，而且我也无法想象鲁迪能干什么坏事，会让他如此良心不安。”

然而我知道，只是什么都没说。

“鲁迪说他满脑子都是这件事。他非常希望我知道整件事的来龙去脉，至于我是否原谅他，则取决于我了。良心的力量真是强大。

“他说那天晚上，是他领着一帮从老消防站雇来的人一起闯进了哈特菲尔德的房子。他提前付了一半的钱作为定金给他们。他去找人的时候，他们已经喝得酩酊大醉。他预感不妙，但还是义无反顾地干了，结果那些人失控了。他们一到房子里，事态就一发不可收拾，剩下的事情你都知道了。

“我告诉他，他需要的是你的原谅，至于我，我看得出他是真心悔恨，而且我也没有资格去评判他。

“他对这个答复似乎很满意，很快就离开了。但其实这件事对我来说也没那么容易接受，感觉似乎哪里不太对。我以前也认识鲁迪，这件事听起来根本不像是他会做的事情。形势确实会逼人改变，但鲁迪会破门盗窃吗？这件事让我过于困扰，我就让几个手下跟踪了他。

“他们说他和他的一些远房亲戚一起住在一条街上，那里都是些残破的房子，都快塌陷到地基里了。每天的大部分时间他都是卧床度过的，就在他那摇摇欲坠的房间里，里面连一个方方正正的拐角都没有，咳出来的痰都吐在一个水桶里。

“所以我最后还是去看他了。我说：‘鲁迪，你告诉我的这个故事让我实在无法释怀。别再去想我不原谅你了，因为我真的原谅了你——而且从某个层面来说，我得感谢你，因为要是没被赶出镇子，我或许永远也不可能取得如今这样的成就。’——那时我就想，或许躺在这间摇摇欲坠的屋子里等死的人就是我。我接着对他说：‘但我在意的是，我无法相信你全凭一己之力，竟然能决定去打劫詹姆斯·哈特菲尔德。’

“于是他就用他嘶哑的声音说：‘不是我。’

“‘如果是这样，你为什么要这么做？’

“‘是有人让我去的。’他说。

“‘什么人？’我问。

“他说：‘詹姆斯·哈特菲尔德。’

“有那么一瞬间，我以为自己听错了，或许肺病已经侵袭了他的大脑。但很快，我脑子里突然灵光一闪。”

“律师们的那句话是怎么说的来着？”埃本继续说，“何人得益？[1]我们都受害了。你父亲几乎没了朋友。当有人打你这边脸，就把另一边脸也转过去给他打，这听起来很了不起，但并不现实。他是知道的——但他怎么可能从自己的山顶爬下来，说自己改变想法了呢？尤其是像他那么顽固的人。

“一个聪明人知道怎样顺势而为。他完全可以举起手来，说他错了，事情已经完全失控了，迈克尔·卡拉尔的想法才是对的，我们得武装自己，保卫这里的一切。但是你家那位老头儿却不懂谦逊。他必须是对的，即便他做错了。

“而让他难堪的那个人就是我父亲，一个镇子上的外来者，全仰赖你父亲的同情才留下来，却赢得了摇摆不定的民心。你父亲一定和自己斗争了很久，看到自己已经被逼到角落。没错，他得做一个不那么情愿的选择。

“鲁迪说你父亲去找他，开诚布公地告诉他，他需要一场怒火。鲁迪就打算带一伙人闯进你家，把屋子搞糟——没人会受伤，只是砸砸东西。但这就足以让他把罪名加给我们，把我们赶出镇子，并且以此为借口，说自己改变心意、同意佩带武器。我都能听见你父亲的声音在说，为什么连西门彼得都举起利剑保卫我们的上帝！

“鲁迪本人并不想拿报酬。他这么做完全是出于对你家那位老头儿的尊重。你父亲给了他一点儿钱作为那些人的酬劳，但

① 原文是拉丁语“Cui bono?”。

是他分文未取。我知道他是很特别的。但这件事后来的发展远在预料之外。事态失控，演变成了一出悲剧。鲁迪说你父亲因此活不下去，是自责杀了他。

“他说他对你充满了钦佩。他很抱歉这件事对你的改变如此巨大。他说，这件事之后，你就变得有些孤僻。你曾经是那么活泼开朗，完全闲不住，总是不安分，像是桌球台上的一颗台球。我记得你有很远大的梦想，要去东方，要去美国。你从来没有一个小镇姑娘的灵魂。他说曾经有一段时间，你们只有寥寥几个人住在伊万杰琳的残垣断壁里，像难民一样。他说他每天都会看见你，骑在马背上四处巡逻，就像一个——他用的是什么词来着？——一个幽灵。他说，看到你身上的那些变化，他真的绝望到了极点。我也记得你从前的样子，梅克皮斯，你像纽扣一样明亮，还很漂亮。我们当中许多人都爱慕着梅克皮斯·哈特菲尔德。

“我明白你为什么在特区的事上跟我说谎，但我们不是敌人。看着我，时间对我并不仁慈。但是只要再往前走两步，你就可以从这地方出去。带我去有烧瓶的地方，然后我们就可以乘飞机去巴罗。你会爱上那个地方的，人们生活得很好，就像过去一样，邻里亲善，彼此尊重。我们可以一点儿一点儿地建立起能留给孩子们的东西。并不是所有父亲都像你父亲那样的，梅克皮斯。”

他站起身，从口袋里掏出一样东西。“我给你带了甜点来。”他说着把东西放在我面前的桌子上，“如果我说的话伤害了你，我很抱歉，但我觉得你最好还是知道。”

他叫来了守卫，帮助他离开房间。在出去的路上有一级向下的台阶，他在下台阶时不知为何微微颤抖了一下，不过除此之外，你永远看不出他失明了。

守卫松开了我的双手。

一开始我以为他留了个苹果给我，但很快，我就意识到那是什么了。是我从未亲眼见过的东西。

一个橙子。

我用指甲掰开果皮，让味道散发出来，就像屋里有了鲜花、薄荷和焦糖一样。过了一会儿，我还闻到了海浪的味道。然而，我吃不下这个东西。

那天晚上有一场雷暴，比我记忆中的任何一场雷暴都要大。雷声铺天盖地，从东方朝我们滚滚而来，席卷海岸，也席卷伊万杰琳。天空随之变暗，闪电划破天际，巨大的冰雹砸了下来，我还以为我们被袭击了。雷暴重击院子，摇晃树木，犯人营房的锡皮屋顶被掀起后又重重摔下。

有些人来到这世上，只为了做对的事，我一生都同这样的人一起度过，别看我如今是这样，其实也难免耳濡目染了。

可如今，我发现在自己身处的这个世界中，所谓的“对的事”早已消亡。我曾深信不疑，对的事就像北方之于我父亲的意义一样：它是和阳光一样真实的存在，是地图上的某个地点，是罗盘上的指针。它是亘古不变的真理，它关乎责任、爱与良知。可是我们的世界已然北去太远，指南针已经失效，只能在表盘上徒劳地旋转。北方正渐渐融化、消失于地图之上。北方是四面之土。北方是乌有之乡。长久以来，飞机都是我的北方。从某个奇异的层面上来说，埃本·卡拉尔也算是我的北方。坏事也会成为我的精神支柱，如同我所怀揣的对遥远城市的希望一样。我希望在远方可能存在与秩序和“对的事”形似的东西，我相信坏事也会给世界赋予意义。可是我们都已经走得太远了。我正置身于黑暗中，试图通过锁眼看清被火光照亮的房间。

午夜已经过去了很久，肆虐的冰雹终于歇止，空气宁静而清新。我用锡杯叩门，唤起守卫的注意，然后我告诉他，我有事要告知埃本·卡拉尔。

7

他们又用了一天半的时间来蒸馏乙醇，注满备用油箱。他们计划生产出足够飞两次的燃料，回程时就不再经停基地。

他们让我回到原来的房间睡觉，黎明时分我起了床，在焦糖色的晨光里等在飞机旁边，马匹从活动坡道上被带进飞机后端。

牲口们因为燃油和酒精的刺鼻气味而裹足不前，但守卫还是将它们一把推进了机舱，并把它们吊起来，从便在飞行途中控制。我知道，在过去，即便是通古斯人有时也会飞行，他们会通过飞机运送那些珍贵的驯鹿。我们在牲口们中间找到自己的座位，有些人只能坐在箱子上，其他人则分坐在飞机两侧晃晃悠悠、严重磨损的座椅上。机舱里涂成了天蓝色，印着俄文。不管怎么看，我都觉得自己是在一个窝棚里。这东西怎么看都不像能离开地面的样子。

仪器开始运转之前，我们已经干坐了有足足一个小时了，所以我有充足的时间来思考自己究竟做了怎样的选择。我想，沙姆斯丁肯定会赞同我做的这笔交易。文明和城市是一体的，他说。我真希望他能和我一起来。我还没有那么老，还能改变。

埃本是最后一个上飞机的。他在别人的帮助下坐到了飞机前端飞行员旁边的位子上，还戴上了某种像头饰一样的东西和飞行员对话。

起飞时，我们轰隆隆地驶过基地外的草坪，飞机移动得那样缓慢，我都不明白我们是怎样在撞树之前升空的。就在这时，飞行员看似误判了起飞时机，但发动机的声音变了，飞机腾空而起，一个看不见的重量把我压在了座椅里。

马匹在面对飞行时似乎比我更镇定。我们升空时，它们只是稍微晃了晃，一刻不停地从饲料袋里进食。

我笨拙地转过身往窗外看去。飞机在基地上空划过一条大弧线，我能看见下方的陆地离我们越来越远，整个地方像玩具城堡一样在我们下方铺展开来。

列队外出劳作的人们不约而同地抬头，他们周围光秃秃的褐色土地如同一张褪色的熊皮。冬与夏是北方的两面，差异之大足能让你看不出这是同一个地方。

随后我们来到了针叶林上空——广袤浩瀚的绿意向地平线绵延，时不时被白色的小溪切断。整幅画面如此广阔，让我看得脖子都扭痛了。在遥远的边缘处，我能辨认出这颗星球隐约的弧线。

机舱里，飞机的咆哮声震耳欲聋，无论说什么话都听不清，有些人打起瞌睡来。而我旁边的人在飞行中却一直戒备着。他们仔细地盯着我，怀疑我是否真的心甘情愿地要帮他们。

要抓住方向盘，带着所有人撞向大树其实并不难。但我是个信守承诺的人。

我们仅花半天时间就走过了需要骑马走上好几周的路程。接近中午时，我们从驾驶舱得知我们正在飞过特区上空。

你真该从空中看看波利，看看那是怎样的杰作。

它就铺陈在我们脚下，被阳光晒得发白，就像损毁的机器零件：街道从中心的主广场向四周辐射，城市边缘的河流像是铅垂线，太阳光经其反射，在机上的我们看来只剩暗淡的白光；那个巨大的头像，不过就是个青铜色的小疙瘩。

飞行员把飞机降落在河边一块平地上。飞机降落时似乎加速了，树木从我们身边唰唰掠过，感觉马上就要迎头撞上，而飞机就像被抛出去的石头一样弹了好几次，才减速停下。

走出飞机时日光汹涌。飞机上的仪器渐停，而后唯一能听见的就是昆虫的躁动声。我们才刚下飞机，蚊子就来纠缠不休，我们戴了面网来抵御，但只要有任何裸露的肌肤，它们眨眼间就会落在上面大块朵颐，直到你弄死它们，或者它们饱餐一顿后晕乎乎地飞走。

从飞机里卸货花了点儿时间。马匹又要从活动坡道上下来，得对它们连哄带骗的。人们不停地抽烟，大喊大叫着争执不休，对我们的目的地感到紧张不已。

我们在离大桥较远的地方安营扎寨，因为桥上那堆尸体正在腐烂。

这和我上一次来时截然不同。他们从基地带来了寝具、新鲜食物和干净的柴火——并不是为了取暖，而是为了用烟驱赶昆虫。

那天晚上飞行员睡在飞机里，其他人都就地露天休息，他们轮流睡觉，确保总有人在提防通古斯人——另一个人则负责盯我。他们仍不相信我的回心转意。

阿普法贾图之前跟我说，为保安全，应该把头发剃光——想尽一切办法阻止脏东西离开特区。所以在第一缕晨光洒下时，我把头发剪短，再用剃刀刮了个一干二净。

守卫们还在睡觉。埃本·卡拉尔有自己的帐篷和两个守卫。正如他自己所说，他得像经商一样小心翼翼。

我有一些工具，但没什么值得一提的武器，而且我也知道，自己根本无法来阻止这场骗局。我只能寄希望于，他们如果已经决定杀我，最好下手利落点儿。

我的头发像鼠毛一样散落满地。周围的天色比我以为的要黑很多，然而这是我人生当中第一次在一片漆黑中看见了灰色。我用手指在光秃秃的脑袋上来回轻抚——触感很奇怪，摸起来很光滑。不知为什么，轻轻抚摸自己的光头令我觉得安慰。它很暖，还有脉搏的跳动。它让我想起了平。

我做的最后一件事是扔掉用机翼残骸做的纪念品。我已经佩戴了太久，它在我的皮肤上留下了灰色的痕迹。我把它摘下来，投进了水里。它像飞行中的小鸟一样起起伏伏，最后消失无踪。我想，无论曾抱有过怎样的希望和迷信，梅克皮斯不过就是这个生命在挣扎着重新开始时为自己戴上的又一个面具，不动感情，不留情面，与丑陋做抗争。

我并不怀疑埃本对我说的不是实情。比尔·埃文斯有一套经验法则来估量自己应该持有多少怀疑。这种法则并不是万无一失的——又有什么是万无一失的呢——却能帮我们掌握人的行为。他管这个叫相反法则。他说，一个人的真面目，与他想让你了解的那个样子恰恰相反。如果你试图看清一个人，就得想办法抓住他的影子。根据比尔的推测，真正该害怕的人就是那个一天到晚把善行挂在嘴上的人。

我父亲只要一想到自己为新人生放弃的一切，就会觉得自己无比高尚。他深信自己比那些紧紧抓住财富和城市生活不放的人更好，他们太过迟钝，看不到世界正在发生改变。然而真相却是，他甚至不如埃本·卡拉尔。

埃本冷酷，直白，并且现实。他自称基督教徒，但他真正的信仰却让他更像是通古斯人。真正的信仰中没有对错之分——没有让萨满困惑的神明，只有解决事情的方式，只有活下去的办法。伪善在其中没有容身之处。

我父亲的那些经文，是伪君子的经文。他满嘴的神和奉献。但他的神是他自己的虚荣，而他的奉献呢，竟然是我。

天亮几个小时后，我穿桥而过，回到了特区。迎来了春日的城市和之前完全不同。主路上的栗树开满花朵，人行道仿佛涂抹上了某种从树枝上滴下的湿漉漉的汁液。不过总的说来，夏天的波利更加病态，更加死寂。在冬季，它看上去像是冻住了——或是像童话故事里的公主一样陷入了沉睡。可是在夏季，你就能看出，她不仅仅是死了——她的尸体还肮脏不堪。

一直到午后我才找到沙姆斯丁告诉过我的那个地方，然后花了一个小时用我带来的工具沿墙攀爬。我在其中一个工具上拴了绳子。

接着我从破窗户挤了进去，跳到了地下室。

这地方与沙姆斯丁描述的有点儿出入。按他的说法，储藏室就在他进来的地方附近，但这附近根本没有那样的地方。这儿比我想象中要大很多——这是一条通道，几乎相当于一条宽敞的公路，它被隐蔽的天窗照亮，每隔十码左右就有一条路岔出去。这完全是个迷宫，但我能看到白色瓷砖上残留的泥土和干掉的血迹，这就是之前沙姆斯丁走过的地方，我跟着他留下的痕迹继续走。

跟着他的痕迹走就像是在追踪一个受伤的小东西——这些痕迹原路折返，实际上哪儿也没去，在继续前进之前似乎筋疲力尽地在某处休息。这些痕迹同样透露了他的绝望。留下这些痕迹的人只剩几天能活了，我想。跟随痕迹越发深入迷宫的我也不禁想知道自己还剩多少时间。我想到了这个骗局。我很清楚他们有百分之五十的可能会在桥上射杀我。

储藏室比他说的更靠里，需要经过好几个他压根儿没提到的斜坡和好几段楼梯才能抵达。我真怀疑还有没有别人能找到这里来。只有丧失了所有希望，深信不可能用其他方式离开这里的人才会挣扎着如此深入这栋建筑物。经过所有这些转角和通道，他撞上了这么一个出口。这件事几近神迹——直到你回忆起他是怎样死去的。

深入这座地窖的腹地，我在两扇门上发现了高度到我头部的血手印，门后就是储藏室。

装着罐子的架子把储藏室塞满了，罐子里是摇曳的蓝色微光。这些蓝色微光乍看之下一模一样，但当凑近了去检视它们，就会看出它们在形状和图案上的细微变化，到最后我甚至不确定到底有没有一模一样的两个罐子。

在过往的人生中，我也去过一些奇怪的地方，但是这个房间却有着某种无法预测的感觉。身处这里的感觉比在坟墓里还要奇怪，仿佛很神圣，但这神圣却属于某种我并不知晓的宗教。我想到了萨满在祖先的骸骨上招魂的仪式。在那个瞬间，哪怕告诉我每个罐子里都装着一个人类的灵魂，我可能也会相信。

我不打算在这里逗留。往包里装了四个罐子后，我就迅速离开了。

基地里的犯人总是拿“超额完成任务”来开玩笑——每当有新人到来，在队伍中工作得太过卖力，好像反衬得他们很糟糕时，他们便会这么说。最开始他们只是说着玩，但要是这个人还继续挖土或打谷，仿佛把全部人生都寄托于此的话——通常都是为了给守卫留下深刻印象——那就可能会打起来，或是出现更糟的局面。有一次，我看见有个人的脚趾头被人用铲子给切下来了。待久的犯人都知道，超越预期根本没用。

我很留心不要超额完成任务。储藏室里的罐子足以装满十多架飞机，但依我看，问题的关键在于，要是我带出去太多，他们就不再需要我了，说不定会取消我去巴罗的机票。

在我回到种满栗树的大街并左转上桥时，夜晚的光线又渐渐融成了焦糖色。马蹄声和笑声沿着混凝土河堤自遥远处回荡而来，就像之前的枪响一样。

我在引桥处下马，步行走过最后一段通往信号控制站的路。只有两个守卫等在那里。我把包裹挂在混凝土路障上，让守卫们给它喷洒消毒液。

我跳上马，把工具扔在了信号控制站靠城市的那一边——就像我们说好的那样。我的裤子口袋里有一个午饭时没有吃的苹果，我把它给了马。它犹疑地嗅了嗅，鼻孔微微颤动。不一会儿，它缩了缩嘴巴，咬下去。之后我开始脱衣服，动作小心翼翼，提防蚊虫叮咬。很快我就赤条条地站在那里，赤身裸体拍打身上的蚊子，等待守卫们叫我过去。

渐渐地，越来越多人过来围观。

没有迹象表明有多余的衣服。我想，要是他们打算杀我，现在就可以动手。

我听到一声大吼。埃本和阿普法贾图正从飞机那边慢悠悠地骑马往桥这边来。守卫们在等待他的指示。

埃本骑得很放松，让马自行前进，于是马选择了一条穿过碎石滩的小路。“怎么样了？”他大声问。

“我开了个头。”我说。

“只有四个，但看起来都是好东西。”拿着麻袋的守卫说。他在阳光下举起一个罐子。在等待的时候，他的目光掠过了我的裸体。

埃本从马鞍上拿起一杆来复枪。

“里面还有很多。”我说，“可能有好几百个，但把它们给找出来需要时间。”我的声音听上去很单薄，充满了恐惧。不知怎么的，赤身裸体地在他们面前死去仿佛就是最大的羞辱。

埃本用来复枪指向我声音飘来的方向。“你最好杀了那匹马，我们说好的。”他说。

这是关于生存的问题。马很多。放任一匹马生病、再传染给剩下的马是不值得一试的冒险。马还可以再生出来，但是另一个梅克皮斯——清楚这个城市的状况，知道烧瓶藏在哪儿的人——恐怕得花更多时间才能碰上。至少，这就是我所依赖的护身符了。

我跨过了路障。守卫们用苯酚皂水把我浇了个透，把替换衣服递给我。肥皂刺痛了我的眼睛。我套上他们给我的裤子和靴子。靴子太大了，我的脚穿在里面感觉空空的，但我被一阵强烈的宽慰之情笼罩了，感觉自己可能会哭出来。夜晚的光线似乎承载了许多生命的希冀。我想要永生，我珍惜我所见过的一切美好事物。在飞机上俯瞰的波利。记忆石里的那个女孩。空无一人、一片死寂的伊万杰琳。抬头仰望布满星星点点光亮的夜空，我有时会想象自己能看见另一颗星球上的梅克皮斯，一个不同的我，在生命中最后的日子里有儿孙们环绕膝下。我会在阿拉斯加老去。在那里，我会有时间来做其他事情，过现在的我没有过上的那种生活。我的内心深处充满了欢欣鼓舞的平静。

“杀马的话，好像有点儿遗憾。”我说，“我还想明天继续骑它呢。”

埃本耸了耸肩：“阿普法贾图怎么说？”

阿普法贾图摇了摇头：“它在十二小时之内就会发病。我强烈建议杀了它。”

“听到了吧。”埃本把枪一转，给我递来。

那是一杆很漂亮的老式连发枪，枪筒下面有个操纵杆，至少比我要老一百岁，枪身上的灰色金属锃光瓦亮，木质部分则是像马匹一样的浓郁栗色。我对此恭维了一番。比尔·埃文斯之前也有一把类似的枪。这把枪用的大子弹和他用在手枪里的一样。

“这是温切斯特连发步枪。”埃本说，“这把枪背后有个故事，等哪天我告诉你。”

这匹马的前额上有一个白色的星形标记。我把枪口对准那个标记，而后又放下了，说：“你们最好还是下马，以防它们受惊。”

阿普法贾图从马鞍上下来，站在桥面的尘土中，但埃本仍旧坐在马上，一如既往地自信。“别在意我，梅克皮斯。”他说，“只管杀了它。我希望其他动物都不被感染。”

我按下扳机。枪声一响，枪托冲撞着我的肩膀，马儿摇晃起来，在倒地之前抬起了前蹄。

枪声一响，埃本的马跳了起来，旋即脚下打滑。埃本挣扎着想待在马上，但转瞬间就连人带马一起倒在了那一大堆尸体上，马在倒地前全身扭曲。我起初以为埃本摔断了腿，但他很快就站了起来。阿普法贾图握紧马的缰绳，伸手安抚马，但埃本却突然从他手里夺过缰绳，从马鞍上猛地扯下马鞭。他冲着那牲口猛抽。“你这该死的婊子。”他吼着，同时用力抽打它身体两侧，打得它直翻白眼。抽几鞭似乎能解气，但他的怒火像是越烧越烈，愈加凶猛，这怒气的根源仿佛在别处，仿佛根植于某种原始的残忍中。疼痛和对疼痛的恐惧让马心惊胆战。他暴怒地挥着鞭子，这般举动忽然间无比眼熟，我几乎能听见床架在咯吱咯吱地响。当他口中蹦出另一声咒骂时，他嘴唇上白沫横飞："你这个荡妇！"

他知道我站在哪里，他转向我。

"梅克皮斯，给我枪。"他气喘吁吁，"你还在等什么？"

荡妇。这个词像飞溅的酸性物质一样，腐蚀着我的记忆。一只鸟儿在我刚刚离开的那个城市里鸣唱，他身后打着旋的流水似乎再度结了冰。我的双脚穿在借来的靴子里，极慢、极慢地向右边挪动，想找一个清楚的角度。我脑海中回荡起比尔·埃文斯的声音，那声音在教我怎样移动到射击位置：挪向右边，右脚在前——永远不要绊倒你自己。

两个守卫仍在哈哈大笑。其中一个转过身去点了一支烟。埃本冲我皱眉，急不可耐地要枪。

他连眉毛都没来得及抬一下，我就给了他两枪，第二枪干净利落地让他从桥边坠落。

脚下的水流顷刻间将他卷走。他似乎是面朝下趴在水里的。我又在另一个守卫去拿手枪时把他也打死了。其他人则目瞪口呆，难以置信。阿普法贾图甚至没有一句怨言，就把他自己的马给我了。

8

我本想拼尽最后一口气策马扬鞭，但在接下来的几天里，我病得空前严重。

第二天一早我就开始呕吐。我没吃饭，无法咽下食物。

起初我以为这是我们都害怕的那种疾病，后来才发现这不是我在特区染上的病，而是由沙姆斯丁传染给我的最古老的疾病。

一次那样仓促的亲热似乎不可能产生任何影响。都过去了一个月，我却完全无知无觉。我年岁渐长，月经周期也不规律，加上在基地的食物和艰辛，我每个月都会隐隐希望自己的身体垮掉。但我的身体却比一切苦难更顽强，就像一些疯狂的旅店老板，每天晚上都要为永远不会来的客人摆上干净的毛巾。

我穿过这片大陆，夏日来了又去。当我转向北方，踏上最后一段路时，夜里有了霜冻，也有了第一道绿色极光。

最近几年的气候问题彻底毁掉了公路，在某些地方我不得不小心慢行，或者干脆下马。这对我来说不算什么。我一点儿也不着急。在归途上，我有很多事要计划。

直到此刻，我才意识到，我从不知道北方竟然如此美丽。我发现自己着迷于那些最微小的事物：石头上的纹路，金银花果的蓝色花冠——那些俄国的犯人管这个叫 zhimelost。我看见一只虎斑猫在茂盛的草丛里穿梭捕猎，那是某只死了很久的宠物的野生后代。看到我时它逃走了——它对人类的面庞毫无印象。附近有一座破败的房屋。我蹲在墙根撒尿，发现了一株四叶草。

我也曾见过动植物出现在它们本不该出现的地方，但是现在，我似乎天天都能碰到这种情况：有一次是只鹦鹉——是一只活生生的鹦鹉，有着水池草般明亮的绿色羽翼和我绝不会认错的喙。另一次是一株李子树。还有一次——我敢发誓——是一只猴子，它粉嫩的脸颊边围着一圈小狮子般的长鬃毛，正站在一棵白色花树上冲我龇牙咧嘴。

我不知道它们是怎样来到这里的，但心里认定它们都是从一艘残破的方舟上被抢救下来的。我为自己描绘了那个场景，方舟碎裂，或是在某处搁浅，动物们从毁灭中获得自由，从板条箱里冲出来——一整个小型动物园慢吞吞地爬行着，蹦跳着，追随着流向极寒之地的河流去往北方。

在我还能记起的漫长时光里，这是第一次，我感受到一种满足。也终于有那么一次，这世界不再是需要对抗的敌人。

当我抵达自己的城市时，大雨倾盆而至。

我很幸运，我眼前有一整个漫长的夏季可以做事。我像个疯子一样工作，在地里种出食物，准备好一个空房间。第一场大雪如期而至时，我高高隆起的腹部已不允许我再在早晨骑马巡逻。

事实上，当那一刻来临时，我很冷静。我自始至终一直站着，紧紧抓住钉在墙上的桩子保持站姿，尖叫声吓坏了马儿们。这一次比第一次要快很多。就在我最终疼得蜷缩起来时，突然掉出了一个表情狰狞的小东西，有着一头散乱的黑发和通古斯人的深色面庞，四肢乱蹬，号啕大哭——这哭声与其说是尖叫，不如说是小猫似的喵喵叫。

9

后来我数了数自己保存下来的书。有两千零七十五本堆在了兵工厂里，还有一百七十七本被我收藏在自家房子里。我还数出了之前藏在夏洛的旧卧室里的十六盒蜡烛。每个盒子里都包着一百四十四根蜡烛，要是坚持剪烛心，每根能燃烧两小时多一点儿。一盒蜡烛能保持十二天不间断的亮光，而它们所带来的远不止六个月的温暖。

当然，在夏季你几乎一整天都不需要烛光。如果要看书，你一根蜡烛都不用，就可以在六月的大半夜看。但无论让我在哪个时节看书，我都会头疼。

蜡烛之所以重要，是因为我很快就得再去寻找新的蜡烛。我很清楚眼下可以去哪里弄到新的蜡烛。但总有一天，不会再有新的蜡烛。总有一天，蜡烛会消失，烛芯会消失，所有我储存起来的酒精也会消失。

我得设法像楚科奇人那样做鲸灯，否则就得习惯在黑暗中生活。

在这座城市里，再也没有什么生活可言。

目前我们还不是最后活着的人。大约一年前，我看见贝拉斯克斯家的房子里有烟冒出来。这情形一开始吓到了我，结果我发现那是刚到这里的人——一个男人、一个女人，还带着一个五个月左右的孩子。

他们是如何来到这里的，我无法猜测，对方也没有办法告诉我。男人是中国人，也可能是韩国人。女人看上去像是雅库特人和俄罗斯人的混血。

我们彼此间没有往来，但每每擦肩而过都会点头致意。秋天的时候我在他们的门廊上放了些卷心菜和老虎油，他们则给我放了些泡菜。

上一个冬天来势汹汹，像我童年时的那些冬天一样寒冷，但我知道他们挺过来了，因为三月末的时候，我看见男人拖着一雪橇的冰砖从湖边回来。我已经有一阵子没见到女人和孩子了。

要是他们过得顺利的话，或许会定居下来，在这里过生活，再要一两个孩子。但是我对任何可能性的预估都不会超过百分之五十。事情本就如此。

自从十五岁起，我就在旁观这个我心知即将走向地狱的世界。在反常之中，唯一表现出原本应有模样的就是房子后那半英亩蔬菜，但后来，连这些蔬菜也因为季节变迁而无常起来。

我的时间不多了。我想，只要愿意，我仍旧可以离开这里，试着再往南去，或是找一条船带我去美国。但我觉得现在的自己不会这么做了，因为许多事已经明了。我想重写太多事情的结局，但是这一生，我已经没有回头路可走了。

我搭乘过的飞机是我见过的最后一架飞机。

我所写下的这些年是我生命中的秋季。此刻我正迈入自己的冬季。这件事也没有改变：老年真是前所未有的寒冷。

我逐渐衰老，变瘦。每过一年，我都得把枪带绑得更紧一点儿，才能把枪固定在屁股上。我也更脆弱了。但我仍旧每天清晨骑马巡逻，绕着轮廓逐渐模糊的圆圈，圆圈之中曾是这座城市。我仍对由我来决定的一切充满贪念。我每一天都恨不能更快一点儿睁开眼睛来看你，我亲爱的。

公路已经沉寂了很久。唯一在上面活动的，只有夏季的沙尘暴。有时我看着它，会心生疑惑：生命究竟都变成了什么模样？

我希望基地现在已经消失了。我猜，我做的铁钩很可能还在坍圮的粮仓角落里闪闪发光。

那些犯人注定是要造反的，只是时间问题。你不可能长久把脚踩在一个人的喉咙上而不去面对后果。所以他们是什么时候造反的呢？之后怎样了呢？

他们会杀了守卫，霸占女人，四散进入灌木丛里，而他们的子孙后代——如果他们打算要的话——会像我看到的那只虎斑猫一样，喵喵叫着，绕着冷掉的灶台打转，一见到生人就畏畏缩缩。

每一个秋天，鹤群都遥遥南飞。每一年，荒野都更推进一点儿。每一年，针叶林都会多侵吞城市的一角。每个月都会把你离去的时间又推得更近一些。

而一旦你离开，我可能就会如此：五年或十年后——要是幸运的话可能会更快——或许马会在一个寒冷的早晨将我摔在地上，或许炉子会在我睡着时着火，或许我会直接倒在卷心菜里——我不再像从前那样精力充沛，掰下菜茎会变成很繁重的工作。我会重重地摔倒，鼻子着地，咽下最后一口气。

可我对此没有一丁点儿恐惧。无论如何，我都不会让你留下来。但是我不愿深想自己留给你的这个世界，也不愿多想你的童年与我的童年之间那深不见底的鸿沟。只要一想起这些，我就会感到愧对于你。

我曾经想，我可以为你写下这些，留给你读。我打算把它给你，用好看的字迹抄写下来，用我父亲的字典检查所有的拼写。但是现在我明白了，我能留给你最好的东西是属于你自己的空白篇章。而我写的这个，可以和我保存下来的其他书籍一起束之高阁，如同记忆石，如同旅途开始前或结束后通古斯人系在树枝上的缎带，书写着祈祷灾祸不要降临的絮语。

当你做好准备离开这里时，带上温切斯特连发步枪和最快的两匹马，就这样走吧。为了能更好地旅行，要在冬季的晴天上路。在狂风遮蔽视线之前，我会从消防站塔楼上眺望着你穿过雪原、一路向北留下的足迹，并对自己说：平在回家的路上了。

《极北》译后记

村上春树　张苓 译

我之所以阅读马塞尔·索鲁的最新小说《极北》，是因为他的父亲、著名旅行文学作家、小说家保罗·索鲁的推荐。

在保罗的三个儿子中，马塞尔排行老二。马塞尔和弟弟都是保罗与他的英国妻子安妮·卡斯尔的孩子。保罗和安妮离婚后，两个孩子在英国长大并接受教育。保罗的长子是保罗更早前与当时的美国妻子所生，这部分说来话长，在此不做详谈。

保罗的小儿子路易斯·索鲁作为电视新闻记者和作家活跃于英国。从某种程度上说，他是英国的"迈克尔·摩尔"，人气很高。他的非虚构作品《另类呼声：美国亚文化之旅》经由中央公论新社翻译出版后，广受好评。这是一本从英国人视角深入探访美国底层的书，独特又迷人，大家有机会不妨一读。

马塞尔·索鲁也在电视台的纪实节目中担任记者、主持人的工作，同时还在创作小说。弟弟率先闻名全国，而哥哥则较为低调朴实，甚至连父亲保罗似乎都在为他的将来忧心。不过，马塞尔凭借《极北》这部长篇小说一举成名，饱受赞誉。《极北》入围了美国国家图书奖的最终候选名单，并斩获了法国发现奖。当我到夏威夷拜访保罗时，他兴奋地跟我谈起了这本书。他说："这是一本非常有意思的小说。"我便答道："那我一定要拜读一下。"但说实话，我心里还是存有疑虑，毕竟入围美国国家图书奖的书并不少。众所周知，碍于情面去读一本不合自己口味的小说，是一件苦差事。然而，当我从书店买来《极北》，翻开书页，竟发现自己手不释卷，一口气就读完了。读完后不久，我甚至冒出了这个念头——这本书我非翻译不可。这是近年来我读过的小说中，最震撼我的一部。故事情节被强有力地驱动着，叫人掩卷时仍会感觉意犹未尽，难以释怀。而最重要的是，这部小说充满了意外感。我想，对一部小说而言，意外感非常重要。如果让读者产生"有趣是有趣，但好像以前在哪里看过"的想法，小说就失去了一定的力量。

在此，我希望能简单介绍一下作者。马塞尔·索鲁，一九六八年出生于乌干达首都坎帕拉。当时，他的父亲在当地的大学执教。之后，因为父亲工作的关系，他搬至新加坡，在那里度过了两年时光。后来他回到英国，在剑桥大学学习英国文学，此后留学耶鲁大学，研究以苏联与东欧为中心的国际关系。父亲保罗介绍说："多亏他接受了优秀的高等教育，现在连俄语都会说了。”马塞尔经常上电视，节目内容以与俄罗斯问题、环境问题相关的采访为主。二〇〇九年，马塞尔造访日本，并担任特别节目《探求侘寂》的主持人。而作为小说家，他在二〇〇二年凭借小说《撒纸追踪》获得了毛姆文学奖。

这样的履历，让人不禁想直呼马塞尔为“天才”，而他父亲似乎也不必再为他担忧——当然了，为人父母多少还是会为孩子操心的。在保罗看来，马塞尔“从事电视行业的工作，是因为光靠小说无法生活下去”。巧的是，索鲁家族人才辈出。马塞尔的叔叔亚历山大·索鲁也是一位仍活跃于文坛的著名作家，马塞尔的堂兄弟贾斯汀·索鲁是一位知名青年演员，他在出演电影的同时，还写了不少剧本。

关于这部小说的情节与内容，在此不做详述。或许会有读者在看正文前先看后记（当然没有责备这部分人的意思），因此我不愿剧透。这部小说的剧情走向出人意料，因此提前了解故事设定与情节，会大大损害阅读体验。如果可以，还请大家不要先入为主，纯粹地享受故事本身。

不过，马塞尔·索鲁创作这部独特的长篇小说的经历，我想仍有必要略谈一二。是否了解其故事由来，应该会在很大程度上帮助读者更好地理解这部小说。

据马塞尔介绍，《极北》的灵感诞生于二〇〇二年十二月他去乌克兰旅行的途中。那时为了制作一个英国电视台的特别节目，他踏上了去往苏联地区采访的旅途。其间，他四次造访俄罗斯，搭乘飞机和驯鹿雪橇去往极寒的西伯利亚北部，在被轰炸所摧毁的车臣首都格罗兹尼做现场报道，还赶赴尚在动荡中的阿塞拜疆和乌兹别克斯坦。

当时，马塞尔还采访了一位居住在切尔诺贝利近郊的名叫加林娜的女子。核电站事故现场三十公里范围内的区域一律禁止入内，而她却无视禁令，返回了故乡的小村落，在那里独自耕种。这样的人不在少数，他们被称作“回归者”。加林娜是一位寡妇，已经年过五十五，她独自饲养牛和鸡，在被辐射污染的土地上种植圆白菜。

在马塞尔看来，加林娜过着一种非常原始的人类生活，住在禁区边缘，简直如同人类的彻底返祖。但在和加林娜见面交谈并观察其生活状况后，马塞尔完全被她的勇敢、务实、才能和自主精神打动，在她身上，没有丝毫的自我怜悯。

之后，马塞尔参与制作了另一个英国电视台的特别节目，节目旨在探讨全球气候变暖的议题。他写了下面这段话来描述当时各种采访后的深切感受。

“不难意识到，我们大多数人已经失去了过去那种与自然之间的本能联结。我们几乎毫不犹豫地接受了人类的出类拔萃。人类的诞生于历史长河而言不过是意外的短短一瞬，而我们却将这一点看得过于理所当然。数个世纪的技术革新、投入和牺牲，加之如流水般被挥霍的地球资源，拜这一切所赐，我们轻而易举地活在世上，不必再遭受严寒酷暑，也不必去理解汽车发动机、手机微处理器和冰箱中的食品的诞生。

“二〇〇四年再访切尔诺贝利时，我不由得开始思考，我们以往的认知是否正确。或许在现代社会中，加林娜只是个无知的女人。她不知道网络、手机、寿司店。但是，在没落的世界里，在因为饥荒、瘟疫、战争或是发生在切尔诺贝利这种工业社会里的灾难而被逼入窘境的世界里，在学者洛夫洛克惊人预言中所描述的发生了剧变的世界里，就说我吧，我掌握的那些专业知识几乎不再有价值。相反，如果不懂得分辨哪些蘑菇可以吃、如何栽培圆白菜、如何保存食物，人类就不可能活下去。而且，女性通常比男性长寿，因此地球上人类存在的最后一幕，难道不就是近乎切尔诺贝利禁区里的原始生活吗？我的头脑中猛然浮现出这种令人不寒而栗的想法——由于人们的离去，那片土地上的野生动植物再次疯狂生长，一个没有后代、过了生育年龄的女人独自在这片被污染的土地上耕种。”

我读完这部小说，想到“这本书我非翻译不可”，是在二〇一〇年的夏天，也就是二〇一一年三月日本东北大地震之前的事情。但是如今，日本的读者拿到这部小说阅读时，想必脑海中一定会浮现出悲惨的大地震、海啸，还有福岛核电站的毁灭性事故吧。不必刻意抗拒，以那个三月十一日为界，我们看待世界的眼光或多或少有了转变。

我，作为一个小说家，不想鼓吹我们会从这部小说中感受或者学习到什么。说到底，这是一部虚构作品（硬要分类的话，应该属于“近未来小说”），一个完成度很高的顽强故事。就算小说中包含什么启示、教训，我觉得那也不过是一种偏向于个人体验的次要产物。

但是，这部小说中的几处真实描写，想必会让读者不由得起鸡皮疙瘩。而且我们已经知道，书中的情节不仅仅是虚构的，而是某些让人无法回避的现实，或是某些与现实相关的东西、照亮了现实的东西。读过这个故事，我们体会到的恐怕是一种让人心痛的共鸣。具体来说，那是连接在切尔诺贝利与福岛之间的粗壮、热切而悲痛的脉动。

这本书会让人读罢倍感沉重。地震发生前，它就已经相当沉重了，但跨过三月十一日这个苦涩的分水岭再次阅读时，不用说，它带上了另一种别样的分量和心酸。好故事通常带有预言的成分，而这种预言与现实相融，促人深省，这又带来了一种全新的预言。这恐怕就是只有文学才能带给我们的特别的循环反应。

我从未如此期待一部小说在读者中的反响。

最后，校对员土肥直子、中央公论新社的编辑横田朋音在翻译的核对上帮了我很多。光凭我一个人实在忙不过来。在此，我深深地感谢她们。

文本使用了 Faber and Faber 出版社出版的原版图书，与其他版本在内容上略有差异。

村上春树

二〇一二年三月

图书在版编目（C I P）数据

极北 /（英）马塞尔·索鲁著；姚瑶译．-- 海口：南海出版公司，2023.2
书名原文：Far North
ISBN 978-7-5735-0218-6

Ⅰ．①极… Ⅱ．①马… ②姚… Ⅲ．①幻想小说－英国－现代 Ⅳ．①I561.45

中国版本图书馆 CIP 数据核字（2022）第 105130 号

极北
〔英〕马塞尔·索鲁 著
姚瑶 译

出　　版　南海出版公司　(0898)66568511
　　　　　海口市海秀中路 51 号星华大厦五楼　邮编 570206
发　　行　新经典发行有限公司
　　　　　电话 (010)68423599　邮箱 editor@readinglife.com
经　　销　新华书店

责任编辑　张　锐
特邀编辑　张云帆　陈梓莹　王心谨
营销编辑　李　畅　李清君
装帧设计　李照祥
内文制作　张　典

印　　刷　山东韵杰文化科技有限公司
开　　本　850 毫米 ×1168 毫米　1/32
印　　张　9.5
字　　数　189 千
版　　次　2023 年 2 月第 1 版
印　　次　2023 年 2 月第 1 次印刷
书　　号　ISBN 978-7-5735-0218-6
定　　价　59.00 元